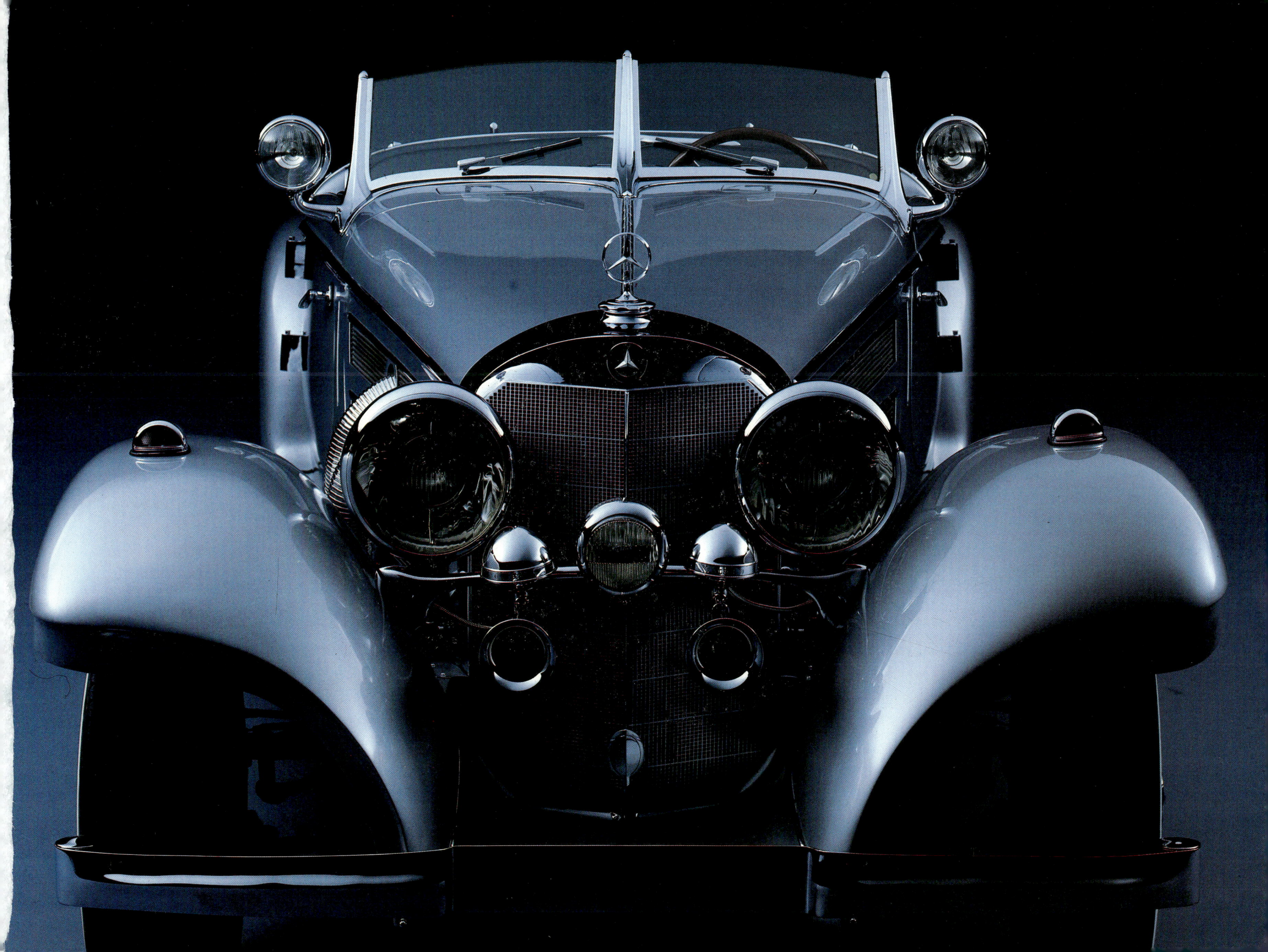

FASZINATION

OLDTIMER

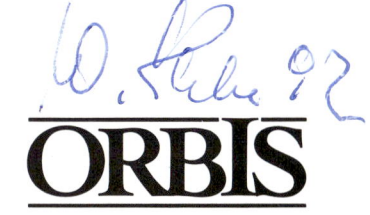

Inhaltsverzeichnis

Faszination Oldtimer 6

Der große Traum von dem Wagen,
vor den man kein Pferd spannen muß 7

Der Patent-Motorwagen des Carl Benz
und die Folgen 9

Was Gottlieb Daimler und die Dame
Mercedes miteinander zu tun hatten 14

Die großen Pioniere des deutschen
Automobils 17

Warum das Auto seinen Siegeszug zuerst
in Frankreich antrat 26

Was sich in England, Italien und anderswo
in Europa alles tat 28

Die Zukunft des Automobils hat in Amerika
begonnen 31

Schon bei den ersten Rennen ging es um
den Ruhm und ums Geschäft 33

Die Fans trafen sich
bei Automobil-Ausstellungen und in den
exklusiven Auto-Clubs 39

FIVA und ASC 41

Das Kind muß einen Namen haben 41

Karosserieformen 42

Autos, die Geschichte machten

1885 Daimler Reitwagen 44
1886 Benz Patent-Motorwagen 46
1907 Itala 48
1907 Fiat 130 50
1908 Rochet Schneider 52
1909 Opel-Doktorwagen 54
1909 Stanley Steamer 56
1909 La Buire 58
1910 Rolls Royce Silver Ghost 60
1912 Austro Daimler Automotor-
     Spritze 62
1913 Thames Coach 64
1913 Stutz Bearcat Serie B 66
1913 Pope-Hartford Modell 29 68
1921 Ford Lamsteed Kampcar 70
1924 Austro-Daimler ADM I Phaeton 72
1924 Fiat S.B.-4 »Mefistofele« 74
1925 Julian Sport Coupé 76
1926 Lincoln Coaching Brougham 78
1926 Ford Triple Combination
     Pumper 80
1927 Horch Landaulet 82
1929 Miller Roadster 84
1929 Packard Phaeton 86
1929 Golden Arrow 88
1929 Mercedes Benz 38/250 TT 90
1929 Duesenberg Dual Cowl Phaeton 92
1930 Packard Speedster Runabout 94
1930 Bentley »Blower« 4.5 96
1930 DuPont Royal Town Car
     Modell G 98
1930 Fiat 525 SS 100
1930 Duesenberg Convertible
     Victoria Modell J 102
1931 Cadillac Phaeton V 16 104
1931 Chrysler Imperial Roadster
     Eight 106

1931 Bugatti Royale Coupé de Ville
     Typ 41 108
1932 Bugatti Coupé Typ 50 T 112
1933 Renault Vivastella 114
1933 Napier-Railton 116
1933 Chrysler Phaeton Imperial 118
1933 Duesenberg Speedster
     Modell SJ 120
1933 Pierce Arrow Silver Arrow 122
1933 Hispano-Suiza J 12 124
1933 Auburn Custom Speedster
     Modell 12–161 A 126
1934 Rolls Royce Phantom II 128
1934 Packard Sport Phaeton 130
1936 BMW 328 132
1936 Mercedes Roadster
     Typ 500 K 134
1937 Bugatti Atalante Coupé
     Typ 57 SC 136
1937 Hispano-Suiza Berline
     Typ J 12 138
1938 Lancia Astura Streamline 140
1938 Phantom Corsair 142
1938 Rolls Royce Phantom
     Sedanca de Ville 144
1939 Delahaye Typ 165 California 146
1939 Rolls Royce Larbourdette 148
1941 Chrysler Dual Cowl Phaeton 150
1949 Delahaye Coupé de Ville
     Typ 175 152

Die deutsche Automobil-Produktion
1886–1940 154

Museen und Sammlungen
in Deutschland und Europa 156

Register 158

Abbildungsnachweis 159

Faszination Oldtimer

Die Revolution begann noch vor der Jahrhundertwende, und sie hatte schon Jahrzehnte vorher in der Luft gelegen. Die technische Entwicklung war gegen Ende des 19. Jahrhunderts immer stürmischer verlaufen, der Erfindergeist kannte kaum noch Schranken, die Euphorie der Techniker wirkte wie ein ansteckender Bazillus.

Daß von dieser Revolution bis heute eine ungeheure Faszination ausgeht, daß sich bis heute so viele Menschen an den Produkten aus technischem Genie, Fantasie und Geschäftssinn, die später schließlich Automobile oder einfach Autos genannt wurden, begeistern, kann eigentlich nicht Wunder nehmen; haben sie doch nicht nur das Verkehrswesen, sondern unsere Umwelt und Lebensformen auf eine Weise verändert, wie es sich um die Jahrhundertwende niemand hätte träumen lassen.

Oldtimer aber faszinieren nicht nur Kenner; Leute, die manche der hier vorgestellten Modelle noch in Aktion, also im Alltagsverkehr erlebt haben, sind genau so enthusiasmiert wie die Jungen, die sie nur als Raritäten und Museumsstücke kennen oder fabelhafte Geschichten von ihnen und ihren genialen Erbauern gehört haben.

Der große Traum von dem Wagen, vor den man kein Pferd spannen muß

Sicher, die Erfindung des selbsttätig fahrenden Wagens, des Automobils, hat durch *Carl Benz* und *Gottlieb Daimler* die letzten, die entscheidenden Anstöße erfahren; aber schon lange vor den beiden großen Auto-Pionieren hatten einfallsreiche Menschen über Möglichkeiten nachgedacht, die Pferde von ihren Kutschen abzukoppeln und andere Kräfte für die Fortbewegung nutzbar zu machen. Zum Beispiel den Wind. Bereits 1420 wurde ein erster windgetriebener Wagen vorgestellt. Auch *Leonardo da Vinci*, das Universalgenie, hat sich schon mit dem Problem des Automobils auseinandergesetzt. 1680 konnte *Isaac Newton*, dessen Forschergeist wir die Begründung der klassischen Physik und der mathematischen Naturwissenschaften verdanken, einen »automobilen« Modelldampfwagen präsentieren.

Dennoch – die Zeit war noch nicht reif für das Verkehrsmittel Automobil. Aber es gab Wagen, vor die man keine Pferde spannen mußte, die vielmehr ihren Antrieb von Menschenhand oder -fuß erfuhren. In ihnen waren Diener versteckt, die die oben thronende Herrschaft in Gang bzw. Fahrt brachten, indem sie kurbelten, drehten oder traten. Automobile zum Schein.

Trotz Newton und anderer: Pferdewagen konnten noch 200 Jahre ihre dominierende Rolle im Verkehrsgeschehen behaupten. Immerhin gab es im Jahre 1776 schon wieder eine aufsehenerregende Neuheit in Sachen Automobil. Der Franzose *Nicholas Joseph Cugnot*, Armeeoffizier mit großer Begeisterung für neueste technische Errungenschaften, nutzte die Kraft des Dampfes zur Fortbewegung seines 1769 vorgestellten Straßenwagens.

Er installierte eine gewaltige Dampfmaschine auf einem plumpen dreirädrigen Wagen und konnte seine spektakuläre Erfindung unter Zuladung einiger Passagiere (dabei war das Ungetüm ursprünglich zum Transport von Geschützteilen bestimmt) ganze 20 Minuten unter Dampf halten, wobei er die beachtliche Geschwindigkeit von 4 km/h erreichte. Dann mußte erst wieder »aufgetankt« werden. Da war es also, das Automobil, das sich unabhängig von Menschen- und Pferdekraft, Wind- oder Wasserenergie bewegte. Ein neuer Anfang war gemacht – aber die Zukunft gehörte nicht dem Dampfwagen.

★

Doch in Frankreich wie in England wurde an solchen Wagen weitergearbeitet, weiterentwickelt. *William Murdoch*, Mitarbeiter von *James Watt*, war der britische Dampfwagenpionier. Zu Beginn des 19. Jahrhunderts sah man im Straßenbild von Paris und London bereits Dampfwagen und sogar dampfgetriebene Busse. Aber sie vermochten bald nicht mehr zu begeistern, weckten vielmehr mit dem Höllenlärm und Gestank, den sie verbreiteten, zunehmende Animositäten. Um Gefahr von den übrigen Verkehrsteilnehmern zu Fuß und zu Pferd abzuwenden, wurde deshalb im sogenannten *Locomotive Act* von 1865 eine erste Geschwindigkeitsbegrenzung angeordnet: Dampfwagen durften in Ortschaften nicht schneller als zwei Meilen in der Stunde fahren, in ländlichen Gegenden war ein atemberaubendes Tempo von vier Meilen erlaubt. Zur Warnung für die Passanten mußte jedem Dampfwagen ein Mann mit einer roten Flagge im 50-Meter-Abstand voranschreiten.

In den USA wurde ebenfalls mit Dampfwagen experimentiert. Schon 1790 hatte ein Mann namens *Nathan Reed* aus Massachusetts die Idee, sich bzw. seine Wagen per Dampf voranzutreiben. Aber noch war die Welt nicht aufgeschlossen genug für das neue Vehikel, und Reed ist nicht in die Geschichte eingegangen.

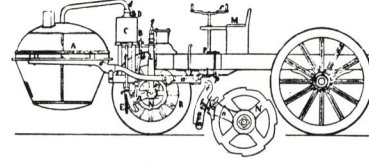

Cugnots Dampfwagen von 1770

Murdocks Dampfwagen von 1784

Pecqueurs Dampfwagen von 1828

Gestatten wir uns einen kurzen Abstecher zu einer Kategorie von Automobilen, die aus heutiger Sicht auf dem Abstellgleis der Entwicklung gelandet sind. Schon 1839 konstruierte der Schotte *Robert Anderson* aus Aberdeen ein nicht gerade elegantes, elektrisch betriebenes Gefährt, das aber immerhin ohne Krach und Gestank seines Weges rollte. Das Problem war, daß die eingebauten Batterien nur für eine kurze Strecke reichten. 1896 schaffte der Elektrowagen-Pionier *Walter Bersey* die legendäre Strecke von London nach Brighton mit einem selbstgebauten Elektrowagen. Und schon 1897 etablierte sich in London eine *Electric Cab Company*, deren Wagen mit einer Batteriefüllung immerhin eine Reichweite von 85 Kilometer hatten. Doch die Gesellschaft operierte nicht besonders erfolgreich und stellte ihre Aktivitäten schon 1899 wieder ein. Das Dilemma der Elektrowagen waren ihr hohes Gewicht und die ruckartige, für die Fahrgäste recht beschwerliche Gangart beim Start und Halt.

Die entscheidende Wende in der Automobil-Entwicklung kam kurz nach der Mitte des 19. Jahrhunderts, als *Jean-Joseph-Etienne Lenoir* den ersten verwendbaren Gasmotor, einen Zweizylinder, baute, der mit elektrischer Zündung funktionierte. Als Kraftstoff brauchte er ein Leuchtgasgemisch.

Seit 1864 bastelte der große Erfinder *Siegfried Marcus* in Wien an einem Fahrzeug mit Verbrennungsmotor und brachte tatsächlich einen unförmigen hölzernen Wagen mit Hilfe des von ihm entwickelten Motors zum Laufen. Zur Weiterentwicklung aber fehlte es ihm an Geduld, und er gab 1877 seine Automobil-Pläne auf und wandte sich anderen technischen Errungenschaften zu. Dennoch gehört er zu den Pionieren des Autos.

Bevor das Automobil dann tatsächlich seinen endgültigen Siegeszug antreten konnte, mußte eine bahnbrechende Erfindung gemacht werden. Sie gelang *Nikolaus August Otto*, der 1864 einen Viertaktgasmotor baute, auf den er 1877 ein Patent erhielt.

Von nun an ging es Schlag auf Schlag. In der *Deutzer Gasmotorenfabrik Otto & Langen* wurde im Jahre 1872 ein gewisser *Gottlieb Daimler* angestellt; und fast zu gleicher Zeit etablierte sich in Mannheim *Carl Benz* mit einer Mechanischen Werkstätte, aus der später die *Benz & Cie, Rheinische Gasmotorenfabrik* hervorging.

Der Patent-Motorwagen des Carl Benz und die Folgen

Carl Benz, am 25.11.1844 in Karlsruhe auf die Welt gekommen, war technisch oder besser verkehrstechnisch gewissermaßen vorbelastet; denn sein Vater tat Dienst als Lokomotivführer, ein um die Mitte des 19. Jahrhunderts gewiß noch nicht alltäglicher Beruf. Damals lagen Entwicklungen in der Luft, die einen aufgeweckten, technisch interessierten Jungen oder jungen Mann einfach faszinieren mußten.

Nach dem Abschluß des Gymnasiums begann Benz mit dem Studium an der Karlsruher Polytechnischen Hochschule. Praktische Erfahrungen erwarb er sich als Konstrukteur im Dienst verschiedener Firmen.

Sein besonderes Interesse galt dem Motorenbau, und so ging er eines Tages daran, selbst einen Zweitaktmotor zu entwickeln, auf den er bald ein Patent bekam und der zum Ausgangspunkt seines weiteren Wirkens in Richtung »Automobil« wurde. Die finanzielle Grundlage für seine Arbeiten und Experimente lieferte ihm seine mit zwei Teilhabern 1883 gegründete Gasmotorenfabrik in Mannheim. Der von ihm erfundene Zweitaktmotor wurde bald bekannt und brachte dem jungen Unternehmen beträchtlichen geschäftlichen Erfolg.

Carl Benz, 1844–1929

Carl Benz hatte sich damit die Möglichkeit geschaffen, einen Traum zu verwirklichen, den er mit vielen anderen an neuer Technik interessierten Zeitgenossen gemeinsam hatte: den Wagen der Zukunft, der selbsttätig, also ohne Pferde, ohne Kraftanwendung von außen, gelenkt vom Willen des hinter dem Lenkrad thronenden »Kutschers«, seinen Weg machte.

Benz verfolgte von Anfang an das Ziel, etwas ganz Neues vorzustellen, er wollte also nicht etwa eine Kutsche mit einem Motor ausstatten, statt sie mit Pferden zu bespannen, sondern ein ganz anderes Gefährt bauen, einen Wagen, der den Erfordernissen einer neuen Fortbewegungstechnik entsprach.

So entwickelte er den *Patent-Motorwagen*, der aber nicht mit dem Benz-Zweitaktmotor ausgestattet wurde, sondern für den er das Otto-Viertakt-Verfahren benutzte. Am 3. Juli 1886 konnte er diesen Wagen der Öffentlichkeit präsentieren, und er kutschierte sein Gefährt glücklich durch die Straßen von Mannheim. Das bei dieser ersten Fahrt erreichte beachtliche Tempo von 15 km/h muß auf jeden Zeitgenossen, der dem Wagen begegnete, einen unerhörten Eindruck gemacht haben.

Die Zuschauer empfanden den dreirädrigen Wagen mit den zwei hohen Speichenrädern hinten und dem kleineren Rad vorn allerdings eher als Fahrrad denn als Kutsche. Man sprach von einem »Motoren-Velociped«; und nicht jedermann betrachtete es mit Wohlgefallen. Denn natürlich waren auch die Zweifler und Skeptiker zur Stelle, die wissen wollten, daß auf einem solchen Teufelsgefährt, das sich sozusagen selbsttätig bewegte, kein Segen liegen könne. Andererseits gab es auch Stimmen von begeisterten Anhängern dieser neuen Fahrzeugtechnik, die dem Benzinwagen schon damals eine große Zukunft prophezeiten.

Insgesamt aber hätte man absolut nicht behaupten können, das neue Fahrzeug habe eine Mehrheit von Zeitgenossen überzeugt und ein überwiegend positives Echo gefunden. Im Gegenteil. Man empfand Benzinkutschen oder -Velocipeds wie dieses ganz einfach als Störenfriede im städtischen Verkehr mit seinen zahllosen Kutschen, Equipagen und Droschken, machten sie doch buchstäblich die Pferde scheu. Auf dem Land bekreuzigten sich die Menschen, wenn sie zum ersten Mal eines solchen Höllenwagens ansichtig wurden. Man betrachtete es bald nicht mehr als interessantes oder gar sensationelles Kuriosum, sondern als Belästigung, wenn ein Motorwagen stinkend und unter beträchtlicher Lärmerzeugung des Weges kam. Auch schien vielen sonst für Neuerungen durchaus Aufgeschlossenen eine offene Frage zu sein, ob man sich, wenn man ein solches Gefährt erwerben wollte, auf seine Verkehrstauglichkeit überhaupt verlassen konnte. Hatte sich der Wagen denn überhaupt schon über eine längere Strecke und einen größeren Zeitraum bewährt?

Carl Benz, der soviel Energie, Arbeit, Zeit und Engagement in sein Patent gesteckt hatte, war von solchen Reaktionen alles andere als ermutigt. Sein auch auf internationalen Ausstellungen präsentierter und von Fachleuten gewürdigter Motorwagen stieß nicht auf das große Interesse, das er sich erhofft hatte. Die Leute wollten einfach noch nicht recht an die motorisierte Zukunft glauben. Die potentiellen Käufer waren nicht vom selben Pioniergeist beseelt wie der erfindungsreiche Konstrukteur.

Mußte man da nicht verzweifeln? Würde Carl Benz am Ende aufgeben? Es sah zeitweise fast so aus, als sollte der Motorwagen schon bald beim alten Eisen landen. Er war nach damali-

Carl Benz und seine Tochter Clara bei einer Ausfahrt im Modell »Viktoria«

gem Verständnis eben nicht so chic wie eine elegante Kutsche mit feurigen Pferden und gab für den ersten Augenschein einfach nicht genug her. Ein Motor – und wenn er noch so genial ausgetüftelt wird – ist nun einmal kein so imposanter Anblick wie ein glänzend gestriegeltes Rassepferd, ein Dreirad kein Statussymbol. Und auf so etwas kam es den Menschen auch damals schon an.

Auch der zweite Patent-Motorwagen, mehr oder weniger entsprechend dem Prototyp von 1886 gebaut, aber mit hölzernen Speichenrädern versehen, war alles andere als ein Bestseller. Denn seine Fahrtüchtigkeit hatte, abgesehen von ein paar kurzen Probefahrten, noch niemand öffentlich unter Beweis gestellt.

Sollte man sich die Sache nicht besser aus dem Kopf schlagen und sich statt dessen auf andere gewinnträchtigere technische Neuheiten konzentrieren, die mehr Erfolg versprachen?

Da war *Berta Benz*, die resolute Gattin des Auto-Pioniers, aber ganz anderer Meinung. Man müßte den Leuten einfach mal beweisen, was so ein Benz-Mobil zu leisten imstande war. Nur so konnte man die allgemei-

Werbeschrift des Patent-Motorwagens von Benz & Cie., 1888

ne Skepsis überwinden, waren Carl Benz seine Grübeleien und seine Mutlosigkeit auszutreiben. Also machte sich Berta Benz eines schönen Sonntags im August 1888 mit ihren zwei Buben auf große Fahrt – mit dem Patent-Motorwagen, versteht sich. Ihr Mann hatte keine Ahnung von dem frühmorgendlichen Aufbruch. Was sich Berta für diesen sonnigen Tag vorgenommen hatte, war nicht mehr und nicht weniger als die 180 Kilometer lange Strecke von Mannheim nach Pforzheim. Und sie schaffte es tatsächlich mit einigen Hindernissen und Pannen, die sich aber alle im Laufe der ereignisreichen Fahrt beheben ließen. Sie konnte schließlich ihrem Gatten eine haargenaue Schilderung der Spritztour liefern; dank den Erfahrungen, die seine Frau gemacht hatte, brachte Benz noch verschiedene Verbesserungen an dem Wagen an. Ausprobieren und Erfahrungen sammeln ist eben alles, wenn man sich mit einer Sache auf ein so neues und unbekanntes Terrain begibt.

Aber Frau Berta Benz hatte nicht nur eine wichtige Testfahrt absolviert, sondern zugleich die erste große Public-Relations-Aktion für den Patent-Motorwagen unternommen; denn in allen Orten zwischen Mannheim und Pforzheim, die die drei Reisenden mit ihrem revolutionären Gefährt passiert hatten, waren die Leute staunend am Wegrand stehengeblieben, und überall wo sie Station gemacht hatten, waren sie und der Wagen von Menschentrauben umringt. Viele Leute waren hier zum ersten Mal Auge in Auge mit dem Phänomen konfrontiert, daß ein Wagen ohne Pferde oder andere Zugtiere vorwärtsrollte, um Kurven fahren und stehenbleiben konnte, genau oder fast genau dort, wo der Lenker oder die Lenkerin es wollte. Natürlich hatte auch die örtliche Presse entsprechend Notiz von dem spektakulären Ereignis genommen.

Carl Benz konnte also wieder hoffen, sein Wagen fand auch auf den nun folgenden Ausstellungen und Messen viel Beifall und errang allerlei Diplome, Ehrenurkunden und Preise. Er wurde nun nicht mehr nur in einer Halle zwischen vielen anderen Gefährten ausgestellt, sondern im Alltagsverkehr vorgeführt, damit die Interessenten seine Fahreigenschaften und seine Leistung kennenlernen konnten. Während der Patent-Motorwagen allmählich seinen Weg in die Remisen neuer Kunden zu machen schien – er kostete damals übrigens die beachtliche Summe von 2750 Goldmark – war Benz schon wieder an der Arbeit.

Er entwickelte nun einen vierrädrigen Wagen, der eine Achsschenkellenkung hatte, um den beiden Vorderrädern beim Kurvenfahren verschieden große Ausschläge zu geben. »Viktoria«! soll er überglücklich ausgerufen haben, als das neue Fahrzeug schließlich fahrbereit war und sich als außerordentlich funktionstüchtig erwies. Und damit hatte dieser jüngste Sproß aus Benzens Erfinderwerkstatt seinen Namen weg. Als *Benz Viktoria* kam er 1893 auf den Markt. Bei der äußeren Gestaltung war der Konstrukteur aber wieder von der funktionellen Bauweise des Patent-Motorwagens abgegangen; mit der Viktoria trug er dem Wunsch und Geschmack des Publikums nach herkömmlichem Styling Rechnung und kam damit fast wieder zum Kutschen-Look zurück.

Es fand sich auch bald ein Fan, der das neue Modell ein Jahr nach seinem Erscheinen auf dem Markt — es kostete damals 3875 Goldmark — auf eine harte Probe stellte. Der Österreicher Theodor von Lieb setzte sich im böhmischen Reichenberg hinter das Lenkrad einer Viktoria und »kutschierte« sie bis nach Reims in Frankreich und wieder zurück. Die Gesamtstrecke machte immerhin 1878 Kilometer aus. Dabei gab es keine größeren Pannen. Allerdings war Viktorias Benzinverbrauch beachtlich, sie brauchte 21 Liter je 100 Kilometer. Schier unlöschbar war auch ihr Wasserdurst, denn sie schluckte allein auf der Hinfahrt 1500 Liter Kühlwasser; aber sie fuhr auch schon ein für die damalige Zeit geradezu rasantes Tempo und erreichte eine Höchstgeschwindigkeit von 40 km/h — das war 1893 wohlgemerkt.

Nur ein Jahr nach dem vielversprechenden Start und Siegeszug der Viktoria erblickte im Jahre 1894 ein Motor-Vehikel aus dem Hause Benz das Licht der Welt, das als erstes Auto überhaupt »in Serie« ging. Anderthalb Pferdestärken (PS) sorgten bei dem preiswerten Gefährt — es kostete nur 2200 Goldmark — für eine beachtliche Leistung und eine Höchstgeschwindigkeit von 21 km/h. Innerhalb von drei Jahren fanden 381 dieser Velos ihre Käufer. Im Preis inbegriffen war ein Verdeck, das den halben Wagen überspannte und das man bei schönem Wetter abnehmen konnte. Der Name Velo wies darauf hin, daß es sich hier um eine etwas leichtere Version des Motorwagens, man konnte fast sagen ein Volks-Mobil, handelte.

Wir sind immer noch im 19. Jahrhundert, wenn wir bewundernd ein weiteres Produkt aus der Werkstatt

Das »Velo« aus dem Hause Benz von 1894 war schon fast ein »Serien«-Wagen

12

Motorwagen wurden nicht nur verkauft sondern auch vermietet

von Carl Benz zur Kenntnis nehmen, das *Benz Mylord Coupé* nämlich, in dem die Passagiere nicht nur durch ein gut schließendes Verdeck gegen Regen und Wind geschützt waren, sondern das bereits 8 Pferdestärken Leistung brachte. Der Mylord machte seinem Namen alle Ehre, denn er vermittelte mit seinen schön geputzten Messinglampen, dem eleganten Heck und dem schicken Lederverdeck einen wahrhaft noblen Eindruck, erinnerte aber immer noch an die Kutschen-Vergangenheit des Automobils.

Das Jahrhundert ging nicht zu Ende, ohne daß sich Benz als besonderen Hit den *Benz Dos-à-Dos* ausgedacht und ihn flugs in die Tat umgesetzt hatte.

In diesem Wagen saßen die beiden Insassen Rücken an Rücken, der eine konnte also den Verkehr vorn, der andere eventuelle Verfolger im Auge haben. Der Käufer dieses aparten Modells mußte immerhin 4000–4500 Goldmark auf den Tisch des Hauses Benz legen.

Carl Benz gab erst im Jahre 1903, 59jährig, die aktive Mitarbeit in seinem inzwischen groß gewordenen Werk auf.

Was Gottlieb Daimler und die Dame Mercedes miteinander zu tun hatten

Selbst in einer Zeit, in der so viele technische Genies – fasziniert von den Erfindungen der letzten Jahrzehnte – Großes schufen und die Technik auf allen Gebieten mit Siebenmeilenstiefeln voranschritt, war *Gottlieb Daimler* eine singuläre Erscheinung.

Als Sohn eines Bäckers wurde er am 17. 3. 1834 im württembergischen Schorndorf geboren, also 10 Jahre, bevor Carl Benz das Licht der Welt erblickte. Er absolvierte zunächst eine solide Ausbildung zum Büchsenmacher, bevor er sich dem damals noch jungen Verkehrsmittel Eisenbahn zuwandte und sich im Lokomotivenbau fortbildete. Nach dem Abschluß seiner Studien an der Polytechnischen Hochschule in Stuttgart lernte er den Maschinenbau von vielen verschiedenen Seiten in der Praxis kennen. Dabei kam er auch ins benachbarte Ausland. Wichtigste Station war für ihn schließlich die Deutzer Gasmotorenfabrik, wo er mit dem Viertaktgasmotor von Nikolaus August Otto Bekanntschaft machte. Er wußte von Stund an, daß diesem Motor die Zukunft gehörte, da er kleiner, leichter und damit besser zu handhaben war als der herkömmliche monströse Gasmotor. In der Deutzer Maschinenfabrik aber hatte er noch eine andere wichtige Begegnung: Er lernte den Konstrukteur *Wilhelm Maybach* (geboren 1849 in Heilbronn) kennen und stellte ihn als Konstruktionschef ein. Als er 1882 in Cannstatt bei Stuttgart sein eigenes Unternehmen begründete, war Maybach bald mit von der Partie. Und sie machten sich gemeinsam an die Entwicklung einer technischen Neuheit, die die Welt verändern sollte und in ihrer Wirkung bis heute kaum zu überschätzen ist.

Der Daimler-Motor, ein Verbrennungsmotor liegender Bauart, auf den er 1883 ein Patent erhielt, erwies sich als so funktionstüchtig, daß er bald überall Abnehmer fand, nicht nur in Deutschland, sondern auch in den Nachbarländern, vor allem in Frankreich.

Aber Daimler hatte sein Herz nicht nur an den Motor verloren, sondern vielmehr an ein Gefährt, das dieser antreiben sollte. Schon bald darauf, im Jahre 1885, kam der sogenannte *Daimler Reitwagen* aus der technischen Hexenküche in Cannstatt, ein Zweirad mit einer Art Reitsattel, das man getrost als das erste Motorrad der Welt bezeichnen kann. Zusammen mit dem Benz Patent-Motorwagen steht es am Anfang der deutschen Auto-Geschichte. Bei 0,5 PS Leistung erreichte es ein Tempo von 12 km/h.

Wilhelm Maybach schwang sich in den Sattel des Reitwagens und machte alsbald die erste Probefahrt. Dabei holte er auf der Strecke von Cannstatt nach Untertürkheim bereits die Höchstgeschwindigkeit aus dem von einem Einzylinder-Motor betriebenen, aus Holz gefertigten Motor-Rad heraus.

Aber Daimler stand damit erst am Anfang seiner glanzvollen Laufbahn als Automobil-Pionier. Eine Kutsche sollte es nun sein, ein weniger sportliches als vielmehr bequemes Gefährt, das äußerlich noch ganz der Tradition der hergebrachten Verkehrsmittel verpflichtet war, wenn nicht der Daimler-Motor gewesen wäre. Und der bewährte sich auch in dieser *Motorkutsche*, die 1886 fertig war und der Öffentlichkeit vorgestellt werden konnte. Sie erreichte immerhin schon eine Höchstgeschwindigkeit von 16 km/h, ohne daß eine andere Kraft als die des Motors auf sie einwirkte. Das Pferd war damit abgehalftert, aus dem Kutscher der Lenker und Automobilist geworden.

Und weiter ging es Schlag auf Schlag oder besser Wagen auf Wagen. Das erfindungsreiche Gespann Daimler-Maybach war kaum mehr zu bremsen. 1889 war der erste Daimler Stahlradwagen fertig. Dieser Wagen mit seinem Zweizylinder-V-Motor wurde 1890 auf der Pariser Weltausstellung präsentiert und hatte es den Franzosen sofort angetan. Der Motor wurde in Lizenz von den französischen Firmen Peugeot und Panhard & Levassor gebaut, von denen noch an anderer Stelle die Rede sein wird.

Überhaupt florierte das Geschäft in Daimlers neuem Unternehmen, der *Daimler-Motoren-Gesellschaft,* in die weitere Compagnons eingestiegen waren, nicht zuletzt dank des Interesses der ausländischen Partner und Lizenznehmer.

Was aber hatte Daimler eigentlich mit Mercedes zu schaffen? Wie kam diese Dame zu der Ehre, für die weiteren Daimler-Modelle ab 1904 als Taufpatin zu fungieren? Auch das hatte mit der weltweiten Resonanz der Daimler-Produkte zu tun und damit, daß ein österreichischer Generalkonsul und Geschäftsmann in Nizza, *Emil Jellinek*, sein Herz an die automobilen Kutschen im allgemeinen und die Motorwagen von Daimler im besonderen verloren hatte und die Firma zu immer neuen Höchst- und Superleistungen zu animieren wußte. Wilhelm Maybach setzte sich wieder einmal an den Konstruktionstisch und entwickelte einen

Gottlieb Daimler, 1834–1900

*Funktionstüchtig:
der Daimler Reitwagen von 1885*

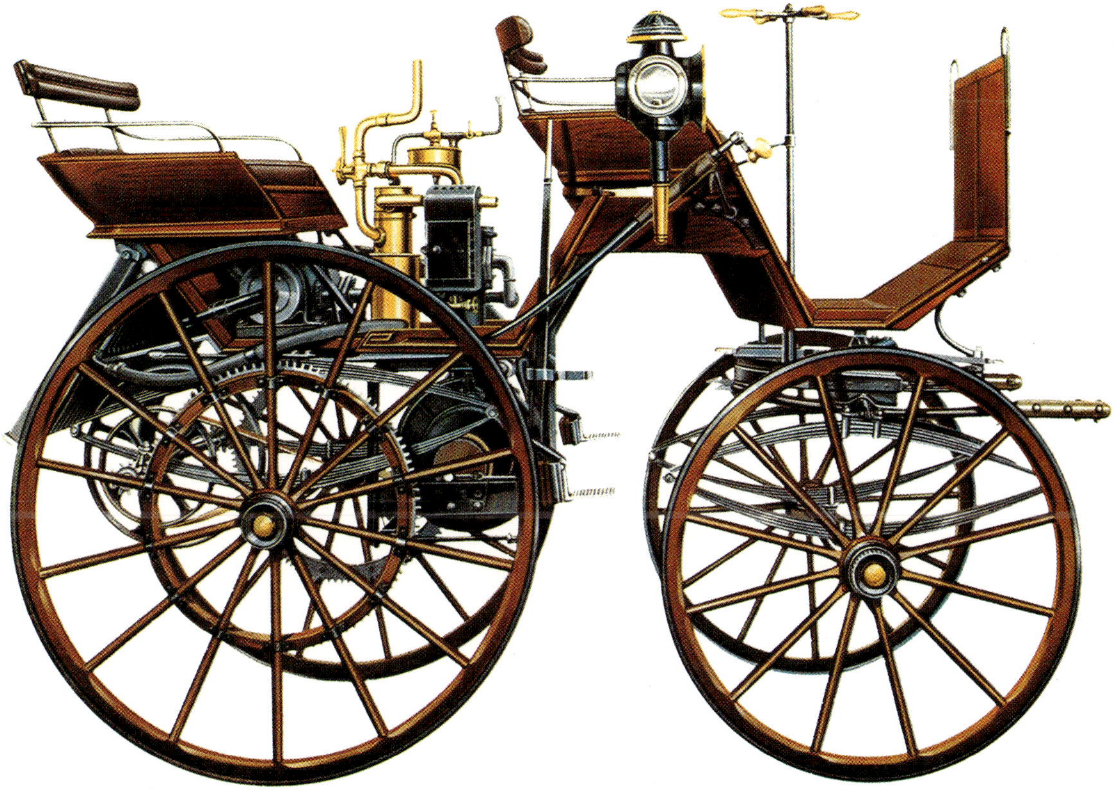

*Der Daimler-Motorwagen
von 1886 sah noch wie eine Kutsche
ohne Pferde aus*

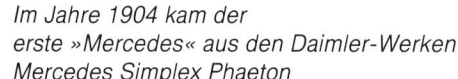

*Im Jahre 1904 kam der
erste »Mercedes« aus den Daimler-Werken:
Mercedes Simplex Phaeton*

schnelleren, einen sogar renntauglichen Wagentyp, den *Phönix-Sportwagen*, der bereits 24 PS hatte. Jellinek setzte sich hinter das Lenkrad dieses Wagens und beteiligte sich 1899 damit an einem Rennen für Tourenwagen in Nizza. Dabei erreichte er eine Höchstgeschwindigkeit von 80 km/h und siegte natürlich. Gemeldet war der Herr Konsul unter dem Namen »Mercedes«, denn ein Generalkonsul als Rennfahrer hätte die öffentliche Meinung gewiß schockiert. Und Mercedes war der Name von Emil Jellineks Tochter. Alle weiteren Motorwagen aus dem Hause Daimler und später Daimler-Benz aber hatten damit ihre Markenbezeichnung weg.

Gottlieb Daimler starb im März 1900 und hat deshalb den weiteren Aufstieg seines Unternehmens und die Fortentwicklung seiner Motorwagen nicht mehr miterlebt.

In den ersten Jahren des neuen Jahrhunderts geriet dank Maybach die Kutschenform der frühen Daimler-Automobile immer mehr in Vergessenheit. Der Motorwagen verlangte nach eigenen, ihm angemessenen Formen, nach einem dem motorisierten Zeitalter adäquaten Design. Da ging der erste *Mercedes*, der *Simplex-Tourenwagen* bereits mit gutem Beispiel voran. Dieser Wagen hatte eine tiefere Schwerpunktlage und einen längeren Radstand. Neuartig war auch die Niederdruck-Bereifung der Holzspeichenräder. Die Bezeichnung Simplex sollte darauf hinweisen, daß es der Lenker hier mit einem unkomplizierten, leicht zu bedienenden Modell zu tun hatte.

Mercedes aber war seit jenem denkwürdigen Rennen von Nizza auf der Siegerstraße und das von Gottlieb Daimler begründete Unternehmen sollte eines der größten und bedeutendsten Automobilwerke der Welt werden.

Die großen Pioniere des deutschen Automobils

Kaum eine andere technische Neuheit hat auf die Fachwelt eine so elektrisierende Wirkung gehabt wie das Auto. Nicht nur in Deutschland, überall in Europa erwachte die Begeisterung für das neue Verkehrsmittel, machten sich begabte Techniker daran, auf ihre Weise zu seiner Entwicklung beizutragen.

Warum gerade das Automobil, der Motorwagen soviel Enthusiasmus weckte und so viele in seinen Bann schlug? Vielleicht weil hier das individuelle Verkehrsmittel winkte, das jedem zugänglich und für manche auch schon erschwinglich war? Weil es soviel Bequemlichkeit bei soviel Mobilität verhieß?

Niemand aber, der damals am Reißbrett oder in einer Werkstatt vom Motorwagen träumte, hätte sich in seinen kühnsten Träumen ausmalen können, in welchem Ausmaß sechzig bis siebzig Jahre später das neue Verkehrsmittel Leben und Alltag der Menschen bestimmen würde. Die Idee, daß in der zweiten Hälfte des 20. Jahrhunderts in vielen Haushalten nicht nur ein, sondern mehrere Autos zur Verfügung stehen würden, daß die Hausfrau ihre Einkaufsfahrt, der Berufstätige den Weg zur Arbeit mit dem eigenen Auto machen könnten, wäre zu Ende des vorigen Jahrhunderts auch dem Weitsichtigen als utopische Spinnerei erschienen.

Adam Opel, 1837–1895

Und ebenso widersinnig kommt es den Menschen heute vor, eine individuelle Mobilität, zu der ihnen die Pioniere von damals und die allgemeine Prosperität von heute verholfen haben, in gewissen Grenzen zu halten, die das Allgemeinwohl setzt. So sehr wir bis heute die Aufbruchstimmung jener Zeit nachempfinden können, so sehr uns die Automobile der Erfindergeneration, die Oldtimer, wie wir sie liebevoll nennen, faszinieren, so müssen wir doch zur Kenntnis nehmen, daß eine weitere rapide Entwicklung des Individualverkehrs den Menschen und der ihn umgebenden Natur nicht mehr zum Wohl sondern zum Schaden gereichen würde. Auch das Positive, der Komfort, die Errungenschaften einer imponierenden Technik wollen in Maßen genossen sein und behalten nur dann ihre wohltätige Wirkung.

★

Die Produkte von Benz und Daimler fanden nicht nur immer mehr Käufer, sie regten auch die Phantasie vieler Bastler und Konstrukteure an. In Dessau hatte es der Schlossermeister *Friedrich Lutzmann* zum Hof-Mechaniker in Sächsisch-Anhaltischen Diensten gebracht. Er verfolgte die Entwicklung auf dem Motorwagen-Sektor mit kaum zu bremsender Begeisterung. 1893 erstand er das nagelneu entwickelte Modell Viktoria, die vierrädrige Motor-Kutsche von Carl Benz. Er studierte den Wagen bis in alle Einzelheiten und ging schließlich zusammen mit einem böhmischen Dreher selbst daran, einen Motorwagen zu bauen. Noch im selben Jahr verließ sein erstes Automobil den Schuppen, der Lutzmann als Werkstatt gedient hatte, und startete zur Jungfernfahrt. Sein oberster Dienstherr, der Großherzog von Sachsen-Anhalt, fand Gefallen an dem patenten Motorwagen und beförderte Lutzmann zum Hof-Wagenbauer. Aber mit diesem Avancement war Lutzmanns Ehrgeiz keineswegs gestillt. Er machte sich 1895 selbständig und gründete die *Anhaltische Motorwagenfabrik*.

Hier entstanden Wagen, die unter dem Namen *Pfeil* auf den noch spärlich besetzten Motorwagen-Markt kamen. Immerhin konnte ein Lutzmann-Wagen die Produkte der Firmen Daimler und Benz in einem Fahrwettbewerb des Mitteleuropäischen Motorwagen-Vereins, der von Berlin nach Potsdam führte, auf die Plätze verweisen. Das ließ die Fachwelt aufhorchen. Lutzmann und seine Pfeile kamen ins Gespräch.

Unter den Zuschauern des Berliner Automobil-Wettbewerbs waren auch zwei Herren aus Rüsselsheim, die für technische Neuerungen und besonders den Motorwagen ein mehr als privates Interesse hatten. Es handelte sich um *Carl und Wilhelm Opel*, die beiden ältesten Söhne von *Adam Opel*, der in Rüsselsheim eine Nähmaschinen- und Fahrradfabrik aufgebaut hatte. Die beiden Brüder waren von dem Lutzmann-Wagen begeistert, begaben sich sogleich auf die Reise nach Dessau und kamen mit Lutzmann überein, daß er seinen Betrieb nach Rüsselsheim verlegte.

★

Dort wurde die Motorwagen-Abteilung der Opel-Werke aufgebaut, deren Leitung und Weiterentwicklung Friedrich Lutzmann übernahm. 1899 kam als erstes Ergebnis dieser Zusammenarbeit der *Opel-Patent-Motorwagen, System Lutzmann* auf den Markt, der den weltweiten Ruf der Opel-Werke als Automobil-Hersteller begründete.

Der neue Wagen hatte sich vom verschnörkelten Kutschen-Look des

Lutzmann-Patentwagens, der noch die Ambitionen des Hof-Wagenbauers verriet, schon mehrere Schritte weit entfernt und wirkte eigentlich recht »automobilistisch«. Er war niedriger als sein Vorgänger und brachte es bei 4 PS und 1,5 Liter Hubraum auf 20 km/h Höchstgeschwindigkeit. Die Vorderräder hatten Achsschenkellenkung, Vorder- und Hinterachse waren durch Stahlrohre verbunden.

Noch im Jahre 1899 konnten die Opel-Werke dank Lutzmanns Entwicklungsarbeit einen Zweizylindermotor vorstellen, dessen Leistung ausreichte, einen größeren Wagen, noch dazu vollbesetzt mit vier Personen, in Fahrt zu bringen, und zwar auf die beachtliche Geschwindigkeit von 45 km/h.

Die Opel-Motorwagen machten bald von sich reden, denn sie tauchten nicht nur im Straßenverkehr sondern auch bei den ersten Wettfahrten und Geschwindigkeitstests auf, die schon bald zwischen den Motorwagen der verschiedenen Fabrikate veranstaltet wurden. Als Amazone am Steuer bewährte sich bei einer Geschwindigkeitsprüfung in der Nähe von Frankfurt auch die Gattin des Konstrukteurs, Frau Lutzmann, am Volant eines Opel-Motorwagens.

Bald aber stellten die Brüder Opel fest, daß ihre Autos nicht mehr den neuesten technischen Anforderungen entsprachen und daß sie sich am internationalen Standard, der vor allem von den französischen Automobilen bestimmt wurde, zu orientieren hatten. Friedrich Lutzmann zeigte sich der Notwendigkeit, seine Konstruktionen im Wettbewerb mit immer mehr Konkurrenten ständig auf dem letzten Stand der Technik zu halten, auf die Dauer nicht gewachsen. Die Motorwagen-Abteilung der Opel-Werke wurde deshalb im Jahre 1900 aufgegeben. Die Wege der Brüder Opel und Lutzmanns trennten sich.

Ab 1902 übernahmen die Opels, die sich vom Automobilgeschäft trotz des ersten Fehlstarts Erfolge erhofften, die Vertretung der französischen Renault-Werke. Doch hatte sich der französische Partner mit der Etablierung dieser Auslandsvertretung übernommen; er konnte nicht genügend Wagen liefern, um das Geschäft in Deutschland lukrativ genug zu gestalten.

Deshalb taten sich die Opel-Brüder mit dem französischen Hersteller Darracq & Cie. zusammen. Man importierte nicht nur fertige Wagen aus Frankreich, sondern auch Fahrgestelle, denen in Rüsselsheim eine ansprechende Karosserie verpaßt wurde. Und so kam im Jahre 1902 erstmals ein Motorwagen unter dem Namen *Opel-Darracq* auf den Markt. Der Wagen mit Einzylindermotor und einer flotten Opel-Karosserie leistete 8 PS. In dem leicht und luftig wirkenden Wagen hatten vier Passagiere Platz. Obwohl der Wagen runde 5000 Mark kostete, fand er seine Käufer. Ein Jahr später wurde der Hubraum vergrößert und die Leistung auf 9 PS gesteigert.

An Opel-Wagen der verschiedensten Modelle war in den folgenden Jahren kein Mangel. Man konnte sich eine relativ große Produktpalette leisten, denn es gab ja noch keine Bänder und Serienproduktion, jedes Teil wurde in Handarbeit montiert.

Über die komplizierten und zeitaufwendigen Abläufe bei der Motorwagenherstellung gibt die Chronik des Hauses Opel »Räder für die Welt« detaillierte Auskunft:

»In jener Frühzeit des Automobilbaus wurde noch nicht mit der heute üblichen Präzision gearbeitet. Es mußte viel von Hand nachgearbeitet werden, und demzufolge war der Arbeitsaufwand je Fahrzeug ungeheuer hoch. Die Motoren wurden jeweils von

Der Lutzmann-Patent-Motorwagen von 1897

Opel-Patent-Motorwagen aus dem Jahre 1899

Bei der Automobil-Preisfahrt von 1906 errang Frau Opel, die Gattin von Heinrich Opel, den Ehrenpreis des Kaiserlichen Automobil-Clubs

einem einzigen Facharbeiter zusammengesetzt, dem ein Helfer zur Seite stand. Jeder fertige Motor kam zuerst in die ›Probierstation‹, in der sich 35 Prüfstände befanden. 10 bis 12 Stunden lang wurden die Motoren mit Fremdantrieb ›eingefahren‹, danach liefen sie ca. 10 Stunden lang mit eigener Kraft. Nun wurden die Motoren völlig zerlegt, in allen Details überprüft, wieder zusammengesetzt, richtig eingestellt und wieder zum Prüfstand zurückgebracht, wo ein Drei-Stunden-Lauf ohne Last folgte.

Damit nicht genug mußten die Motoren nun 5 Stunden lang mit wechselnden Lasten laufen und zum Schluß noch eine Prüfung auf Höchstleistung ablegen. Einer ähnlich scharfen Kontrolle wurden auch die anderen Aggregate unterzogen. Getriebe und Achsantriebe wurden fünf Stunden lang vor allem auf geräuschlosen Lauf geprüft. Das fertige Chassis kam auf einen Rollprüfstand, auf dem es wiederum mehrere Stunden lang mit eigener Kraft und in allen Getriebegängen einwandfrei zu laufen hatte. Eine besonders schwere Testkarosserie wurde danach auf den Rahmen gesetzt und je ein Fahrer und ein Techniker begaben sich auf eine Kontrollfahrt über eine besondere Prüfstrecke im Werksgelände. Wurde das Chassis bei dieser Abnahmefahrt in Ordnung befunden, erhielt es die ihm zugedachte Karosserie. Die Herstellungszeit für die kleinen Modelle belief sich auf ca. sechs Wochen – für eine große Limousine brauchte man damals bis zu drei Monaten. Vier bis sechs Wochen entfielen dabei allein auf die Lackierung. Wenn die Autos der damaligen Zeit am Durchschnittseinkommen gemessen recht kostspielig waren, so ist das bei der beschriebenen Herstellungsmethode eigentlich nicht weiter verwunderlich.«

Von einem Opel-Wagen der frühesten Zeit soll noch die Rede sein, vom *Doktorwagen*, der vor allem Ärzten zugedacht war, die zu jeder Tages- und Nachtzeit zu Krankenbesuchen unterwegs waren und denen ein solider Motorwagen bessere Dienste leistete als die Kutsche, vor die man erst ein Pferd spannen mußte, oder das Fahrrad. Ärzte galten von Anfang an als bevorzugte Zielgruppe der Automobilhersteller. Unter allen Doktorwagen war der 1904 von Opel entwickelte der erfolgreichste. Der Zweizylinder wurde im Jahre 1909 von einem Vierzylinder abgelöst. Dieser Wagen verfügte schon über abnehmbare Felgen, was den geplagten Doktoren bei Reifenpannen die Arbeit wesentlich erleichterte.

Aber kehren wir noch einmal zurück ans Ende des 19. Jahrhunderts und werfen einen kurzen Blick in die Werkstätten anderer Konstrukteure und Firmen, die sich in Deutschland um den Motorwagen bemühten und zunehmend miteinander wie auch mit ausländischen Konkurrenten wetteiferten.

★

Die 1867 in Bielefeld gegründete Firma *Nikolaus Dürkopp* war ursprünglich eine Nähmaschinenwerkstatt. Doch hatten sich ihre Besitzer seit den 90er Jahren auch die Herstellung von Motorwagen in den Kopf gesetzt. 1899 verließen die ersten *Dürkopp-Automobile* das Werksgelände. Sie wurden von wassergekühlten Zweizylinder-Motoren angetrieben, für die man die Lizenz von Panhard & Levassor erworben hatte. Im Laufe der nächsten Jahre kamen weitere Modelle heraus, neben den Zweizylindern auch solche mit vier und sechs Zylindern, als Krönung im Jahre 1905 der Prototyp eines Achtzylinders. 1908 brachte man die erste Limousine mit Innenlenker auf den Markt, und als besonderer Verkaufserfolg erwies sich ein solides Modell des Hauses Dürkopp von 1910. Die Produktion von Personenkraftwagen wurde erst im Jahre 1927 eingestellt.

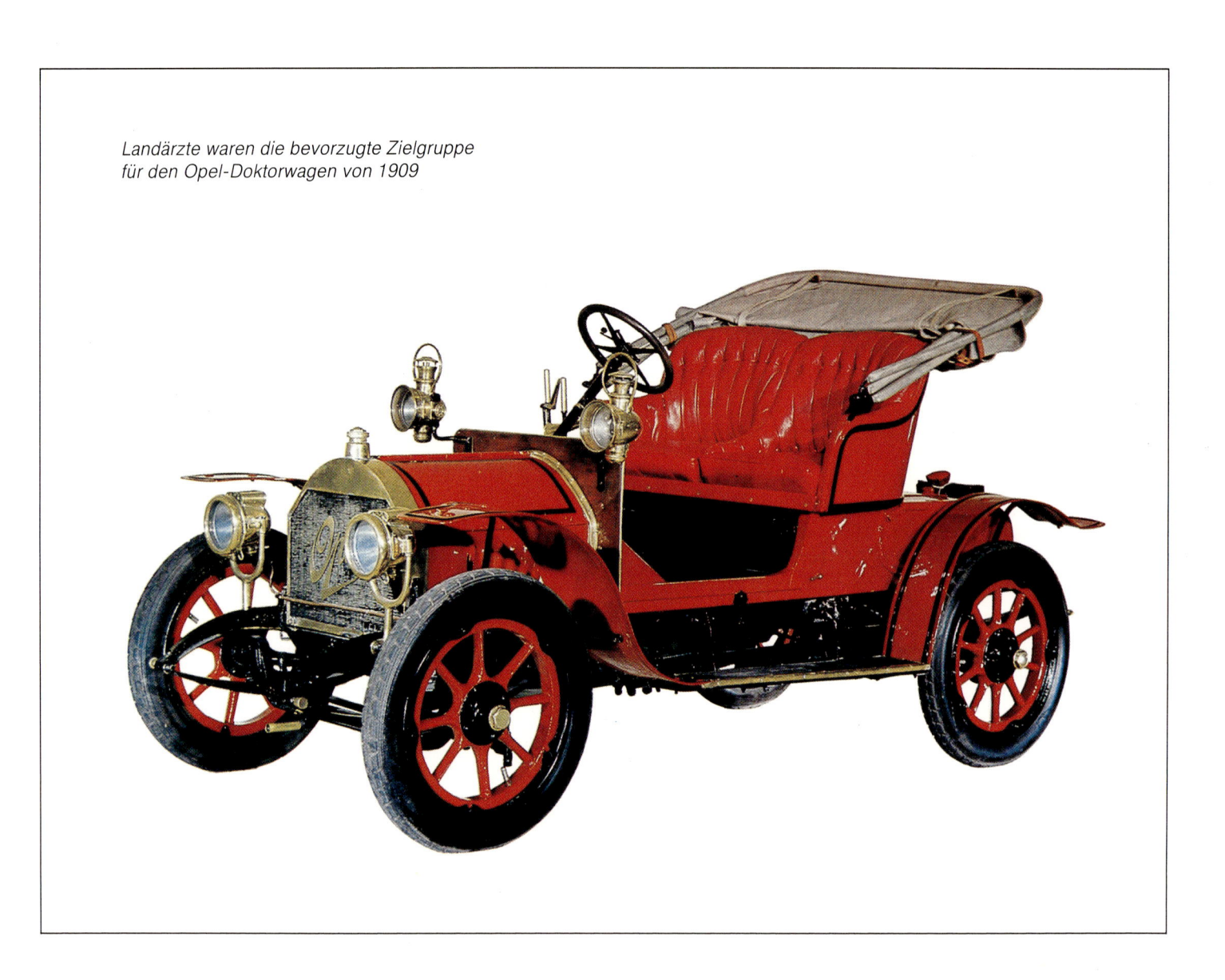

Landärzte waren die bevorzugte Zielgruppe für den Opel-Doktorwagen von 1909

Ein Dach mit Fransen zierte den Horch-Tonneau von 1900

Hatte es Dürkopp zunächst mit Nähmaschinen und Opel mit Fahrrädern zu tun, so ging eine andere Produktionsstätte von Motorwagen aus einer Werkstätte für Strickmaschinen hervor: Die Neckarsulmer Motorenwerke. Gegründet im Jahre 1873 von *Christian Schmidt* und *Heinrich Stoll*, produzierten sie ab 1900 Motorräder und stellten im Jahre 1906 ihr erstes Automobil vor, das mit einer belgischen Lizenz (Pipe, Gent) hergestellt wurde. Ein hauseigenes Modell folgte bald: der *Original Neckarsulmer Motorwagen*.

★

Was Horch und Audi miteinander zu tun haben? Ganz einfach. »Audi« ist das lateinische Wort für die Befehlsform von horchen; »horch« ist also gleich »audi«. Trotzdem ist Audi nicht gleich Horch. Aber *August Horch* (geboren 1868) war sowohl der Vater der Horch-Motorwagen als auch der Audi-Automobile. Und das kam so:

Horch, der an der Seite von Carl Benz die Uranfänge des Automobils miterlebt hatte, war nach Abschluß einer Schlosserlehre zum Ingenieur ausgebildet worden. Neben technischer Begabung und Einfallsreichtum prädestinierte ihn eine wahre Leidenschaft für das neue Verkehrsmittel,

Karyatidengleich heben zarte Arme einen Audi-Kühler ins Blickfeld

das Automobil, zum Konstrukteur von Motorwagen. 1899 begründete er eine Firma in Köln, die die ersten *Horch-Automobile* baute. Sie wiesen gegenüber den von Carl Benz produzierten Wagen beträchtliche Vorteile auf. Er baute zunächst Zweizylinderwagen von 5 und von 10 PS Leistung. Im Jahre 1900 kam aus seiner Fabrik der erste Motorwagen mit Kardanantrieb.

Dann übersiedelte er mit seiner Produktion nach Sachsen, wo er am Automobil interessierte Financiers gefunden hatte. Trotz der Erfolge der Horch-Wagen kam es zu Auseinandersetzungen mit den Kompagnons, und Horch schied aus dem Gemeinschaftsunternehmen, das seinen Namen trug, aus. Die Autos, die die Fabrik in Zwickau verließen, aber hießen auch weiterhin Horch.

August Horch konnte natürlich nicht vom Automobilbau lassen, er konstruierte neue Modelle. Aber unter welchem Namen sollte er sie verkaufen? Ein Blick in die Lateingrammatik brachte die Lösung: horch = audi. Also baute Horch jetzt Autos mit Namen *Audi*, und der *Audi* machte seinen Weg. Bis 1920 wurden in den Audi-Werken unter den Augen von August Horch Autos produziert, dann verabschiedete er sich auch dort. Er hatte zwei erfolgreiche Firmen gegründet, zwei berühmte Automarken geschaffen und damit ein ganzes Stück Automobilgeschichte geschrieben. Er gilt heute als einer der Großen unter den Pionieren des Motorwagens.

Auch im Osten Deutschlands, zum Beispiel in Stettin, passierte um die Jahrhundertwende einiges in Sachen Automobil. Die Brüder *Bernhard* und *Emil Stoewer* versuchten sich zunächst mit dem Bau von Motorrädern. Schon 1899 konnten sie dann ein Gefährt vorstellen, das zwar seine Fahrradvergangenheit nicht ganz verleugnete, aber mit seinen vier Rädern und einem luftgekühlten Einzylindermotor doch schon ein richtiger Motorwagen war, bei dem sich der Fahrer in einen Sattel schwang und zwei Passagiere transportierte, die auf einem Sitz zwischen den Vorderrädern plaziert waren. Bei diesem Modell blieb es natürlich nicht. Stoewer stellte bald Wagen der verschiedensten Klassen und Typen her, bevorzugt große und teure Automobile. Im Firmenprogramm tauchte 1919 gar ein Wagen mit 120 PS auf; aber solche Autos hatten es schwer, genügend Käufer zu finden. Kleinwagen, nicht Repräsentationskarossen, waren gefragt.

Zeitgenössische Werbung für einen Horch aus Zwickau, der auch den Unbilden des Winters gewachsen war

In den 30er Jahren kam die Firma in Schwierigkeiten, die Familie Stoewer zog sich zurück. Die neue Firmenpolitik setzte nun auf Kleinwagen, die bis zum Zweiten Weltkrieg gebaut wurden. Dann belieferte das Werk die Wehrmacht mit Fahrzeugen, bis sie durch Luftangriffe völlig zerstört wurde und damit auch das Ende der Marke *Stoewer* gekommen war.

★

Pioniere des deutschen Automobils waren auch *Lilli* und *Alfred Sternberg*, die in Berlin im Jahre 1989 ein vielversprechendes Produkt, eine Einzylinder-Voiturette unter dem Namen *Protos*, vorstellen konnten. Schon bald wurden auch andere Typen angeboten. Man kaprizierte sich aber schließlich vorwiegend auf schwere Wagen (Vier- und Sechszylinder). Um 1904 gab es in Berlin schon eine ganze Anzahl von Protos-Taxis. Und ein Sechszylinder mit 100 PS war in der Planung. Er wurde allerdings nie in Serie gebaut. Dabei konnte Protos-Chef Sternberg auf noble Kundschaft verweisen, denn auch der deutsche Kronprinz erstand in diesen Jahren einen Sechszylinder-Protos. 1908 wurde die Firma an die Siemens-Schuckert-Werke verkauft, die noch bis 1926 Protos-Autos produzierten.

Daß das Automobil der große Schlager der Jahrhundertwende war, beweisen die zahlreichen Firmengründungen überall in Deutschland. In allen Teilen des Landes etablierten sich Fabriken oder neue Abteilungen von alteingesessenen Firmen, in denen Protagonisten des neuen Verkehrsmittels ihre Modelle entwickelten. In Aachen gründete *Max Cudell* schon 1897 ein Unternehmen, das zunächst Wagen mit De-Dion-Motor herstellte; dabei handelte es sich bevorzugt um Dreirad-Mobile. Aber auch Cudell strebte wie andere in der Branche nach Höherem bzw. Schwererem, denn schon einige Jahre nach dem Dreiradstart machte er sein Geschäft bevorzugt mit Vierzylindern. Leider kosteten ihn die Experimente mit neuen Modellen viel Geld, und so gab Cudell seine Automobil-Ambitionen schließlich auf und stellte ab 1908 nur noch Bootsmotoren und Vergaser her.

★

Als eine weitere inzwischen fast vergessene Traditionsmarke der deutschen Automobilgeschichte ist auch *Adler* zu nennen. 1886 gründete *Heinrich Kleyer* ein Fahrradwerk unter dem Namen Adler; doch folgte er nach einigen Jahren dem allgemeinen Motorisierungstrend und konnte

schon 1900 sein erstes Automobil vorstellen. Es hatte einen De-Dion-Motor und 3,5 PS. Seit 1902 stellte man bei Kleyer die Zwei- und Vierzylinder-Motoren für weitere Modelle selbst her. *Adler*-Wagen galten als Qualitätsprodukte unter den deutschen Automobilen. In ihnen paarte sich ausgezeichnete Qualität und Solidität der Verarbeitung mit Eleganz. Ein besonders erfolgreiches Modell war der Doppel-Phaeton von 1906. Adler-Wagen triumphierten bei vielen Autorennen der 20er und 30er Jahre. Ein Renner, auch was die Verkaufszahlen anging, war der seit 1934 gebaute *Triumph Junior* mit seinen 25 PS. Schon Ende der 20er Jahre hatte sich die Firma auf Fließbandproduktion umgestellt. Viele Adler-Fans haben bedauert, daß die Herstellung von Adler-Wagen kurz nach dem Zweiten Weltkrieg eingestellt wurde.

★

Georg Klingenberg, ein Berliner Professor, hatte sich 1898 sein erstes Automobil konstruiert. Er betrieb aber selbst keine Produktion, sondern stellte es als Prototyp der Firma *NAG* zur Verfügung, die in der Folge Zwei- und Vierzylinder, konstruiert von Joseph Vollmer, herstellte. NAG-Sportwagen galten in der Zeit vor dem Ersten Weltkrieg als besonders chic. Ein NAG war der Lieblingswagen der deutschen Kaiserin. In den 20er Jahren konnten NAGs viele Erfolge bei zahlreichen Rennsportveranstaltungen verbuchen. Nach dem Zusammenschluß mit *Protos* im Jahre 1926 wurden Wagen unter der Markenbezeichnung *NAG-Protos* gebaut.

★

Nur noch wenige Automobil-Liebhaber werden sich des Markenzeichens *Piccolo* erinnern, das die Produkte der Firma *Ruppe und Sohn* in Apolda bekannt machte. Piccolo-Automobile wurden seit 1904 hergestellt und fanden vor allem deshalb Beachtung, weil sie luftgekühlte Reihen-Vierzylinder- und V-Motoren hatten. Unter den Konstrukteuren der Firma Ruppe, die 1910 in *Apollo Werke* umbenannt wurde, ist besonders Karl Slevogt zu nennen, der vorher für die österreichische Firma Puch in Graz gearbeitet hatte.

★

Was ab 1904 *Dixi* hieß, das hatte ursprünglich, nämlich im Jahre 1897, in *Heinrich Ehrhardts* Fahrzeugfabrik in Eisenach/Thüringen angefangen, und zwar unter dem Namen *Wartburg*. Der erste Wartburg wurde mit einer Lizenz der französischen Firma Decauville gebaut. Dixi aber hießen später die Wagen, die von dem Konstrukteur Willi Seck entworfen wurden. Dixi ist das lateinische Wort für »ich habe gesprochen« – ein Machtwort sozusagen, denn bald erschienen der Reihe nach Dixis in Eisenach, Dixis der verschiedensten Klassen und Größen, die recht erfolgreich waren, bis im Jahre 1928 *BMW* in München die Dixi-Produktion übernahm.

In Brandenburg an der Havel machten die *Brüder Reichstein* zunächst ihr Geschäft mit Kinderwagen, nicht-motorisierten natürlich. Das erste Motorfahrzeug der ambitionierten Reichsteins war die *Brennaborette*, ein Dreirad mit Fafnir-Motor, das sie seit 1908 verkauften. Nicht allzu erfolgreich, weshalb man sich alsbald an die Entwicklung eines vierrädrigen Motorwagens machte. Und siehe da, der kleine Zweizylinder von Brennabor kam auf Anhieb an, denn er bewährte sich nicht nur im Straßenverkehr, sondern auch in schweren Wettbewerbsfahrten und Rennen. Das Angebot von Brennabor weitete sich in den folgenden Jahren beträchtlich aus, nach dem Ersten Weltkrieg baute man die Produktionsanlagen aus und brachte sie auf den neuesten Stand.

Die Brennabors kamen nun vom Fließband. Aber das ging nur noch ein paar Jahre gut. 1934 mußte das Werk die Produktion einstellen, die Verantwortlichen hatten erst zu spät gemerkt, daß sie jahrelang am Markt vorbei produzierten.

★

Es brauchte eine beträchtliche Anlaufzeit, bis die Wanderer-Werke von *Johann Baptist Winkelhofer* und *Richard Jänicke* in Chemnitz ihr erstes funktionstüchtiges und erprobtes Automobil anbieten konnten. Aber die Ausdauer hatte sich gelohnt. Der *Wanderer* oder das »Puppchen«, wie dieses erste Modell liebevoll genannt wurde, machte seinen Weg. Dieser und viele weitere Wanderer fanden nicht nur den Weg zum Käufer und durch die Tücken des dichter werdenden Straßenverkehrs, sondern zeigten sich auch harten Belastungsproben gewachsen; sie nahmen höchst erfolgreich an allerlei Wettbewerben der damaligen Zeit, darunter auch Bergrennen, teil.

Aber auch für Wanderer kam nach guten Anfangsjahren die Krise; deshalb schloß man sich mit *Audi, Horch* und *DKW* 1932 zur *Auto-Union* zusammen.

Der Audi Typ C Alpensieger von 1912

Ein Horch Typ 853 A mit 120 PS von 1938

Einer der Großen, die hier erwähnt werden müssen, war ein Automobilbauer der zweiten Generation: *Karl Maybach.* Er war in die Fußstapfen seines Vaters, des Daimler-Konstrukteurs *Wilhelm Maybach,* getreten. Wilhelm Maybach hatte, nachdem er aus den Daimler-Motoren-Werken ausgeschieden war, Flugzeugmotoren für Zeppelin gebaut. Aber er konnte die Automobile nicht vergessen. 1921 kam das erste Maybach-Automobil heraus. Die Maybach-Wagen, für die nach dem Tode des Vaters im Jahre 1929 sein Sohn Karl verantwortlich war, galten als Spitzenprodukte deutscher Automobilherstellung. Sie wurden in kleinen Stückzahlen, aber mit höchstem Qualitätsanspruch und in einem unnachahmlichen Design hergestellt. Insgesamt verließen nicht mehr als 2000 Wagen die traditionsreiche Produktionsstätte.

★

Ferdinand Porsche hat mehr als fünf Jahrzehnte lang die Geschichte des Automobils mitgestaltet und mitgeschrieben. 1899 baute der junge Porsche im Auftrag des Wiener Hofkutschenlieferanten sein erstes Automobil. Es wurde von einem Elektromotor angetrieben. Das Originelle daran war, daß der Motor in den Radnaben saß und daß er nicht die Hinter- sondern die Vorderräder antrieb. Doch dem Elektrowagen – das mußte Porsche bald erkennen – gehörte nicht die Zukunft. 1905 wurde er Chefkonstrukteur der Daimler Werke in Österreich und baute dort den sogenannten *Austro-Daimler,* mit dem er 1910 die Prinz-Heinrich-Fahrt gewann.

Seine nächste Station waren die Daimler Werke in Untertürkheim, und die Mercedes-Modelle dieser Jahre zeigen seine unverwechselbare Handschrift. In seinen späteren Jahren als selbständiger Konstrukteur leistete er hochgeschätzte Auftragsarbeit für verschiedene Firmen, bis er schließlich nach dem Zweiten Weltkrieg und 50 Jahre nach seinen ersten Erfolgen doch noch zu einer eigenen Autoproduktion kam.

★

Bleibt am Schluß dieses sehr kursorischen Streifzugs durch die frühe deutsche Automobil-Geschichte noch nachzutragen, was aus den Firmengründungen der beiden Väter des Automobils, Gottlieb Daimler und Carl Benz, am Ende geworden ist. 1926, in einer kritischen Marktsituation, taten sich die beiden Firmen zusammen zur *Daimler-Benz AG.*

Warum das Auto seinen Siegeszug zuerst in Frankreich antrat

Von dem Explosionsmotor des Jean-Josephe Lenoir, auf den er 1860 ein Patent erhielt, ist schon die Rede gewesen. Aber dieser Motor war noch ortsfest, also nicht geeignet, einen Wagen anzutreiben.

Ein anderer Pionier des französischen Automobils war *Louis Serpollet*, der allerdings auf die Dampfmaschine als Antrieb setzte. 1887 hatte er einen Wagen mit drei Rädern unter Dampf; 1890 fuhr er mit einem Dampfwagen eigener Konstruktion von Paris bis Lyon. 1902 erreichte er mit mehr als 120 km/h mit seinem Dampfwagen Geschwindigkeitsweltrekord.

★

Schon in den 80er Jahren des 19. Jahrhunderts war auch in Frankreich die Zeit reif für einen Wagen mit Benzinmotor. Die Ingenieure und Erfinder arbeiteten fieberhaft. Daß ihnen dann sowohl Daimler als auch Benz um ein paar Nasenlängen voraus waren, ist eigentlich Zufall. Die Franzosen wußten jedenfalls von Anfang an die Vorzüge des Automobils viel besser zu schätzen als die Deutschen, die die ersten Auotmobile mit sehr gedämpfter Begeisterung über ihre Straßen und durch die Städte fahren sahen.

So waren es französische Firmen, die als erste reagierten, nachdem des Pudels Kern in Gestalt des Daimler-Motors gefunden war. Die 1889 gegründete Automobilfabrik *Panhard & Levassor* kaufte die Lizenz für die Herstellung von Daimler-Motoren, und dann wurde auch schon zum Start geblasen für den Wettlauf um die Gunst der Käufer. 1891 konnten die ersten Motorwagen gebaut und vorgestellt werden, 1893 war die Produktion auf immerhin 26 Automobile pro Jahr angewachsen, nachdem der *Phaeton* von 1892, gelenkt von Hippolyte Panhard, die Strecke Paris–Nizza ausgezeichnet gemeistert hatte.

Bald lieferten sich die Wagen von Panhard & Levassor erbitterte Wettfahrten mit den Automobilen der in- und ausländischen Konkurrenz. Es ging nicht nur um den Ruhm, sondern vor allem um Marktanteile. Die Käufer waren von einem Siegwagen viel eher zu überzeugen als von einem, der am Wegrand liegengeblieben oder erst als zweitletzter ins Ziel gekommen war. Dabei waren sie ja eigentlich alle Sieger, die in den Anfangsjahren des Automobilsports an den Start gingen, um ihre Wagen über die geforderte Distanz zu bringen. Und jeder von ihnen brachte neue, wichtige Erkenntnisse von einer solchen Wettfahrt mit nach Hause. Jede Panne während des Rennens war Anlaß für eine Verbesserung des Motors, der Bremsen, der Straßenlage usw.

1895 wurde der Daimler-Motor in den Wagen von Panhard & Levassor durch die 2,4-Liter-Panhard-Maschine abgelöst, 1898 erstmals ein Vierzylinder gebaut. Viele sportliche Erfolge der nächsten Zeit bewiesen, daß das Unternehmen auf dem richtigen Weg war.

★

Der große Konkurrent von Anfang an – mit Panhard zeitlich fast gleichauf – war das Unternehmen von Armand Peugeot, das sich aus einer Fahrrad- und Eisenwarenfabrik entwickelt hatte. 1889 erschien das erste *Peugeot-Automobil* auf dem Markt, 1890 baute man zum ersten Mal eine Verbrennungsmaschine in einen Peugeot-Wagen ein. Auch Peugeot verwendete Daimler-Motoren, erst 1896 war man mit der eigenen Motoren-Produktion so weit, daß man Peugeot-Wagen damit ausrüsten konnte.

Wie die Wagen von Panhard & Levassor holten sich auch die Peugeots der frühen Autojahre viele Lorbeeren bei Wettfahrten und Geschwindigkeitsprüfungen.

Peugeot Break von 1896

Peugeot Bébé von 1902

Eine renommierte Marke aus der Frühzeit des Automobils: Darracq

De Dion-Bouton von 1889

Erster Peugeot mit Daimler-Motor

In der Firma des Comte Albert *de Dion* und der Herren Bouton und Trépardoux wurde seit 1883 mit Dampf-Motorwagen experimentiert, die sich bei verschiedenen Wettbewerben ausgezeichnet bewährten. So war es zum Beispiel ein dampfgetriebener *De-Dion-Wagen*, der bei einem Rennen von Paris nach Rouen, das im Jahre 1894 ausgetragen wurde, als erster am Zielort eintraf. Aber auch bei de Dion stieß man an die Grenzen des Dampfwagens. Deshalb wandte man sich den Benzinmotoren zu, was allerdings Teilhaber Trépardoux dazu veranlaßte, auszuscheiden. Für ihn bedeutete der Übergang zu den Benzinern Verrat am guten alten Dampfauto, das schließlich auch seine Meriten hatte. Aber der geschäftliche Erfolg der benzinmotorgetriebenen De-Dion-Autos ließ nicht lange auf sich warten. 1899 baute man ein sogenanntes *Quadricycle*, bei dem der Lenker auf einem Sattel thronte und ein Passagier in einem Sitz vor der Lenkstange Platz fand, der an einen Kindersitz auf den Fahrrädern von heute erinnert.

Aber es folgten bald »richtige« Automobile, wie das Modell von 1901, das schon einen Rückwärtsgang hatte. Im Laufe der Zeit wandte man sich auch größeren Modellen zu. Die Autoproduktion wurde bei de Dion mit Unterbrechungen bis in die 30er Jahre fortgesetzt.

★

Noch vor der Jahrhundertwende traten in Frankreich auch andere begabte bis geniale Konstrukteure und Unternehmer auf den Plan und erweiterten ständig das überall zunehmende Angebot an motorisierten Wagen; zu ihnen gehörte Emile *Delahaye*, dessen Firma 1894 mit der Produktion von Automobilen begann; außerdem Marius *Berliet*, der sich 1895 an die Konstruktion seiner ersten Voiturette machte; oder Baron Eugène *de Dietrich* mit seinen renommierten Automobilen, die zu Beginn des 20. Jahrhunderts sehr begehrt waren und von denen einige bedeutende Rennerfolge erzielten; schließlich sind die Wagen von *Gobron-Brillié* erwähnenswert, von denen einer, ein Vierzylinder, im Jahre 1908 Geschwindigkeitsweltrekord fuhr: Er brachte es als erster Wagen mit Benzinmotor auf über 160 km/h. Respektabel war auch das Gründungswerk von Alexandre *Darracq*, der eine Autofabrik in Suresne aufbaute und seit 1898 Motorwagen produzierte, nachdem er die Patentrechte von Léon *Bollée* für dessen 1896 vorgestellte Voiturette gekauft hatte. Die Lizenz für den Bau von Darracq-Autos in Deutschland kaufte Opel. (Von den Motorwagen unter dem Namen Opel-Darracq ist schon an anderer Stelle die Rede gewesen.)

★

Zu den traditionsreichsten französischen Auto-Signets gehört die Raute mit dem Namen *Renault*. Ein begeisterter junger Mann, *Louis Renault*, machte sich, gerade zwanzigjährig, im Hof des Hauses seiner Eltern an die Verwirklichung eines Traums. Er baute im Jahre 1898 sein erstes Automobil, angetrieben von einem De-Dion-Motor. Ermutigt durch einige Aufträge konnte er an die Gründung einer Firma denken. Zusammen mit seinen Brüdern Fernand und Marcel eröffnete er die *Renault Automobiles*. Eigentlich wollten sich die Brüder auf leichte Wagen spezialisieren, weil ihnen für sie der Markt am günstigsten schien. Louis Renaults erstes Auto hatte 1,5 PS und erregte deshalb einiges Aufsehen, weil die Kraftübertragung auf die Hinterachse mit Hilfe einer Kardanwelle bewerkstelligt wurde. Frühe Erfolge in allerlei Wettbewerben machten die Wagen des Hauses Renaults bald international bekannt. Ein spektakulärer Sieg gelang ihnen bereits im Jahre 1902 bei der Wettfahrt von Paris nach Wien.

Renault-Tonneau von 1902

Was sich in England, Italien und anderswo in Europa alles tat

Die Produktion konnte schnell ausgeweitet werden, 1912 hatte Renault bereits 15 verschiedene Typen anzubieten, darunter einen Sechszylinder. Innerhalb von anderthalb Jahrzehnten war die Firma so zum größten Automobil-Hersteller Europas avanciert. 1944 starb Louis Renault, sein Werk wurde vom französischen Staat übernommen.

★

In der Automobilfabrik von Emile *Mors*, der schon seit 1895 Automobile produzierte, hatte *André Citroën* seit 1908 den Posten eines technischen Direktors inne, bis er sich 1919 selbständig machte und noch im selben Jahr sein erstes Auto, den Typ A, anbieten konnte. 1922 folgte der Typ B. Einen ziemlich sensationellen Einstieg in allererste Automobilistenkreise sicherten der Firma die berühmten Expeditionen quer durch die Sahara mit Citroën-Wagen.

Rekord-Verkaufszahlen erreichte Modell C 4, von dem innerhalb von rund 4 Jahren 135 000 Stück verkauft wurden. Natürlich mußte angesichts solcher Erfolge die Produktion bald nach amerikanischem Vorbild rationalisiert werden, d. h. man stellte sie auf Fließband um.

Britische Automobil-Geschichte – das ist immer auch die Geschichte des Hauses *Rolls-Royce*. Und hinter diesem traditionsreichen Firmennamen standen zwei eigenwillige Persönlichkeiten, die ziemlich genau wußten, was sie wollten bzw. nicht wollten. Dabei waren die beiden Firmengründer nach Herkunft und beruflichem Werdegang grundverschieden. Was sie verband, war die Begeisterung für Automobile, aber auch die Liebe zum Besonderen. *Frederick Henry Royce* gründete 1884 ein Ingenieurbüro und beschäftigte sich außerdem mit Automobilen. Er war schon Besitzer eines Motorwagens und trat sogar gelegentlich bei Autorennen an. Aber sein französischer *Decauville* erfüllte ganz und gar nicht die Erwartungen, die er in ein Auto setzte. Er entschloß sich deshalb, ein Automobil zu konstruieren, das bessere Fahreigenschaften hatte. 1903 war der erste *Royce* fertig. Im Vergleich zu anderen fuhr dieser Wagen wesentlich ruhiger und leiser, war einfach distinguierter. Und das wußte ein gewisser *Charles Stewart Rolls*, Sohn eines Lords und selbst Auto-Enthusiast, zu schätzen, weshalb er mit Royce übereinkam, gemeinsam eine Firma zu gründen und deren vierrädrige Produkte Rolls-Royce zu nennen. Exklusivität, Solidität und Qualität von Material und Verarbeitung waren höchstes Gebot; nobel mußten die Fahrzeuge sein, die die Produktionsstätte von Rolls und Royce verließen. Qualität in solcher Konsequenz hat natürlich ihren Preis, den nicht jeder jederzeit zu zahlen bereit oder in der Lage war. So kam im Jahre 1908 die erste Krise, aus der die beiden mit Hilfe von einsichtigen Geldgebern aber herausfanden. Doch erst nach dem Tod von Charles Stewart Rolls – er kam bei einem Flugzeugunglück ums Leben – wurde der Durchbruch geschafft.

Nun konnte kaum ein Herrscher, Potentat oder wer sonst auf sein Ansehen hielt, umhin, auch einen Rolls-Royce in seinem Marstall zu haben. War vordem der arabische Vollbluthengst das Statussymbol der Mächtigen und der Reichen, so wurde dies nun der Rolls-Royce, obwohl er nicht gerade durch überschäumendes Temperament, sondern eher durch näselnde Blasiertheit und absolute Unverwüstlichkeit charakterisiert war. Ein Rolls Royce war und ist sozusagen eine Anschaffung fürs Leben; dafür sorgte schon die Geschäftspolitik des Werkes, das einmal bewährte Modelle viele Jahre im Verkaufsprogramm beließ. Bis heute ist die »Fliegende Lady«, die von *Charles Sykes* geschaffene Kühlerfigur, ein Symbol für höchsten Luxus und Spitzenqualität, Leistungen, die natürlich auch mit Spitzenpreisen honoriert werden müssen.

★

Bleiben wir noch einen Moment bei den britischen Luxuskarossen und gestatten wir uns einen Blick auf das Gefährt mit dem »winged B«, dem geflügelten B. Es ist das Markenzeichen der Automobile von *Walter Owen Bentley*, der 1920 die Bentley Motors Ltd. begründete und schon bald einen Vierzylinder-Sportwagen vorstellte. Dieser Wagen, der viele Jahre produziert wurde, und seine Nachfolger waren auf allen Rennpisten der Welt erfolgreich. Ein Bentley hatte fünfmal beim 24-Stunden-Rennen von Le Mans die Nase, bzw. das »winging B« vorn. Aber Bentley geriet trotz aller sportlichen Erfolge in Schwierigkeiten und verkaufte das Markenzeichen 1931 an den Konkurrenten um die Gunst der Luxus-Automobilisten, an Rolls Royce.

Natürlich taten es in England auch manche Leute bescheidener, es wurden auch solide und probate Modelle für das »einfache Volk« sprich den gehobenen Mittelstand angeboten.

LANCIA

Bestseller unter den britischen Automobilmarken waren u. a. die Wagen der Firma *Morris*, die *William Richard Morris*, der spätere *Lord Nuffield*, begründet hatte. Der Morris wurde 1913 erstmals angeboten, und seine Einzelteile waren gänzlich verschiedener Herkunft; aber er erwies sich als brauchbares Auto. In den 20er Jahren gehörten die Morris-Modelle zu den meistverkauften Automobilen in England.

Die *Austin Motor Co.*, die im Jahre 1906 von *Herbert Austin* (aus dem später Lord Austin wurde) gegründet worden war, brachte u. a. den höchst erfolgreichen Austin Seven heraus, der von 1922–1939 – fast ein Weltrekord – im Programm blieb. 1952 wurden Austin und Morris zur *British Motor Corporation (BMC)* zusammengeschlossen, zu der auch die Traditionsmarken *Wolseley* und *Riley* gehörten.

★

Wie soviele in der Automobilbranche hatte auch *Thomas Humber* als Fahrradproduzent angefangen. Da war es nur ein Schritt zu motorisierten Drei- und schließlich Vierrädern, aus denen dann Automobile entwickelt wurden, die durch ihre Originalität überzeugten. 1903 war die *Humberette*, ein hübsches leichtes Auto, auf dem Markt erschienen, und in den folgenden Jahren wurde das Angebot durch andere Wagen beträchtlich erweitert. 1928 kam der Zusammenschluß mit *Hillman*. Seit 1964 werden Humber-Wagen vom *Chrysler-Konzern* produziert.

★

Stars unter den britischen Automobilen der zweiten Stunde waren die Wagen der Firma *Aston Martin*, begründet 1913 und so benannt nach einem der Firmengründer *Lionel Martin*, und dem *Aston-Clinton-Rennen*, bei dem ein »Martin« besonders erfolgreich war. Die Automobile der Firma Aston-Martin, die mehrfach in andere Hände kam, und schließlich im *David Brown Konzern* landete, waren bei den Liebhabern sportlicher Autos von Anfang an hochgeschätzt, denn in ihnen paarten sich Eleganz der Form und Leistungsfähigkeit der Motoren. Ein Aston Martin war von Anbeginn ein luxuriöses Gefährt und wies seinen Besitzer als veritablen Automobil-Connaisseur aus. In der Nachkriegszeit (1947) wurde dem Konzern die *Lagonda-Ltd.* angeschlossen, eine traditionsreiche Autofirma, in der einst *Walter Owen Bentley* als Chefkonstrukteur gewirkt und u. a. einen Zwölfzylinder-Lagonda entwickelt hatte. Seit 1950 stellte man Luxuswagen unter dem Markenzeichen *Aston Martin Lagonda* her.

★

Als Carl Benz seinen Patent-Motorwagen vorstellte, war *Ettore Isidore Arco Bugatti* gerade 5 Jahre alt, und doch gehört auch er zu den Pionieren des Automobilbaus. Mit 18 hatte er bereits ein Auto gebaut, das tatsächlich fahrtüchtig war und dessen Konstruktion er an die Firma de Dietrich im Elsaß verkaufen konnte, bei der er auch beschäftigt war. Bald darauf wechselte er den Arbeitsplatz und kam schließlich 1907 zur Gasmotorenfabrik Deutz, für die er als Konstrukteur wichtige Entwicklungsarbeit leistete. Mit 28 gründete er sein eigenes Unternehmen, das er in Molsheim bei Straßburg etablierte.

Ettore Bugatti war nicht nur ein großartiger Konstrukteur, sondern auch ein Ästhet. Alle seine Wagen sind aus einem Guß, alles stimmt zusammen, jedes Detail ist vorbedacht und perfekt in das ganze Ensemble hineinkomponiert. Bugattis Wagen hatten nicht nur bei großen Rennen und unzähligen Wettbewerben Erfolg, sie entsprachen auch höchsten Ansprüchen an luxuriöse Ausstattung und elegantes Styling. Bugatti liebte seine Autos wie andere Leute ihre Rassehunde, und es wurde behauptet, einen Bugatti bekäme nicht jeder, auch wenn er ihn bezahlen könne und wolle.

★

Ein anderer Italiener, der in die Automobilgeschichte eingegangen ist, war *Vincenzo Lancia*, dessen automobilistischer Werdegang in einer kleinen Autofabrik in Turin begann, in der er eigentlich eine kaufmännische Lehre absolvieren sollte. Dabei entdeckte er seine Leidenschaft fürs Technische und für Autos. 1906 gründete der junge Mann seine eigene Firma, und schon bald fanden die ersten Lancia-Wagen ihre Liebhaber. Lancia-Autos, das sprach sich schnell herum, waren ihr Geld wert, vorbildlich in der Ausführung und immer auf dem neuesten Stand der Technik. Ihre Benennung folgte dem griechischen Alphabet (Alpha, Beta, Gamma usw.), und als die Firma bei Lambda angekommen war, hatte sie einen Höhepunkt der italienischen Autoproduktion markiert. Der Lambda wurde zum begehrten Spitzenprodukt. Noch viele weitere interessante Autos haben Vincenzo und später sein Sohn Gianni *Lancia* hervorgebracht, bis die Firma schließlich von der Automobilfabrik *Fiat* übernommen wurde.

Der richtige Wagen für eine Landpartie: Fiat Typ Zero von 1913

Womit wir bei einer anderen italienischen Automobilfirma von ehrwürdigem Alter wären. *Fiat* war und ist kein Familienname eines Gründervaters, es ist die Abkürzung von »*Fabbrica Italiana Automobili Torino*«, die von mehreren unternehmungslustigen und geschäftstüchtigen Automobilfreunden noch im alten Jahrhundert, nämlich 1899, gegründet wurde. Nur böse Zungen auf den Britischen Inseln behaupteten, Fiat sei das Kürzel für »*Fun in a Taxi*«. Bei Fiat strafte man diese Boshaftigkeit bald Lügen, indem man nicht nur gut verkäufliche Kleinwagen, sondern bald auch luxuriöse Limousinen und schließlich teuflisch schnelle Rennwagen baute. Man würde die britischen Gentlemen und Automobil-Snobs schon noch das Staunen lehren.

Das erste Automobil von Fiat war ein sogenanntes *vis-à-vis*, hatte also zwei sich gegenüberliegende Sitze und schaffte immerhin schon 40 km/h, wenn der Rückenwind es gut mit dem Lenker meinte. Einen der folgenden Wagen, den *Parigi-Madrid*, benannt nach dem Rennen, an dem er erfolgreich teilgenommen hatte, lenkte der Werksfahrer *Vincenzo Lancia* – noch vor seiner Zeit als Automobilfabrikant – und erreichte damit Geschwindigkeiten bis zu 100 km/h.

Noch eine andere berühmte italienische Produktionsstätte hat eine Abkürzung als Markenbezeichnung. Die »*Anonima Lombarda Fabbrica Automobili*«, *Alfa* genannt, wurde, nachdem sie mehrfach den Besitzer gewechselt hatte, von dem Konstrukteur *Nicola Romeo* zum technischen und wirtschaftlichen Erfolg geführt. Wagen mit dem Markenzeichen *Alfa Romeo* und den beiden dekorativen Mailänder Stadtwappen im Emblem siegten auf vielen Rennstrecken der Welt und werden bis heute als Autos für Individualisten geschätzt.

★

Es lohnt sich, auch einen Blick auf die Motorwagen-Vergangenheit anderer europäischer Länder zu werfen, an die man kaum denkt, wenn von den klassischen Erzeugerländern für Automobile die Rede ist. Eines der berühmtesten Unternehmen der Branche war die 1904 gegründete spanische Firma *Hispano-Suiza* in Barcelona, bei der der Schweizer Ingenieur *Marc Birkigt* Teilhaber und schöpferische Kraft war. Die Produktionsstätten waren zum Teil in Frankreich, wo man einen großen Teil der exklusiven Wagen abzusetzen hoffte. Die Entwicklung ging rapide. Hatte der erste Hispano-Suiza von 1904 noch 10 PS, so erreichte schon ein Jahr später der

Die Zukunft des Automobils hat in Amerika begonnen

größere Vetter, ein Vierzylinder mit 20 PS, fast 90 km/h Spitzengeschwindigkeit.

Wer ein repräsentatives, luxuriös ausgestattetes Automobil von höchster Qualität suchte, der war mit einem Wagen dieser Firma meist am Ziel seiner Wünsche. Und wer sich in den 20er Jahren das Modell mit dem fliegenden Storch leisten konnte, der mußte ein Vermögen geerbt haben oder zu den Spitzenverdienern gehören; er besaß nämlich das teuerste Automobil seiner Zeit.

Gut bedient war der Autokäufer zu Beginn des Jahrhunderts auch mit einem Wagen der holländischen Marke *Spyker*. Die Spykers hatten in Trompenburg bei Amsterdam schon 1900 eine Automobilfabrik gegründet und von Anfang an interessante Wagen herausgebracht. Der hübsche Motorwagen von 1904 hatte einen zylinderförmigen Kühler, auf dem der dekorative Schriftzug Spyker prangte. Mit ihren Rennwagen beteiligte sich die Firma an spektakulären Langstrecken-Wettbewerben und gewann u. a. die Peking-Paris-Fahrt des Jahres 1907. Spyker stellte übrigens schon 1903 ein Auto mit Vierradantrieb vor.

Automobile, in Handarbeit hergestellt aus Einzelteilen, die ebenfalls in Handarbeit hergestellt werden mußten, waren teuer. Mit ihrer Produktion waren die besten Fachleute beschäftigt. Und Fachleute kosteten Geld. Automobile besaßen also nur Leute, die sich sie leisten konnten. Und das waren nicht viele. Im Hinblick auf die Exklusivität ihrer Zielgruppe wurden die frühen Automobile mit allerlei Luxusattributen, erlesenen Materialien und oft recht kostbarem Zierrat ausgestattet, um sie dem vornehmen Publikum, das bereit war, aus Kutschen und Karossen umzusteigen, so schmackhaft wie möglich zu machen. Fast alle Firmen, die Automobile herstellten, hatten mindestens ein Luxusgefährt im Programm, manche spezialisierten sich ausschließlich auf die Befriedigung ausgefallenster Käuferwünsche. Wobei man sich bereits zu einem frühen Zeitpunkt der Motorisierung darauf verstand, dem Käufer seine exklusiven Bedürfnisse zu suggerieren. Für viele renommierte Autofabrikanten auf dem europäischen Kontinent kam die Quittung für ihre elitäre Programmpolitik in der Zeit nach dem Ersten Weltkrieg, als das Auto auf dem Weg war, zum populären Verkehrsmittel zu werden, und sie kein preiswertes und doch überzeugendes Modell anzubieten hatten.

Auch in den USA war das Auto in seinen Kindertagen um die Jahrhundertwende ausschließlich in den Händen weniger Motorisierungs-Enthusiasten und einiger reicher Leute. Dabei wurde gerade in Amerika ein Massenverkehrsmittel dringend gebraucht. Die Weiten des riesigen Kontinents mußten erschlossen, große Entfernungen von Stadt zu Stadt, von Dorf zu Dorf, von Siedlung zu Siedlung überwunden werden. Das konnte die Eisenbahn allein nicht schaffen.

Henry Ford setzte auf die richtigen Pferde, als er den Amerikanern die PS seines *T-Modells* verordnete. Er hatte schon im Jahre 1893 einen Motor gebaut, brachte 1896 ein Quadricycle zum Laufen und gründete 1903 die *Ford Motor Company* in Detroit. Schon seine ersten Modelle brachten ihm beträchtliche Verkaufserfolge, denn sie entsprachen den Wünschen eines größeren Publikums. Aber Ford war auf Geldgeber angewiesen, und die wünschten sich ein Luxusauto im Programm. Er baute den Vierzylinder B und den Sechszylinder K (Fords frühe Modelle waren nach den Buchstaben des Alphabets benannt) – und beide erwiesen sich als »Flop«. Ford konnte seine Teilhaber loswerden und nun endlich darangehen, seine eigenen Ideen zu verwirklichen.

Sein Ziel, seine Vision war, Amerika zu motorisieren, und dazu mußte er ein preiswertes und doch solides Auto, »a car for the great multitude« anbieten. 1908 kam dieses Auto auf den Markt, in Gestalt des T-Modells. Dieser Ford war nicht schön und schon gar nicht repräsentativ, aber er war das richtige Auto zur richtigen Zeit, preiswert in der Herstellung, einfach zu bedienen und – was entscheidend war – leicht zu warten. Mit diesem Auto konnte der Farmer ebenso fertig werden wie der Geschäftsmann und die Hausfrau. Ersatzteile gab es in jedem Krämerladen des Landes zu kaufen. Der zunächst 25-, später 20 PS-Vierzylinder-Motor war robust und langlebig. Ein Statussymbol war das T-Modell natürlich nicht, bei höheren Geschwindigkeiten klapperte und schepperte es wie ein mit leeren Kannen beladener Milchwagen. Aber das tat seiner Beliebtheit und seinem Erfolg keinen Abbruch, brachte ihm vielmehr den liebevollen Spitznamen *Tin Lizzie*, Blechlieschen, ein.

Tin Lizzie revolutionierte das amerikanische Verkehrswesen; sie wurde von 1908 bis 1927 erzeugt und verkauft, in Stückzahlen, die selbst für heutige Produktionsverhältnisse der großen Automobilfirmen mehr als respektabel sind: 16,5 Millionen.

Ford, Modell »T« Roadster, 1909

Eine der zahllosen Versionen des berühmten Ford T-Modells

Solche Umsatzzahlen waren natürlich nicht mit Produktionsmethoden des 19. Jahrhunderts zu erreichen. Ford führte in seinen Fabriken das Fließband ein, das anfangs langsam und dann schnell und immer schneller lief. Auch die Vertriebsmethoden der Ford Motor Company waren nicht von gestern. Der Preis für das T-Modell war scharf kalkuliert, aber die Masse brachte Henry Ford den Profit.

★

Alles andere als die Masse hatten die Brüder *Fred und August Duesenberg* im Auge; sie wollten vielmehr Autos für Individualisten bauen, die höchsten Qualitätsansprüchen genügten. Schon bald nach der Gründung einer eigenen Firma im Jahre 1913 konnte erstmals ein Duesenberg-Rennwagen beim 500-Meilen-Rennen von Indianapolis an den Start gehen.

Duesenberg-Automobile – nicht nur die Rennwagen – waren edel wie Windspiele, und es gehörte in Amerika bald zum guten Ton, in einem Duesenberg vorzufahren, wenn man in der Gesellschaft etwas gelten wollte. Dabei wurde meist nur das Innenleben des Wagens bei Duesenberg gefertigt; häufig waren die Karrosserien Spezialanfertigungen, die die Käufer

Schon bei den ersten Rennen ging es um den Ruhm und ums Geschäft

ganz nach eigenen Wünschen bei einem Karosserie-Designer in Auftrag gaben.

★

Auch eine andere Persönlichkeit der amerikanischen Autopionier-Generation hatte vor allem Luxuswagen im Sinn. *Errett Lobban Cord* erwarb 1924 die *Auburn Automobile Company* und brachte 1929 den *Cord L 29* heraus, einen schweren, eleganten Wagen mit Vorderradantrieb, der technisch auf der Höhe der Zeit war. Doch war die Weltwirtschaftskrise nicht der richtige Augenblick, ein solches Gefährt in großen Stückzahlen zu verkaufen. 1931 wurde die Produktion eingestellt. Erst 1935 kam noch einmal ein Auto mit dem Namen Cord auf den Markt, es ging teilweise auf eine Duesenberg-Entwicklung zurück, denn die Firma *Duesenberg* war inzwischen in Cords Besitz übergegangen. Der neue *Cord 810*, ebenfalls mit Vorderradantrieb und von einem Lycoming-Motor angetrieben, wurde dann vom *812* abgelöst, dessen Design so beispielhaft war, daß er sogar in die Kunstgeschichte eingegangen ist. Doch hatte Cord sich damit übernommen. Seine edlen Autos waren für zu wenige erschwinglich, als daß noch ein Geschäft mit ihnen zu machen gewesen wäre.

Kaum war das Auto erfunden und noch ehe es seinen Platz im Bewußtsein der Zeitgenossen eingenommen hatte – erwachte bei vielen Automobilisten der Ehrgeiz. Sie wollten sich und der Welt beweisen, wie schnell, wie weit und auf wie komfortable Weise man damit fahren konnte. Es gab Geschwindigkeitswettbewerbe, es gab Rennen über einen Rundkurs nach dem Beispiel der Pferderennen, es gab Zuverlässigkeitsfahrten, es gab Überland- und schließlich Überkontinent-Fahrten. Der erste Auto-Globetrotter machte sich 1901 auf den Weg rund um die Welt: *Charles Glidden* war mit seinem Automobil bis 1907 unterwegs.

Bei den Geschwindigkeitsrekorden, die noch vor der Jahrhundertwende ausgetragen wurden, hatten die Benzinkutschen zunächst nicht allzu viel zu melden. Hier dominierten Wagen mit Elektroantrieb. 1898 wurden mit einem solchen Wagen trotz der Zentnerlast der Akkumulatoren 63,157 km/h erreicht. Aber das war nur der Anfang. Noch im alten Jahrhundert, nämlich 1899, fuhr der berühmte belgische Rennfahrer *Camille Jenatzky* mit seinem Elektrowagen 105,882 km/h. Damit war die Traumgrenze von 100 Stundenkilometern durchbrochen.

Erst nach der Jahrhundertwende kamen die Wagen mit Benzinmotoren zum Zug. Es dauerte kein Jahrzehnt, bis die oft abenteuerlich anmutenden Automobile buchstäblich atemberaubende Geschwindigkeiten schafften, im Jahre 1909 fuhr ein Automobil der Marke Benz tatsächlich mehr als 211 km/h – und damit gab man sich keineswegs zufrieden.

Die Automobilbauer zogen wertvolle Rückschlüsse aus dem Verhalten ihrer Wagen und Maschinen bei extremen Geschwindigkeiten und Bedingungen. Aber den normalen Automobilisten konnten Hochgeschwindigkeitsrekorde im Grunde noch kalt lassen. Sein Tempo hing nicht nur von der Leistung seines Autos sondern auch vom Zustand der Straßen und Wege ab, der meistens jämmerlich war, und natürlich von den geltenden Verkehrsvorschriften. Denn bald nach dem Auftauchen der ersten Automobile gab es schon zahlreiche Reglements, an die man sich als guter Automobilist strikt zu halten hatte. Desto interessanter waren für Fahrer, Firmen und Zuschauer die Autorennen und Langstreckenfahrten.

Sie wurden meist von den überall und auf allen Ebenen gegründeten Automobil-Clubs inszeniert. Besonders in Frankreich liebte man diese Art Veranstaltungen, und es ging dabei oft recht turbulent zu.

Als erstes Rennen der Automobilgeschichte, das natürlich im Auto-Eldorado Frankreich stattfand, kann man die Wettfahrt von Paris nach Rouen im Jahre 1894 bezeichnen. Die Teilnehmerliste war von ursprünglich mehr als 100 gemeldeten Wagen beim Start bis auf 21 zusammengeschrumpft. Es gab keinerlei Einschränkung, was die Technik anging. Jeder Wagen, der sich ohne Pferde oder andere Zugtiere fortbewegte, war zugelassen. Da waren Preßluftwagen, Autos mit Pedalantrieb, natürlich Elektrowagen und Dampfwagen, und last not least die Benzinkraftwagen am Start. Erster wurde ein Dampfwagen, aber ihm folgten unübersehbar die Wagen mit Benzin-Motor, die meisten mit Daimler-Motoren.

★

Obwohl in Deutschland, wie schon erwähnt, die Automobilisten zunächst beargwöhnt wurden und die Motorwagen keineswegs allgemeine Begeisterung hervorriefen, erwachte auch diesseits des Rheins der Ehrgeiz, und man rüstete zum ersten Automobilrennen auf deutschem Boden.

Sieger der Fernfahrt Paris–Wien von 1902: Marcel Renault auf Renault

Es wurde 1897 in Berlin ausgetragen. Man schickte die Teilnehmer auf die Strecke Berlin–Potsdam und zurück. Für diese insgesamt 54 Kilometer brauchte der Siegerwagen, ein Gefährt der Marke *Humbler*, die auch in Spezialnachschlagewerken kaum noch zu finden ist, etwas mehr als 2 Stunden. Aber ein ganz richtiges Rennen mit allem was dazugehört, war das eigentlich noch nicht. Von Renn-Atmosphäre und Renn-Fieber konnte hier noch nicht die Rede sein.

★

Natürlich hatte der Wettbewerb der Konstrukteure, der Marken und der Rennfahrer längst auch eine nationale, um nicht zu sagen nationalistische Komponente bekommen. Wer eigentlich die ersten funktionstüchtigen Automobile gebaut habe – darüber waren sich Deutsche und Franzosen durchaus nicht einig. Sicher, Daimler und Benz waren herausragende Pioniere gewesen, ihre Konstruktionen Meilensteine in der Geschichte des Verkehrswesens, aber die praktische Realisierung der großen Träume vom Wagen ohne Pferde hatte anfangs im großen Stil in Frankreich und nicht in Deutschland stattgefunden. Und da nationalistisches Gedankengut nach der Jahrhundertwende bis zum Ersten Weltkrieg die Gemüter erhitzte und die Gedanken vernebelte, kamen nun Rennen in Mode, bei denen es nicht nur um den Sieg eines Mannes oder einer Marke ging, sondern um den Ruhm des Vaterlandes.

★

Gefördert wurde dieser Wettbewerb durch ein Rennen, dessen Bedingungen weder ein Franzose noch ein Deutscher, sondern ein Amerikaner festgelegt hatte: Das *Gordon-Bennett-Rennen*, benannt nach dem Urheber, dem Herausgeber des New York Herald, fand erstmals im Jahre 1900 statt. Ausgangsort war wieder einmal Paris. Jede Nation konnte drei Starter melden, die sozusagen eine Nationalmannschaft bildeten. Auch Deutschland war einmal Austragungsort des Rennens, im Jahre 1904 fand es auf einem eigens ausgebauten Rundkurs im Taunus statt. Deutsche Wagen landeten dabei auf den ehrenvollen zweiten und dritten Plätzen, der glorreiche Sieg aber ging, wie schon so oft, nach Frankreich.

Das erste *Rundstreckenrennen* war übrigens das Ardennen-Rennen des Jahres 1902. Mit einer Durchschnittsgeschwindigkeit von 87,5 km/h siegte hier ein Panhard.

Unterwegs auf der Strecke: Rennfahrer Carl Jörns mit Beifahrer Breckheimer auf Opel beim Kaiserpreis-Rennen 1907

Man fuhr Geschwindigkeitswettbewerbe nun bevorzugt auf vorgegebenen Rundkursen und nicht mehr über Land, um nicht mit den Verkehrsregeln, die mittlerweile recht streng geworden waren, in Konflikt zu kommen und um nicht andere Automobilisten, Kutschen, Kinder oder Haustiere in Gefahr zu bringen.

Die höchst wechselvolle und dramatische Geschichte der *Grand-Prix-Rennen* nahm im Jahre 1906 ihren Anfang. Initiator war der Automobil-Club de France, der das Rennen um den Grand Prix de France auf dem Sarthe-Rundkurs ausschrieb.

Bei diesem Rennen mußte, wer zur Teilnahme zugelassen werden wollte, schon bestimmte Kriterien erfüllen. Es konnte also nicht mehr alles antreten, was auf vier Rädern rollte, dampfte oder stampfte. Die Rennwagen durften nämlich nicht schwerer als eine Tonne sein – Brennstoff inklusive. Damit waren eine ganze Menge Konkurrenten von Anfang an aus dem Rennen. Ein Renault ging als Sieger aus dem Wettbewerb hervor. Bald gab es auch andere Beschränkungen. So galt 1907 bereits die Sparformel, daß ein Rennwagen nicht mehr als 30 Liter Benzin auf 100 Kilometer verbrauchen durfte. In diesem Rennen der »Spar-

Reifenwechsel eines Benz-Rennwagens beim Großen Preis von Dieppe 1908

samen« erwies sich ein Fiat als schnellster und bester. Und beim Grand-Prix-Rennen von 1908 galt nicht mehr ein Höchstgewicht wie noch zwei Jahre zuvor, sondern der Rennwagen mußte mindestens 1100 Kilogramm Gewicht auf die Waage bringen. Erstmals kam hier ein Mercedes zu Siegerehren im Grand Prix. Der Fahrer hieß *Christian Lautenschlager*. Ihm folgten zwei Benz-Wagen auf dem Fuß.

Neben den reinen Geschwindigkeitswettbewerben wie den Grand-Prix-Rennen lieferten auch die *Bergrennen* den Konstrukteuren wichtige Hinweise für ihre Entwicklungsarbeit. Hier wurden Qualität und Belastbarkeit des Materials härtesten Prüfungen unterzogen, von denen nicht nur die Rennwagen sondern auch die Tourenwagen letzten Endes profitierten.

★

Dennoch gab es Stimmen, die verlangten, man solle in Wettbewerben vor allem die Zuverlässigkeit der Tourenwagen, die sich im Alltagsverkehr bewähren mußten, testen. Ein Prominenter, der nicht nur lamentierte, sondern selbst die Initiative ergriff, war der aus Deutschland stammende englische Maler *Sir Hubert Herkomer*,

Ein Benz auf der Siegerstraße bei der Prinz-Heinrich-Fahrt von 1908

der mit seinen etwas gefühlsseligen Genrebildern den Zeitgeschmack auf den Kopf zu treffen wußte und sich einer großen Gemeinde von Verehrern erfreute. Er stiftete eine mächtige Trophäe aus schwerem Silber für den Sieger der von ihm angeregten und nach ihm benannten Wettfahrt, der außerdem noch vom Meister höchstpersönlich in Öl porträtiert wurde.

Bei den *Herkomer-Fahrten*, man könnte auch sagen Rallyes, war nicht Geschwindigkeit um jeden Preis Trumpf; Rennwagen durften überhaupt nicht an den Start, sondern ausschließlich Tourenwagen. Es ging auch um die Zuverlässigkeit der Wagen und die Fähigkeit der Fahrer, mit Unbilden fertig zu werden, wie sie jedem Autofahrer auf der Landstraße blühen konnten. Praxisnah würde man solche Wettbewerbe heute nennen.

Mehr als 100 Teilnehmer hatten zur ersten Herkomer-Fahrt gemeldet. Ausgangs- und Zielort war München. Im ersten Teil der Veranstaltung wurden »Schönheit und Bequemlichkeit« der Tourenwagen geprüft und bewertet. Die zweite Etappe bildeten ein Geschwindigkeitswettbewerb am Berg und einer im Flachland. Damit war zwar noch nichts entschieden, aber man konnte hier schon Punkte sammeln vor dem großen Finale, dem dritten und letzten Teil des Wettbewerbs, der Langstrecken-Tour über fast 1000 Kilometer. (Bei späteren Herkomer-Fahrten waren die Strecken länger.) Hier mußte sich erweisen, was ein Wagen außer Schönheit und Bequemlichkeit noch alles zu bieten hatte. Preisgekrönt wurde übrigens am Ende nicht der Fahrer des Siegerwagens, sondern der Besitzer.

In drei aufeinanderfolgenden Jahren fanden die Herkomer-Fahrten statt. Dann wurden sie abgelöst durch eine nicht weniger renommierte und in deutschen Automobilistenkreisen hochgeschätzte Veranstaltung, eine nach dem *Prinzen Heinrich* benannte Zuverlässigkeitsprüfung. Seine Kaiserliche Hoheit, Bruder Wilhelms II., hatte von Anfang an auf das Auto gesetzt und ihm in seinem Fuhrpark entsprechende Geltung verschafft. Die von ihm angeregten Fahrten waren wie die Herkomer-Fahrten, nicht für Rennwagen bestimmt, sondern sollten die Leistungen von Alltagsautos und ihrer Fahrer ans Licht bringen. Sollten!

Im Reglement hieß es, daß es sich hier um eine »Zuverlässigkeitsfahrt und kein Rennen« handele. Die Strecke war 2201 Kilometer lang und führte durch Nord- und Mitteldeutschland. Wie bei den Herkomer-Fahrten gab es auch eine Bergprüfung und einen Geschwindigkeitswettbewerb.

Von Anfang an aber machten sich die Firmen die PR-Chancen, die solche Veranstaltungen boten, vor allem wenn man auf der Siegerstraße unterwegs gewesen war, voll zunutze. Sie rüsteten ihre Wagen entsprechend aus oder um, und oft steckte, wenn man genauer hinsah, ein ganz anderes Auto unter dem bescheidenen Blechgewand als das, was es vorgab zu sein. Mehr sein als scheinen, hieß die eigentlich löbliche Devise, die die Privatfahrer und ihre ganz normalen Tourenwagen immer mehr benachteiligte. Sie konnten allenfalls unter ferner liefen beim Zieleinlauf registriert werden. Vorn aber lieferten sich Firmen und Profi-Fahrer (unter ihnen zum Beispiel *Ettore Bugatti, Ferdinand Porsche, Wilhelm Opel*) den Kampf um Platz und Sieg. Firmenfahrzeuge wurden eigens für den Wettbewerb gebaut, verbessert oder frisiert, also besonders fahrtüchtig gemacht und zu guter Letzt in den Firmenfarben gestrichen, damit die Zuschauer schon von weitem sahen, wer wieder einmal in Front lag. Geschäft war eben auch damals schon Geschäft – sogar unter den Augen einer Kaiserlichen Hoheit.

In abenteuerlicher Vermummung: Unterwegs zur ersten Rallye Monte Carlo im Jahre 1911

Die Fans trafen sich bei Automobil-Ausstellungen und in den exklusiven Auto-Clubs

Wer alle Automarken aufzählen will, die im letzten Jahrzehnt des alten und im ersten des neuen Jahrhunderts auftauchten, der tut sich schwer. Überall auf der Welt rollten sie aus Wagenremisen, Schuppen, Scheunen, Werkstätten und Fabriken hervor, von genialen Amateurbastlern ausgedacht und liebevoll gefertigt oder von Profis bis zur Perfektion entwickelt. Und viele, viele verschwanden ebenso schnell wieder von der Bildfläche, wie sie gekommen waren.

Um den Zeitgenossen einen gewissen Überblick über das Angebot zu geben, wurden schon bald die ersten Automobil-Ausstellungen veranstaltet, die man auch als »Salons« bezeichnete, was den exklusiven Charakter der Präsentation unterstreichen sollte.

In Deutschland trafen sich die Auto-Enthusiasten zum ersten Mal 1899 im Auto-Salon Berlin und bestaunten die Produkte aus Fantasie und Technik, die, hochglanzpoliert und mit allem Zubehör versehen, nicht nur zum Schauen sondern auch zum Kaufen verlocken sollten.

Apropos Zubehör: Wer sich damals ein Auto erstand, der mußte sich umgehend nach all den Accessoires umsehen, die ihm das Fahren erleichtern oder überhaupt erst ermöglichen sollten. Das fing beim Verdeck an, das man keineswegs vom Hersteller mitgeliefert bekam, sondern beim Sattler in Auftrag geben mußte. Wer sein Gefährt nicht nur bei schönem Wetter spazieren fuhr, sondern auch gegen einen Regenschauer gewappnet sein wollte, der griff noch einmal in die Tasche und schaffte sich ein Segeltuch- oder Lederverdeck an, das den Wagen je nach Machart zur Hälfte, also zum Wohl der Passagiere auf den Rücksitzen, oder ganz überspannte. Damit man auch nach Einbruch der Dunkelheit noch fahrtüchtig war, kaufte man je nach Geschmack und Geldbeutel ein Paar Petroleumlaternen oder auch Acetylenlaternen, die möglichst auch noch dekorativ aussahen und immer blankgeputzt werden mußten, denn man erregte ja schließlich Aufsehen, wenn man mit seinem Automobil durch die Straßen fuhr. Die Lampen steckten in Gabellaternenhaltern, die ebenfalls angeschafft sein wollten. Schon im Jahre 1905 wurde ein Geschwindigkeitsanzeiger angeboten, von dem sich auch die zurückgelegte Wegstrecke ablesen ließ. Vorgeschrieben war ein solcher »Tempometer« allerdings noch nicht.

Auch die Hupe, die ursprünglich Huppe hieß, hatte ihren Preis, es gab sie in einfacher, aber auch in Luxusausführung. Werkzeugkasten, Gepäckhalter oder Wagenheber waren im Preis ebenso wenig inbegriffen wie eine Windschutzscheibe.

Im übrigen brauchte man als Automobilist natürlich entsprechende Ausrüstung und Garderobe, um nicht während der herbstlichen oder gar winterlichen Fahrt starr und steif zu werden. Dazu gehörten mindestens eine Lederkappe, wuchtige Schals, die dekorativ um den Hals drapiert wurden, Pelze, Decken, Handschuhe. Die Augen waren durch eine sportliche Brille geschützt; und dann erst konnte es losgehen.

Vom Start weg war also die Zubehörindustrie mit von der Automobil-Partie, und auch sie zeigte natürlich bei den Automobil-Ausstellungen ihre Produkte. Dem Autofahrer wurden nicht nur zerlegbare Remisen als frühe Form der Garage angeboten, sondern auch Feuerzeuge in Kühlerform, Lederbekleidung, Maskottchen jeder Art, Christopherus-Schutzmedaillen in Gold, Silber oder Bronze, nicht zu vergessen die vernickelten Reisekocher und versilberten Eßbestecke fürs Picknick unterwegs. Das Geschäft mit dem Auto begann zu blühen und oft recht seltsame Blüten zu treiben.

Die »Deutsche Automobil-Ausstellung« wurde seit dem Jahre 1902 eine feste Einrichtung; 1904 fand sie in Frankfurt am Main statt, und hier waren die deutschen Automobilhersteller nicht mehr unter sich, sondern auch die ausländische Konkurrenz hatte sich eingefunden und machte mit beim Run auf die deutschen Autofahrer-Herzen und -Brieftaschen.

Wie sah nun der Käuferkreis in der Jugendzeit des Automobils aus? Die potentiellen Kunden waren, jedenfalls vorwiegend, in gehobenen Kreisen und im gutbürgerlichen Mittelstand auszumachen. Von den Ärzten, denen das Automobil das mühsame Ein- und Ausspannen der Pferde bei jedem Krankenbesuch ersparte, war schon im Zusammenhang mit dem »Doktorwagen« die Rede. Auch andere honorige Berufsgruppen wie Anwälte, Architekten, Apotheker, aber auch Künstler – natürlich nur erfolgreiche – konnten sich schon für die Vorzüge des Autos erwärmen. Selbstverständlich standen Unternehmer aller Art in vorderster Front der Autoaspiranten. Schließlich fand das Automobil auch Eingang in feinste Kreise; Adel und höchste Herrschaften ließen sich allergnädigst in den diversen Repräsentations-Automobilen nieder, die es ja von Anfang an in großer Zahl gab.

Modell: der klassische Automobilist

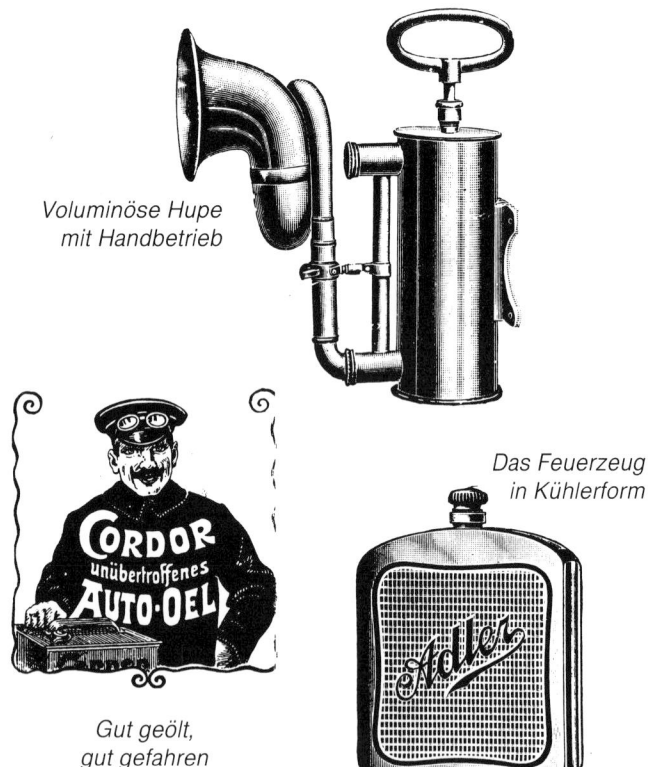

Voluminöse Hupe mit Handbetrieb

Gut geölt, gut gefahren

Das Feuerzeug in Kühlerform

Zerlegbare u. transportable doppelwandige Automobil-Remisen – R. Plate & Sohn, Hamburg 6.

Der Zubehörhandel floriert

Fan-Clubs sind keineswegs eine Erscheinung unserer Zeit. Die Automobilisten verspürten schon früh den Drang, sich zu organisieren. In den meisten Clubs ging es hochherrschaftlich zu, und die Vorstandsposten waren fest in der Hand des deutschen Hochadels, der damit dem Automobil wie früher dem Equipagenpferd einen Hauch von Distinguiertheit verlieh und den Dreck, Krach, Gestank und die öligen Finger vergessen ließ, die man sich im Umgang mit dem Auto immer noch machte.

Da gab es die Top-Adresse unter den Automobil-Clubs, den *Kaiserlichen Automobilclub KAC*, dessen Protektorat seine Kaiserliche Majestät höchstpersönlich wahrnahm. Schon bald nach der Jahrhundertwende war der erste Motorwagen in den kaiserlichen Fuhrpark eingezogen, und in den Jahren darauf kamen immer mehr vorwiegend deutsche Fabrikate dazu.

Jeder regionale Landesclub und auch die großstädtischen Automobilisten-Vereine hielten sich einen Landesfürst oder mindestens ein Mitglied der örtlichen fürstlichen Familie als Vorsitzenden oder Präsidenten. Es ging, wie man sieht, vorwiegend blaublütig und in jedem Falle nobel zu in Automobilistenkreisen.

Kaiserlicher Automobil-Club

Hannoversch-Westfälischer Automobil-Club

Frankfurter Automobil-Club

Badischer Automobil-Club

Automobil-Club »Kurhessen«

Signet des Allgemeinen Schnauferl-Club e.V. (ASC)

oben rechts: Emblem der FIVA, Fédération Internationale des Voitures Anciennes

FIVA und ASC

Das Kind muß einen Namen haben

Damit die Oldtimer-Fans sich und ihre Raritäten nicht aus den Augen verlieren, trifft man sich regelmäßig zu nationalen und internationalen Wettbewerben. Unter dem grün-gelben Dach der *Fédération Internationale des Voitures Anciennes* (FIVA) sind die nationalen Oldtimer-Clubs zusammengeschlossen, die es in fast allen europäischen und in vielen außereuropäischen Ländern gibt. FIVA mit Generalsekretariat in Zürich (CH-8048 Zürich, Badener Str. 678) arrangiert zahllose internationale Veranstaltungen wie Sternfahrten und Rallyes.

21 000 Mitglieder, glückliche Besitzer von mehr als 22 000 Oldtimern, sind in den Karteien des Dachverbandes registriert. Und es bleibt nicht beim Arrangement von geselligen Treffen und Wettfahrten, sondern der Club hilft auch mit Rat und Tat, wenn es um technische Expertisen oder um Restaurierungsfragen geht.

Der deutsche Ableger dieser internationalen Runde von Oldtimer-Freunden ist der bereits im Jahre 1900 gegründete *Allgemeine Schnauferl-Club e.V.* (ASC), der nicht nur Rallyes für die Schnauferl sondern auch Bälle für die Schnauferl-Fans veranstaltet. Er ist der älteste unter allen deutschen Automobilclubs.

Daß Oldtimer nicht gleich Oldtimer ist, weder in der Wertschätzung noch in der Klassifizierung – dafür sorgt eine chronologische Einteilung der Sammelobjekte:

Die ältesten und damit respektabelsten unter den Automobilen gehören in die Kategorie Ancêtre; sie sind vor dem 31. 12. 1904 entstanden und haben meist Ein- oder Zweizylindermotoren. Man nannte sie entsprechend der jeweiligen Karosserie auch Tonneau, Landaulet, Phaeton, Vis-à-Vis usw.

Ein Veteran unter den Automobilen von ehrwürdigem Alter ist ein Wagen, der zwischen dem 1. 1. 1905 und dem 31. 12. 1918 gebaut wurde. In diese Kategorie gehören Wagen aller Größenordnungen, von den seltener werdenden Einzylindern bis zum Achtzylinder.

Die Zeit zwischen dem 1. 1. 1919 und dem 31. 12. 1930 war die große Epoche der Vintage-Automobile; hier gab es Vier- bis Sechzehnzylinder-Motoren, sparsame Kleinwagen und repräsentative Luxuskarossen.

Einen Wagen, der nach dem 1. 1. 1931 und vor dem 31. 12. 1945 entstanden ist, nennt man Classic.

Carl Benz hatte sich sein erstes Automobil als »Patent-Motorwagen« patentieren lassen. Aber ein richtiger Name war das noch nicht für das revolutionäre neue Gefährt. Man umschrieb es zunächst als »Wagen ohne Pferde«, »pferdelose Kutsche« oder auch als »Benzinkutsche«. Leute mit humanistischer Bildung sprachen schon bald vom »Automobil«, dem Selbstbeweglichen oder Selbstantriebler. Und daraus entwickelte sich ein Umfeld abgeleiteter Wortbildungen. Der Lenker oder Fahrer eines selbstfahrenden Vehikels hieß Automobilist, alles was mit dem Automobil zu tun hatte, war automobilistisch.

Aber schon bald regten sich Nationalgesinnte und Sprachpuristen, die nach Eindeutschung des allmählich um sich greifenden »Automobilismus« verlangten. Ein deutscher Wagen sollte einen deutschen Namen tragen, noch dazu, wo deutsche Pioniere so maßgeblich an seiner Entwicklung beteiligt waren. Immerhin brachten es die Eiferer fertig, daß man zeitweilig von der ebenfalls gebräuchlich gewordenen Abkürzung »Auto« das welsch oder sonstwie fremdländisch anmutende o wegließ. Und so fuhr man denn im »Aut«, wenn man ein richtiger deutscher »Autler« sein wollte.

An krampfhaften Versuchen zur Eindeutschung des Automobils hat es also nicht gefehlt, und dabei kamen so abstruse Vorschläge wie Triebwagen samt Triebfahrer, oder auch Zerknalltreibling heraus, die allerdings bei der kleinen und recht exklusiven Autofahrer-Gemeinde keine Akzeptanz fanden. So blieb es schließlich beim Automobil bzw. bei der Abkürzung Auto. Amtlich aber war und ist der Motorwagen ein Kraftfahrzeug oder Kfz.

Karosserieformen

So sahen die wichtigsten Karosserieformen der deutschen Repräsentationsmarke Maybach aus. Ein Prospekt der frühen Zeit stellt den Kunden die vielfältigen Möglichkeiten des Firmenprogramms vor. Ob repräsentative Limousine oder Cabriolet, ob Phaeton oder Coupé, man konnte auch ausgefallenen Wünschen einer noblen Kundschaft Rechnung tragen oder diese Wünsche mittels eindringlicher und recht blumiger Werbesprüche überhaupt erst wecken.

So lautet der Originalton Maybach zum angebotenen Cabriolet: »Vornehm und intim – wie eine in köstliche Form gebrachte Frage nach einer zarten Frauenhand – ihn sicher und zielbewußt zu steuern – zu eigener Freude – dem Beschauer ein künstlerischer Genuß.«

Das Innenlenker-Cabriolet wird mit folgender Offerte an den familienbewußten Kunden gebracht: »Die vornehme Eleganz des Äußeren verrät nichts von der traulichen Behaglichkeit – dem familiären Einschlag des Wageninnern – durch räumliche Begrenzung geschaffen – ohne das Geringste von den gewohnten Bequemlichkeiten eines Wagens bester Klasse entbehren zu lassen.«

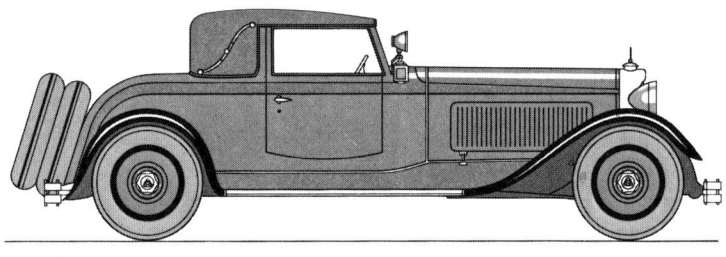

Cabriolet, geschlossen

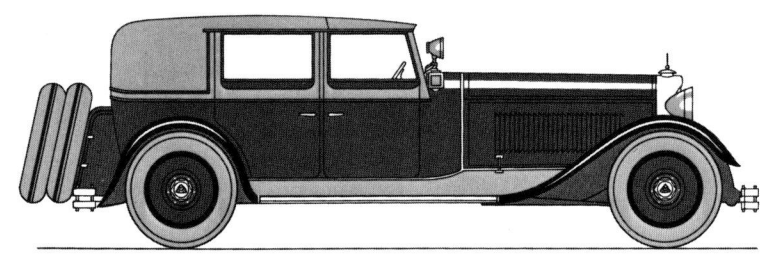

Pullman-Cabriolet, geschlossen

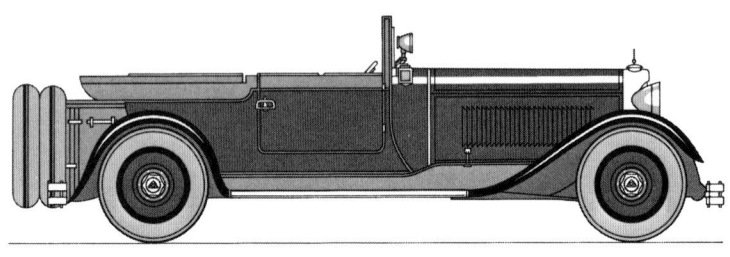

Innenlenker-Cabriolet, geöffnet

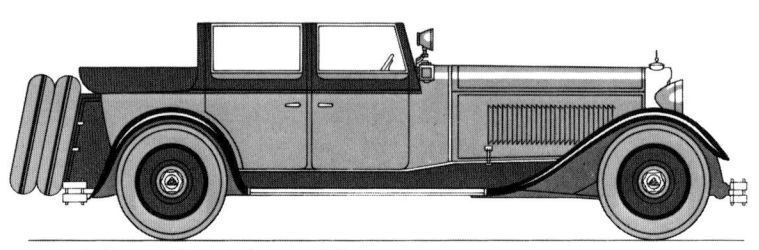

Pullman-Cabriolet, geöffnet

Limousine

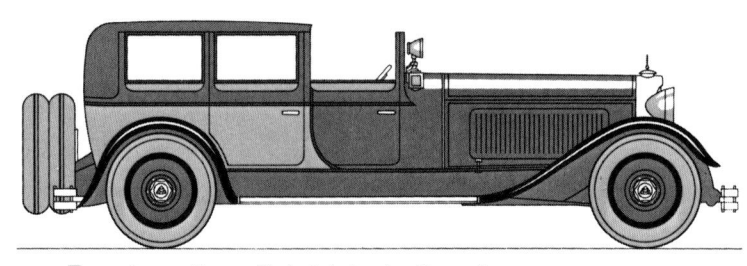

Transformations-Cabriolet, als Coupé

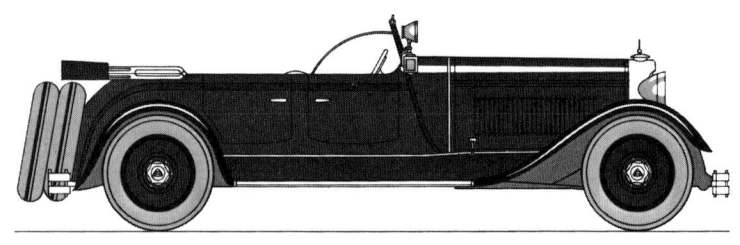

Phaeton

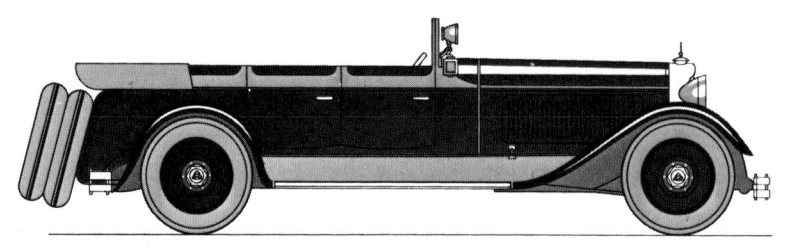

Transformations-Cabriolet, geöffnet

AUTOS, DIE GESCHICHTE MACHTEN

1885
Daimler Reitwagen

Luftgekühlter Einzylinder-Motor Hubraum 264 ccm – 0,5 PS – Höchstgeschwindigkeit 6 und 12 km/h

Nicht die Kutsche hat bei diesem Gefährt aus dem Hause Daimler Pate gestanden sondern das Pferd. Wie ein Herrenreiter konnte man sich in den eleganten Ledersattel des ersten motorisierten Zweirades schwingen und im 12-Kilometer-Tempo dahinjagen. Wilhelm Maybach, Daimlers Mitkonstrukteur, hat die Jungfernfahrt auf diesem frühesten Feuerstuhl bravourös gemeistert und damit zum Start ins Zeitalter der Motorisierung geblasen.

Das hier vorgestellte Modell ist nur die Kopie des ersten Reitwagens, die im Jahre 1906 nach alten Zeichnungen rekonstruiert wurde. Das Original mit seinem hölzernen Rahmen hat ein Brand im Werk der Daimler-Motoren-Gesellschaft vernichtet. Erstaunlich bleibt, wie genial hier schon die Idealform des Motorrads späterer Jahrzehnte vorweggenommen ist, sowohl was sie Linienführung als auch die tiefe Schwerpunktlage angeht.

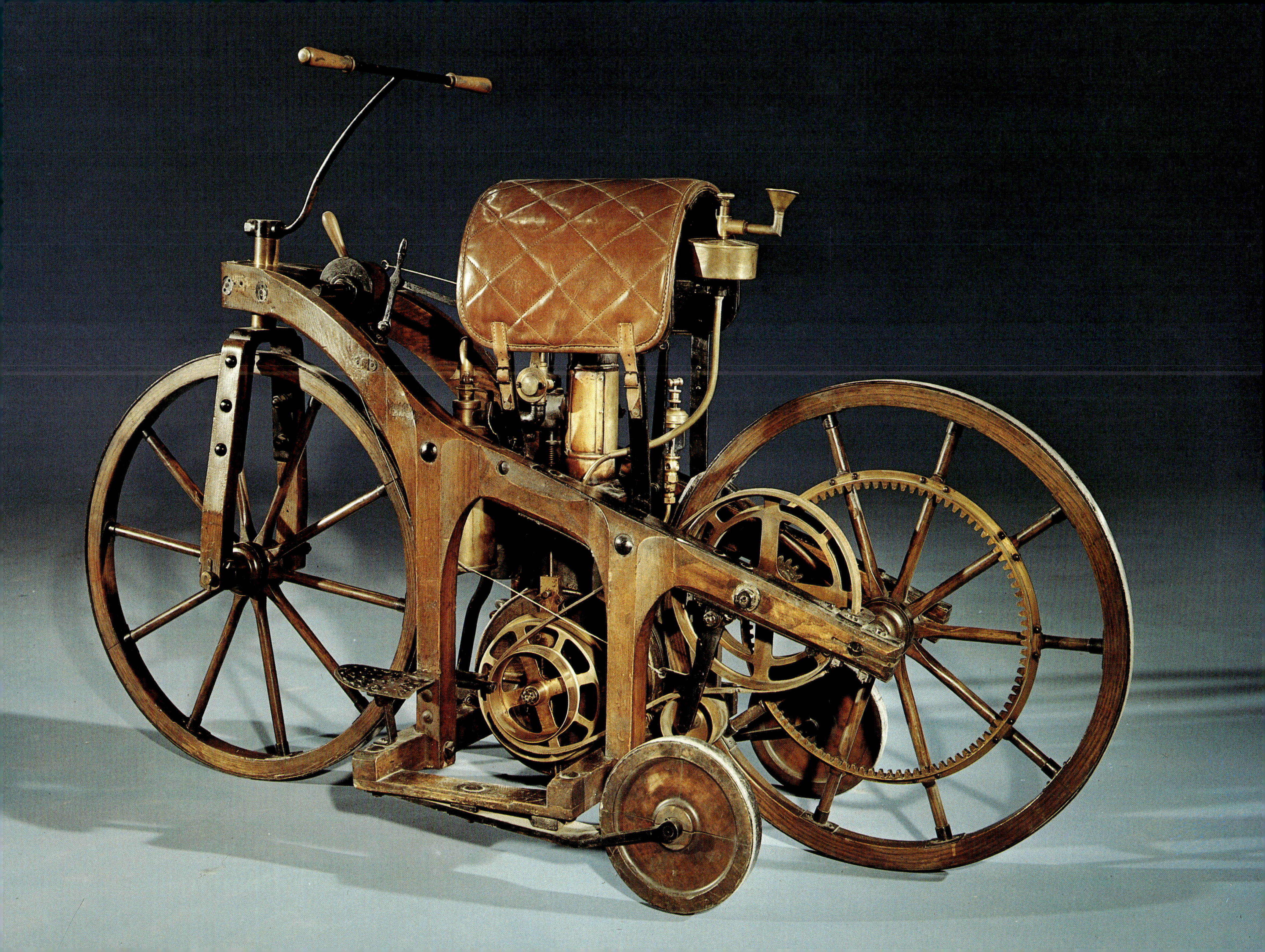

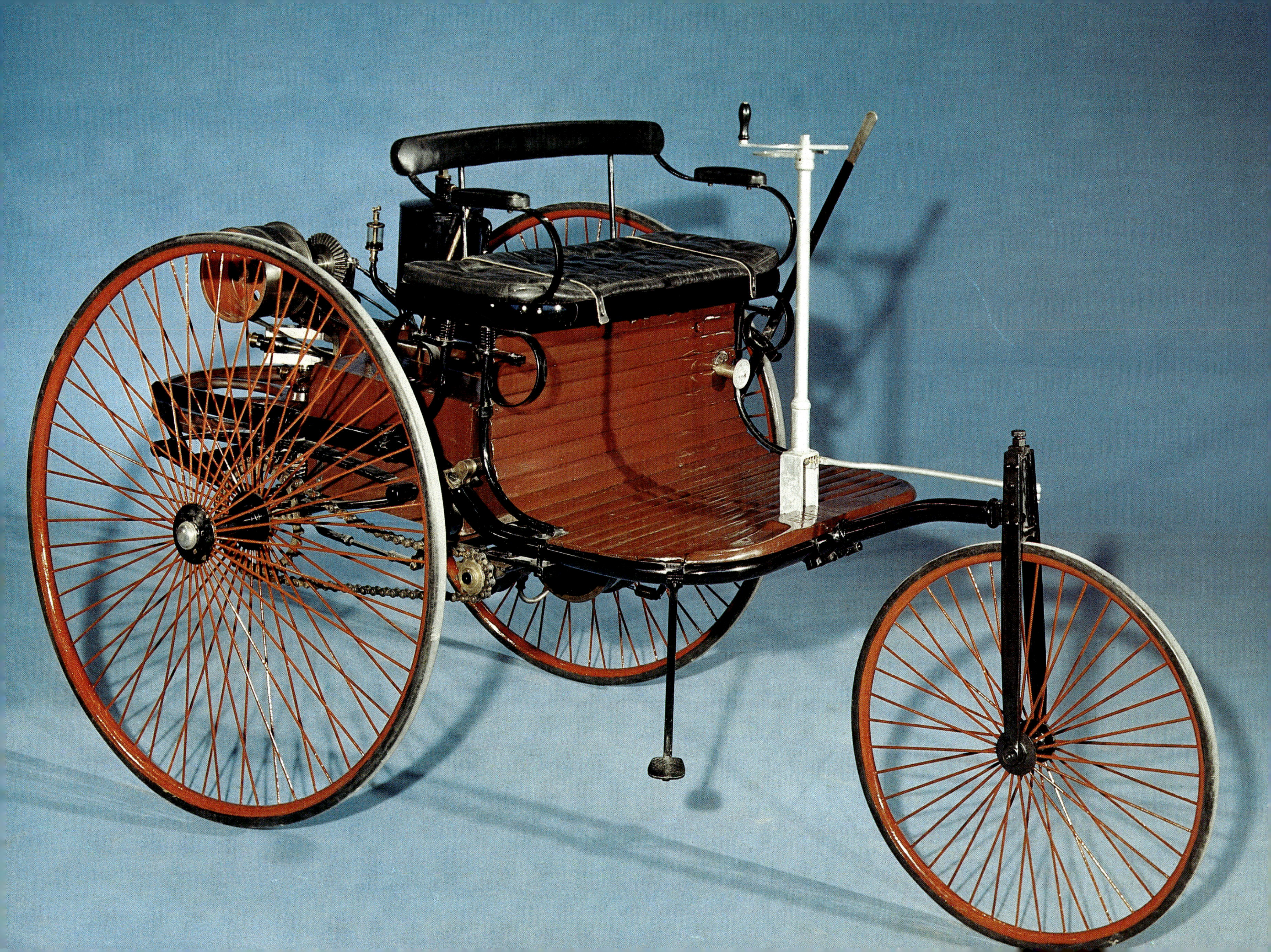

1886
Benz Patent-Motorwagen

Einzylinder-Motor – Hubraum 984 ccm – 0,9 PS – Höchstgeschwindigkeit 15 km/h

Angesichts dieses Modells hält man keineswegs nach den Pferden Ausschau, die der Fuhrknecht jeden Moment einspannen soll. Es ist ein eigenständiges, von tierischer und menschlicher Zugkraft unabhängiges Gefährt, eben ein Motorwagen. Alles stimmt hier zusammen, das Fahrgestell mit den hohen Speichenrädern, der Motor, der perfekt auf das Fahrgestell abgestimmt ist, der Fahrersitz mit dem Lenkrad – das Ganze aus einem Guß.

Am 3. Mai 1886 konnte Carl Benz seine Erfindung im Angesicht der staunenden Zuschauer probefahren. Der Motorwagen rollte mit dem beachtlichen Tempo von 15 km/h durch die Straßen von Mannheim. Die Begeisterung hielt sich in Grenzen. Ging das eigentlich noch mit rechten Dingen zu? Ein Glück für Carl Benz, daß technisches Genie, Erfindungsreichtum und Geschwindigkeit nicht mehr als Hexerei galten! Zusammen mit Daimlers motorisierten Wagen steht der Patent-Motorwagen als erster am Start in die deutsche Automobil-Geschichte.

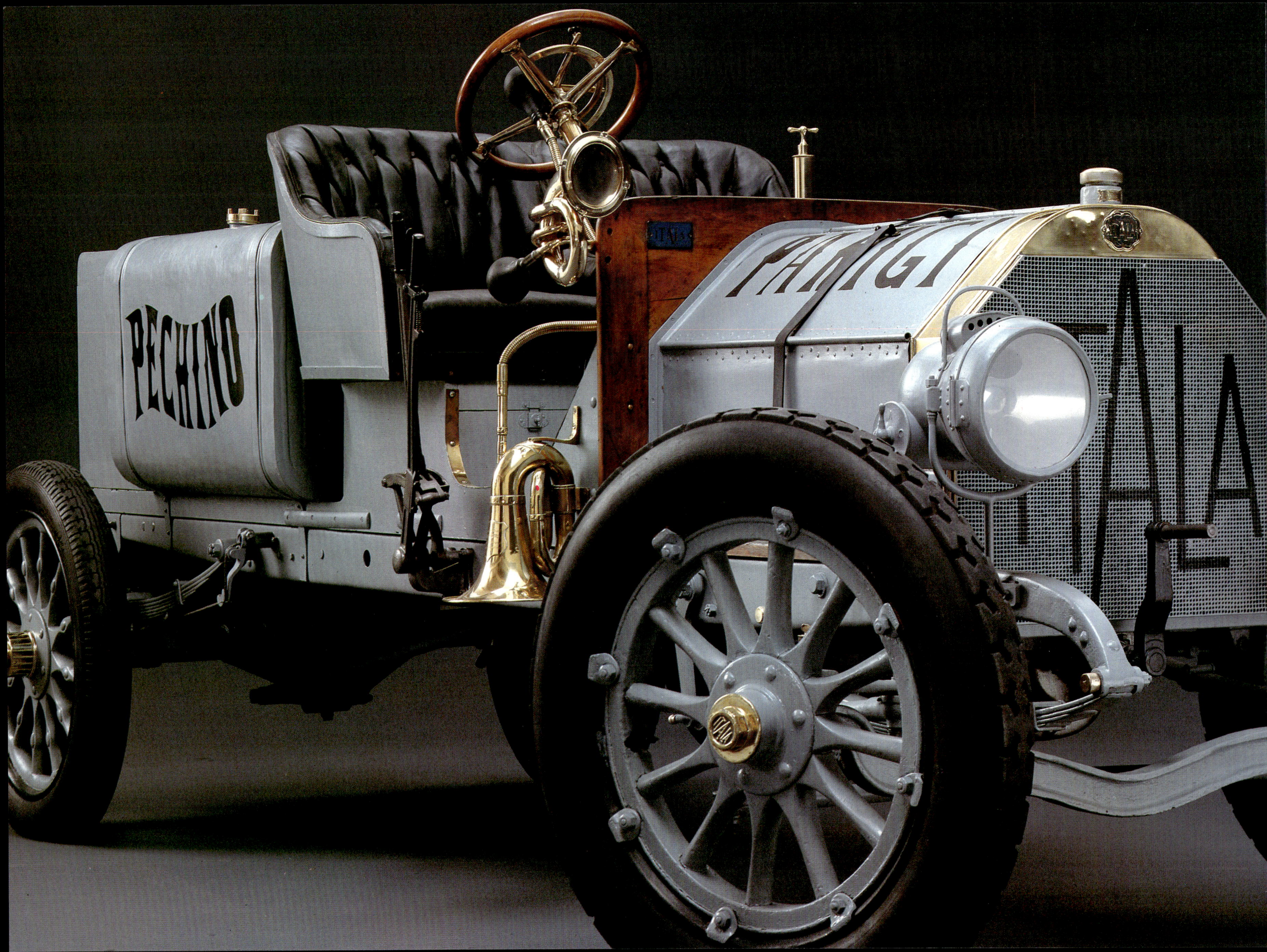
PECHINO

1907 *Itala*

Siegerwagen der Langstreckenfahrt Peking–Paris 1907 – Vierzylinder-Motor – Hubraum 7,5 Liter – Höchstgeschwindigkeit ca. 80 km/h – Einer der ersten Wagen mit Kardanwellenantrieb.

In der Euphorie der Pionierjahre des Automobils schien den Automobilisten kein Ding mehr unmöglich. Sie steckten ihre Ziele immer weiter, die Geschwindigkeiten wurden immer höher, die Motoren immer stärker.

Warum nicht einmal eine Wettfahrt von Peking nach Paris veranstalten, also fast die gesamte Landmasse des eurasischen Kontinents im Auto überwinden? Ein paar Abenteurer unter den Auto-Enthusiasten ließen es auf einen Versuch ankommen, prominentester Teilnehmer war der Italiener Prinz Scipione Borghese mit einem Itala. Der Wagen wurde umgerüstet, das Chassis verstärkt. Mit seinen 7,4 Liter Hubraum und vier Zylindern brachte er es auf eine Geschwindigkeit von 80 km/h. Aber würde er die Dauerbelastung einer so gewaltigen Strecke, bei der es mehr oder weniger querfeldein ging, überhaupt aushalten? Er hielt und siegte vor zwei De-Dion-Bouton-Wagen.

Im August 1907 fuhr er, von den begeisterten Zuschauern gefeiert, in Paris ein. Die kleinen Pannen unterwegs – den Sturz in einen Fluß, nachdem eine Brücke unter dem schweren Gefährt zusammengebrochen war, die Fahrt zwischen den Gleisen der Transsibirischen Eisenbahn, auf Hohlwegen, durch Wüste und Sümpfe – er hatte sie alle heil überstanden, der Sieger mit Namen Itala.

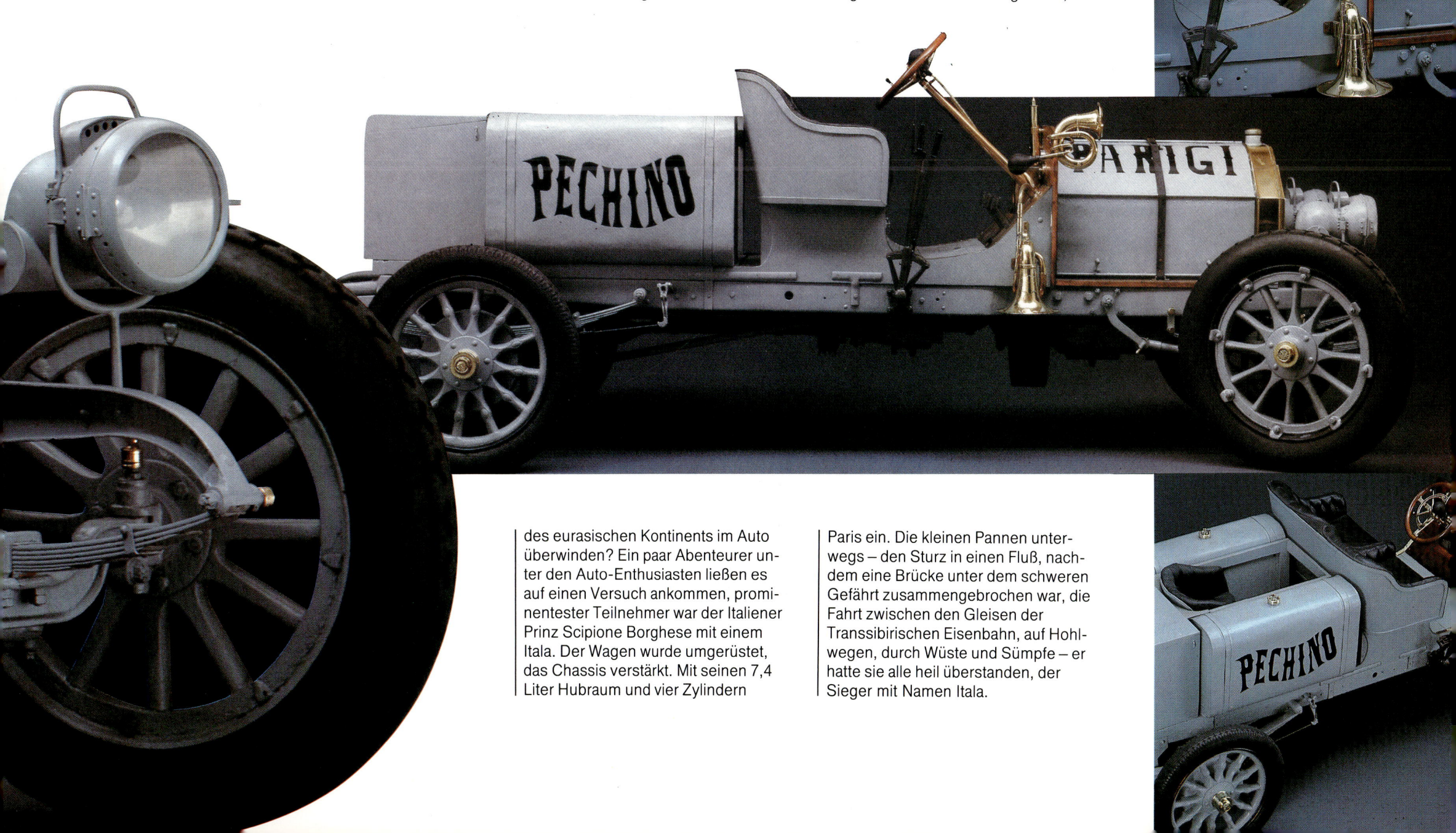

1907 Fiat 130

Vierzylinder-Motor – 130 PS Hubraum 15 Liter – Maximaldrehzahl 1600 U./min.

An die Sicherheit des Fahrers verschwendete man bei der Konstruktion schneller Rennwagen weder bei Fiat noch anderswo viele Gedanken. Der Fahrer mußte halt aufpassen, daß er nicht herausfiel und unter die Räder oder in die Ketten kam. Autofahren war schließlich ein Abenteuer, vor allem wenn man einen Rennwagen wie den Fiat 130 unter sich hatte: mehr als 15 Liter Hubraum, 130 PS, damit konnte man auf allen Rennstrecken der Welt ein gewichtiges Wort mitreden. Und in unüberhörbarer Lautstärke dazu.

Schalldämpfer waren noch nicht vorgeschrieben, und der Explosionsmotor machte seinem Namen alle Ehre. Mit ungeheurem Getöse raste der Wagen über die Pisten. Auf der Landstraße stoben Passanten, Kinder, Hühner und anderes Getier entsetzt zur Seite, wenn ein Rennwagen wie dieser des Weges schoß. Zwar gab es schon Tempobegrenzungen, aber im Rausch der Geschwindigkeit ließen sich die sportlichen Fahrer von damals ebenso mitreißen wie die von heute. Und wer sich ein solches Auto leisten konnte, der zahlte – wenn er erwischt wurde – die Strafe mit links.

1908 ließen sich die Franzosen eine Beschränkung der bis dahin ziemlich schrankenlosen Renngelüste einfallen: Ein Benzinverbrauch von mehr als 30 Litern war nicht mehr zulässig. An Umweltschutz oder Schonung der Ressourcen war dabei gewiß noch nicht gedacht. Bei Fiat verminderte man daraufhin den Hubraum geringfügig, womit dem Reglement Genüge getan war.

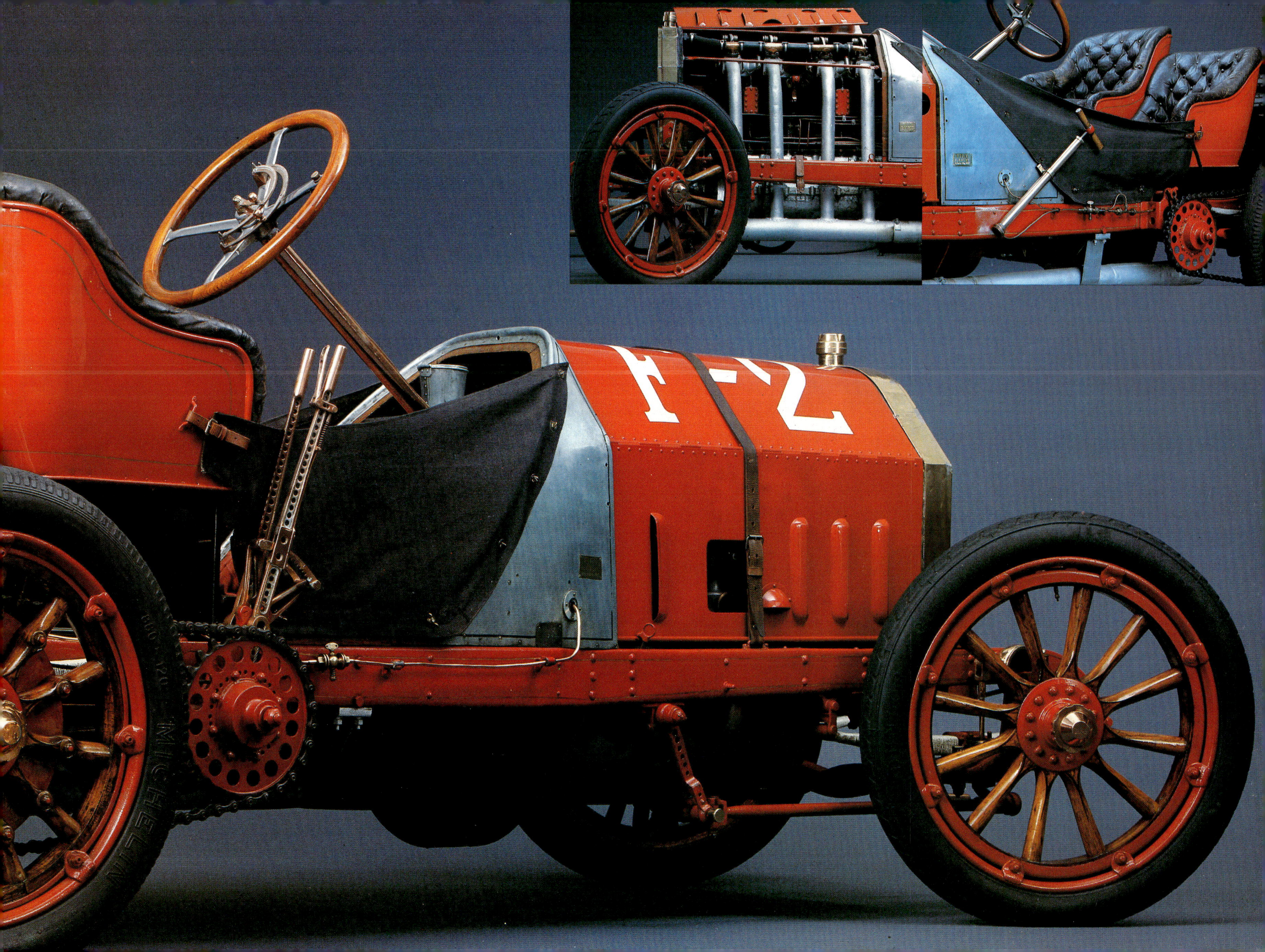
MICHELIN

1908
Rochet Schneider

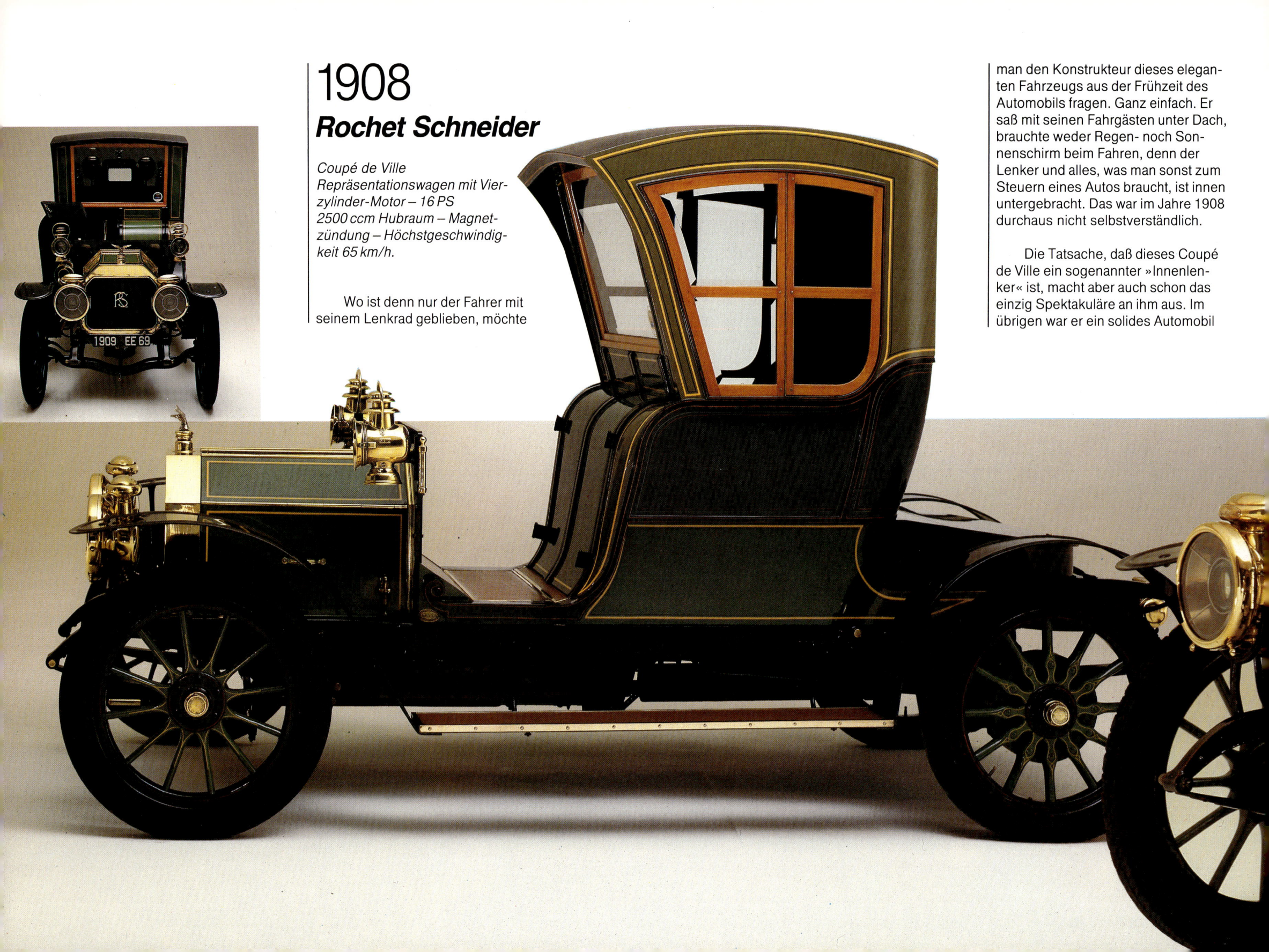

*Coupé de Ville
Repräsentationswagen mit Vierzylinder-Motor – 16 PS
2500 ccm Hubraum – Magnetzündung – Höchstgeschwindigkeit 65 km/h.*

Wo ist denn nur der Fahrer mit seinem Lenkrad geblieben, möchte man den Konstrukteur dieses eleganten Fahrzeugs aus der Frühzeit des Automobils fragen. Ganz einfach. Er saß mit seinen Fahrgästen unter Dach, brauchte weder Regen- noch Sonnenschirm beim Fahren, denn der Lenker und alles, was man sonst zum Steuern eines Autos braucht, ist innen untergebracht. Das war im Jahre 1908 durchaus nicht selbstverständlich.

Die Tatsache, daß dieses Coupé de Ville ein sogenannter »Innenlenker« ist, macht aber auch schon das einzig Spektakuläre an ihm aus. Im übrigen war er ein solides Automobil für gehobene Ansprüche an Komfort und luxuriöse Ausstattung und hatte einen Vierzylinder-Motor, der 16 PS Leistung erbrachte.

Einige akrobatische Fähigkeiten wurden allerdings dem Fahrer abverlangt, damit er sein Coupé de Ville überhaupt besteigen konnte. Er mußte zuerst die Tür öffnen und dann die Windschutzscheibe, um an den Lenker zu gelangen. Dann aber war er Herr über ein wohlangesehenes Automobil der hochgeschätzten, seit dem Jahre 1894 mit Motorwagen befaßten Firma Rochet Schneider in Lyon.

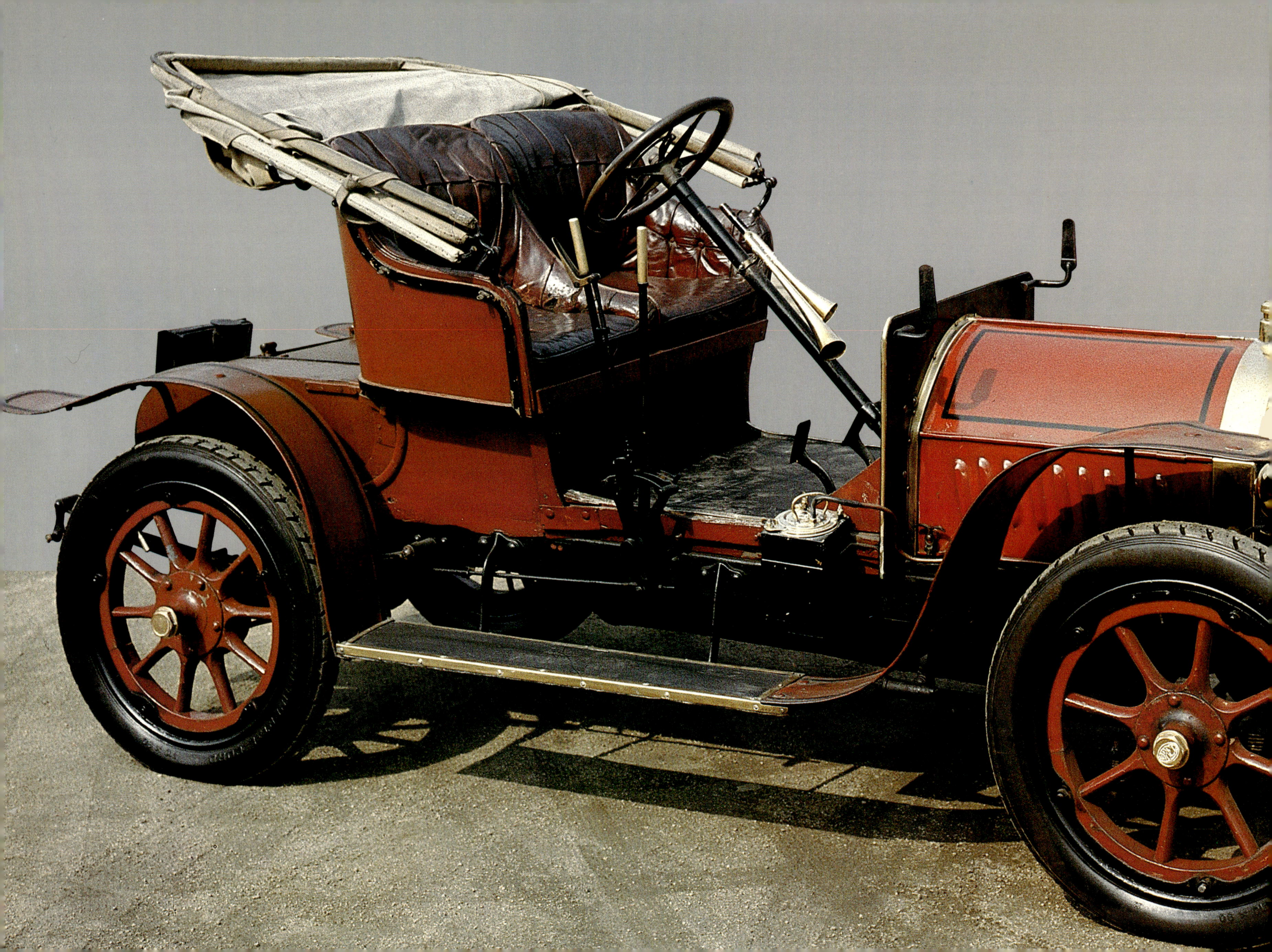

1909
Opel-Doktorwagen

Vierzylinder-Motor – Hubraum 1029 ccm – 4/8 PS – Höchstgeschwindigkeit 50–55 km/h

Genau das Richtige für den geplagten Landarzt, der mitten in der Nacht zur Krankenvisite fahren mußte, war dieser Vierzylinder von Opel. Er ersparte dem Doktor das mühsame Ein- und Ausspannen der Pferde. Dank der in ihm schlummernden 4–8 Pferdekräfte brachte er seinen Besitzer schnell und sicher ans Ziel, der Doktorwagen mit dem hübschen Verdeck, den bequemen Ledersitzen und den stets blankgeputzten Messinglaternen. Sein Benzinverbrauch hielt sich mit 7,5 Litern auf 100 Kilometer durchaus im Rahmen eines Landarzt-Etats.

Einen »Doktorwagen« hatten bald auch andere Automobil-Hersteller im Programm, aber der von Opel war der erste gewesen, und das dankte ihm eine treue und zufriedene Doktoren-Kundschaft.

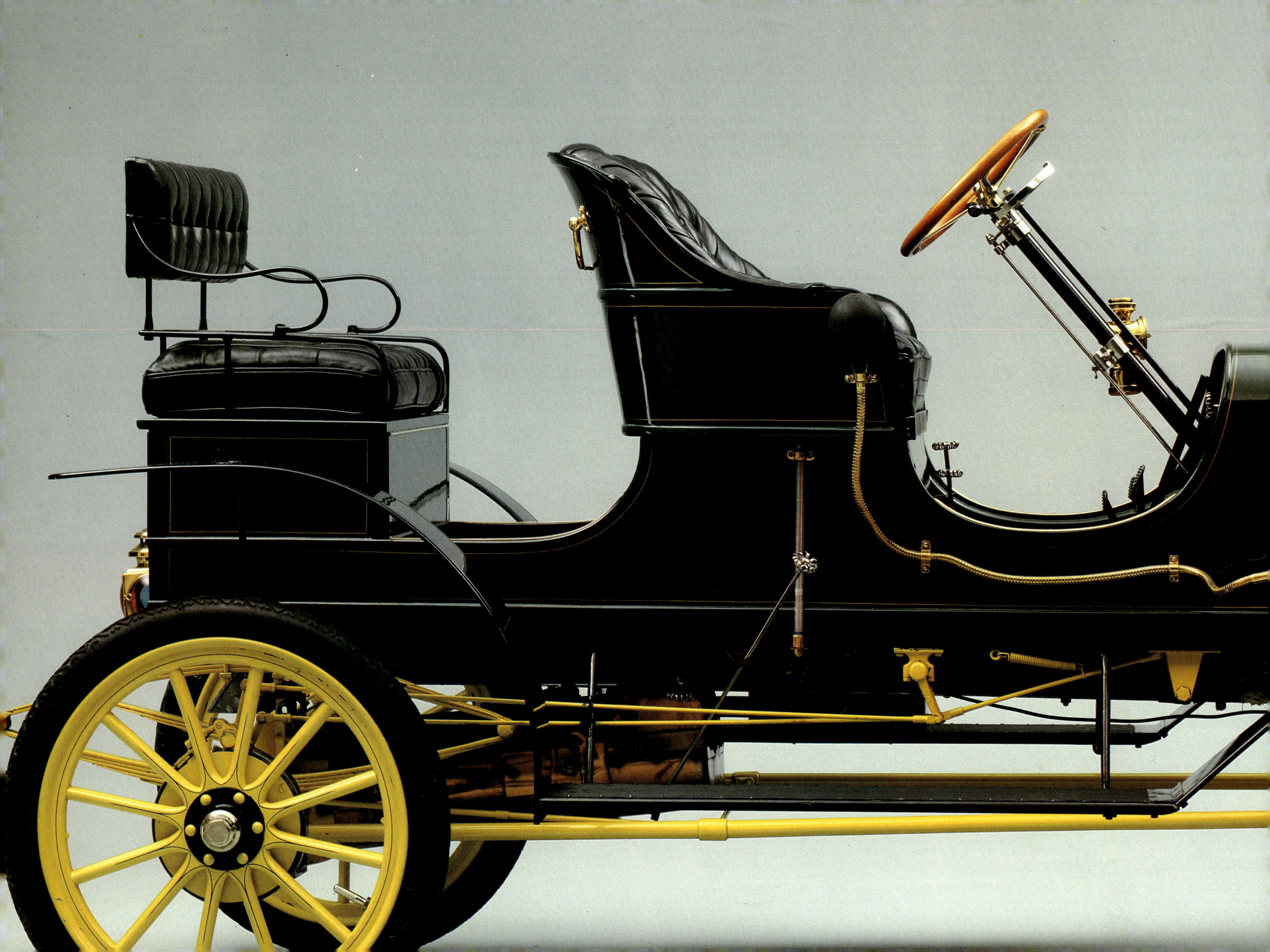

1909
Stanley Steamer

Zweizylinder-Dampfmotor – 30 PS 500 PSI Druck unter Arbeitsbedingungen – Zwei- und viersitzige Ausführung – Schneller als mancher benzinangetriebene Wagen seiner Zeit.

Man kann ihm die Eleganz gewiß nicht absprechen, und er hätte auch den allerstrengsten Lärmschutzrichtlinien von heute mühelos entsprochen. Die Gefahr für die Umwelt bestand bei Dampfwagen wie diesem hauptsächlich darin, daß sie auf so leisen Sohlen bzw. Rädern daherrollten, daß die Passanten sie nicht kommen hörten.

Das Handicap des exklusiven Stanley Steamers mit dem Zweizylinder-Dampfmotor, der 30 PS Leistung brachte, bestand darin, daß er wegen des hohen Wasser- und Treibstoffverbrauchs eine zu geringe Reichweite hatte. 40–45 Meilen weit gelangte man mit einer Füllung des Wassertanks, der immerhin 26 Gallonen, das sind fast 100 Liter, faßte. Auch der Treibstoffverbrauch war nicht ohne.

Dennoch wurden in den USA noch bis in die 30er Jahre Dampfwagen gebaut, und auch einer der großen Pioniere des Benzinmotorwagens, Henry Ford, hatte einmal beim Dampfmotor angefangen. Doch schon am Ende des ersten Jahrzehnts im neuen Jahrhundert zeichnete sich ab, daß der Benzinmotor das Rennen machen und ihm schließlich die Zukunft gehören würde.

1909
La Buire

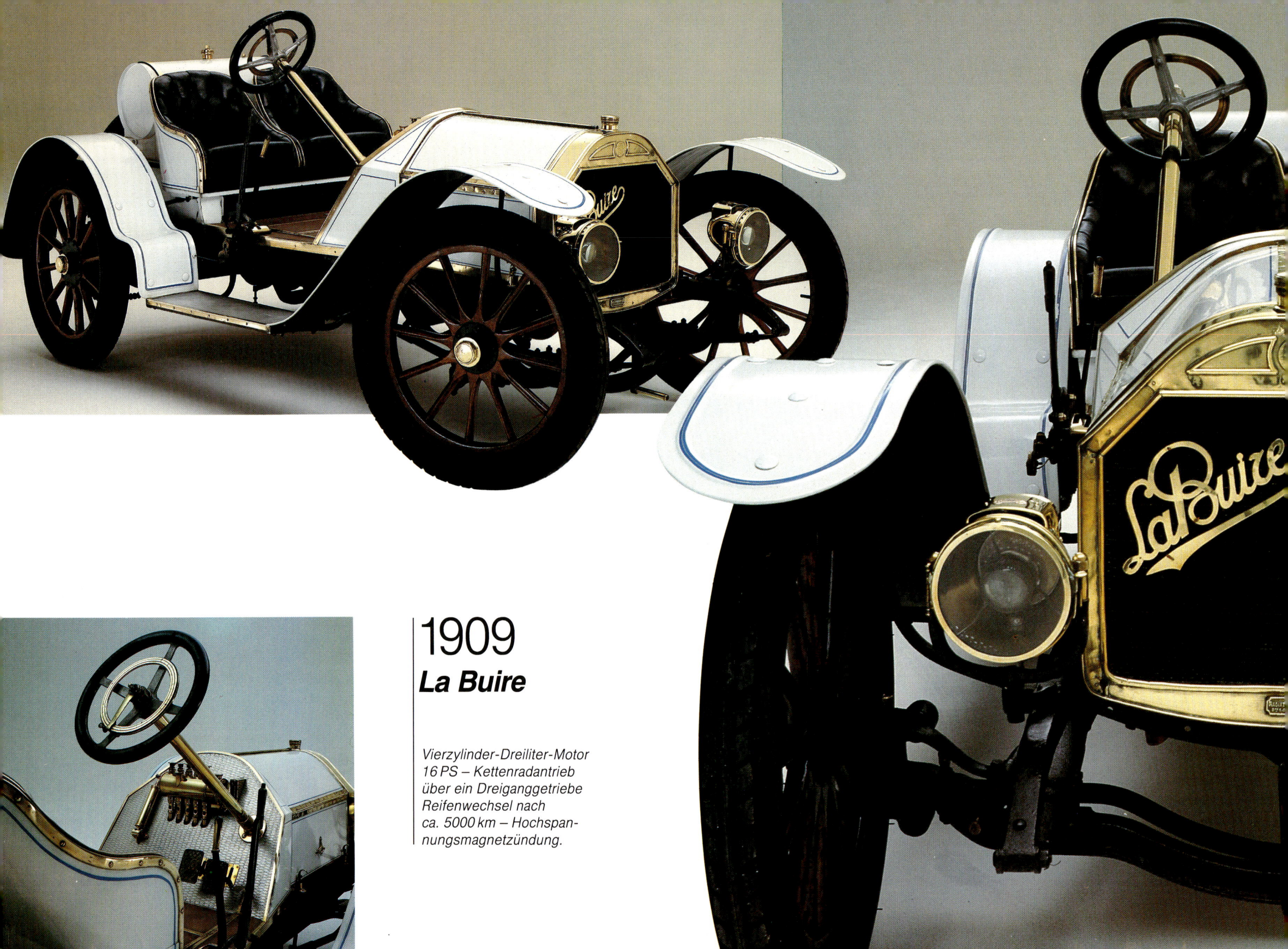

Vierzylinder-Dreiliter-Motor 16 PS – Kettenradantrieb über ein Dreiganggetriebe Reifenwechsel nach ca. 5000 km – Hochspannungsmagnetzündung.

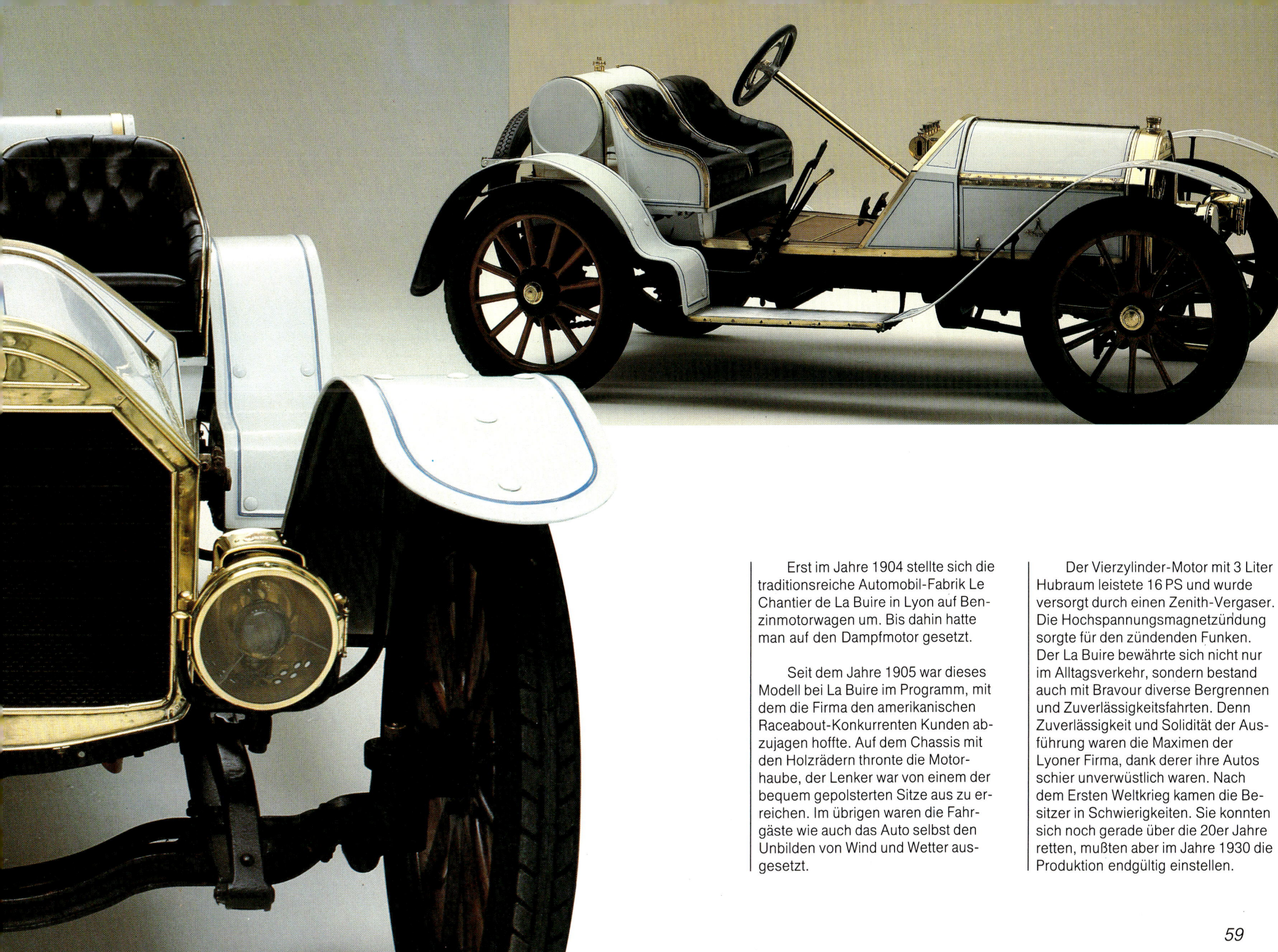

Erst im Jahre 1904 stellte sich die traditionsreiche Automobil-Fabrik Le Chantier de La Buire in Lyon auf Benzinmotorwagen um. Bis dahin hatte man auf den Dampfmotor gesetzt.

Seit dem Jahre 1905 war dieses Modell bei La Buire im Programm, mit dem die Firma den amerikanischen Raceabout-Konkurrenten Kunden abzujagen hoffte. Auf dem Chassis mit den Holzrädern thronte die Motorhaube, der Lenker war von einem der bequem gepolsterten Sitze aus zu erreichen. Im übrigen waren die Fahrgäste wie auch das Auto selbst den Unbilden von Wind und Wetter ausgesetzt.

Der Vierzylinder-Motor mit 3 Liter Hubraum leistete 16 PS und wurde versorgt durch einen Zenith-Vergaser. Die Hochspannungsmagnetzündung sorgte für den zündenden Funken. Der La Buire bewährte sich nicht nur im Alltagsverkehr, sondern bestand auch mit Bravour diverse Bergrennen und Zuverlässigkeitsfahrten. Denn Zuverlässigkeit und Solidität der Ausführung waren die Maximen der Lyoner Firma, dank derer ihre Autos schier unverwüstlich waren. Nach dem Ersten Weltkrieg kamen die Besitzer in Schwierigkeiten. Sie konnten sich noch gerade über die 20er Jahre retten, mußten aber im Jahre 1930 die Produktion endgültig einstellen.

1910
Rolls Royce Silver Ghost

Sechszylinder-Motor – 50 PS – Hubraum 7400 ccm – Doppelzündung Höchstgeschwindigkeit 115 km/h.

Die Leute in Derby, allen voran die Herren Rolls und Royce – hatten immer schon das Besondere im Sinn. Sie ließen eine technische Neuheit erst dann in ihre Wagen einbauen, wenn sie »gründlich« erprobt war. Und gründlich bedeutete mindestens 10 Jahre. Aber die Modellpolitik der beiden hat sich ausgezahlt.

1907 kam der legendäre Silver Ghost auf den Markt und wurde mit einigen kleinen Veränderungen bis 1925 in dieser Form gebaut. »The best car in the world« lautete der nicht gerade bescheidene Werbeslogan für dieses Auto; und alle Welt, einschließlich der Konkurrenz, nahm ihn zur Kenntnis.

Als 1906 der erste Silver Ghost einem enthusiasmierten Publikum vorgeführt wurde, bot er an technischer Ausstattung wie an Eleganz das Non plus ultra des damaligen Automobilbaus. Der Sechszylinder-Motor mit 7400 ccm Hubraum war alles andere als ein Krachmacher, er schnurrte dezent und lief wie auf Katzenpfötchen. Zwei Kerzen versahen pro Zylinder ihren Dienst, die Kurbelwelle war siebenfach gelagert. Ein Schwingungsdämpfer sorgte für die gewünschte Laufruhe.

Karosserien für dieses Traumauto ließen sich die Kunden nach Wunsch anfertigen. Bei entsprechendem Sicherheitsbedürfnis vertrugen Fahrgestell und Motor sogar eine gepanzerte Karosserie.

1912
Austro Daimler Automotor-Spritze

Vierzylinder-Reihenmotor, seitengesteuert – Hubraum 2010 ccm – 20 PS – Kardanantrieb – Höchstgeschwindigkeit 50 km/h

Sage und schreibe 56 Jahre lang war dieser Feuerwehrwagen im aktiven Dienst, davon 20 Jahre an seinem Ursprungsort, im Werk von Austro-Daimler; anschließend beförderte er noch weitere 30 Jahre die Floriansjünger eines österreichischen Dorfes an ihren Einsatzort, bevor er schließlich blankpoliert im Porsche-Museum landete.

Die sehr mobile Feuerspritze war auf das Chassis eines Austro-Daimler Typ 9/20 PS montiert und erreichte die damals respektable Höchstgeschwindigkeit von 50 km/h. Statt mit »ta-tü-ta-ta« ging es mit aufsehenerregendem Glockengebimmel und in rasender Fahrt zur Brandstelle, wo Männer und Schläuche blitzschnell in Aktion treten konnten. Kommunalfahrzeuge wie dieses wurden in der Zeit entwickelt, da Ferdinand Porsche technischer Direktor bei Austro-Daimler war.

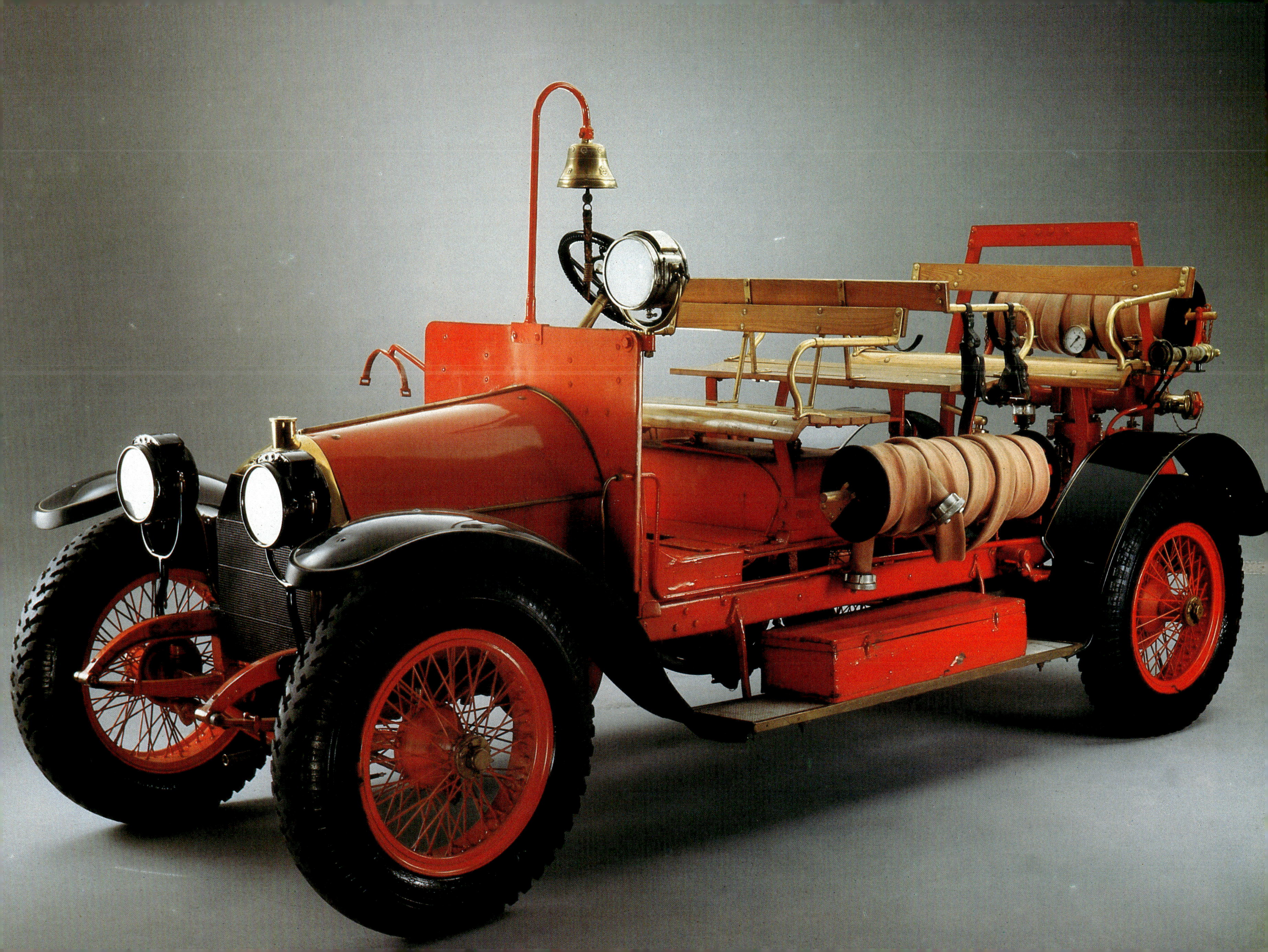

1913
Thames Coach

Vierzylinder-Reihenmotor mit hängenden Ventilen – 25 PS Dreiganggetriebe und Mehrscheibenkupplung – Chassis mußte täglich abgeschmiert werden – Traglast 25 Personen – Höchstgeschwindigkeit 45 km/h.

Unten sah es aus wie in einem eleganten Salon, oben genoß man frische Luft und gute Aussicht. Die Thames Coaches, von denen insgesamt 500 gebaut wurden, verfrachteten ihre Passagiere zu den interessantesten Sehenswürdigkeiten der Stadt; im Wageninneren saßen 9 auf dicken roten Seidenpolstern, oben nahmen 16 auf den härteren Holzbänken Platz, von denen aus sich aber die allerbeste Übersicht über das Verkehrsgeschehen bot. Im zeitlichen Abstand von zweieinhalb Stunden rumpelten die Coaches durch die Londoner Straßen, vom Tower bis zum Buckingham Palace und zurück. Man sah viel und konnte gesehen werden, vor allem wenn man einen Platz an Deck hatte.

Mit der Thames Coach war also der Doppeldecker-Bus geboren, der seitdem das Straßenbild der Themse-Metropole so nachhaltig bestimmt hat und bis heute aus dem Londoner Verkehr nicht wegzudenken ist.

Natürlich sah die Thames Coach von 1913, wie konnte es im konservativen England anders sein, noch immer so aus wie eine überdimensionale Kutsche, der man die Pferde ausgespannt hat – aber der Schein trog. Sie hatte nämlich ein beachtliches Innenleben, bestehend aus einem Vierzylinder-Reihenmotor, Dreiganggetriebe und Mehrscheibenkupplung. Wer Fahrer werden wollte, mußte, ehe er ans Lenkrad einer Thames Coach durfte, einen halbjährigen Lehrgang absolvieren und sich dann noch einige Zeit – mindestens aber zwei Monate – als Beifahrer bewähren, wobei ihm die schwere Aufgabe zufiel, den Motor anzukurbeln.

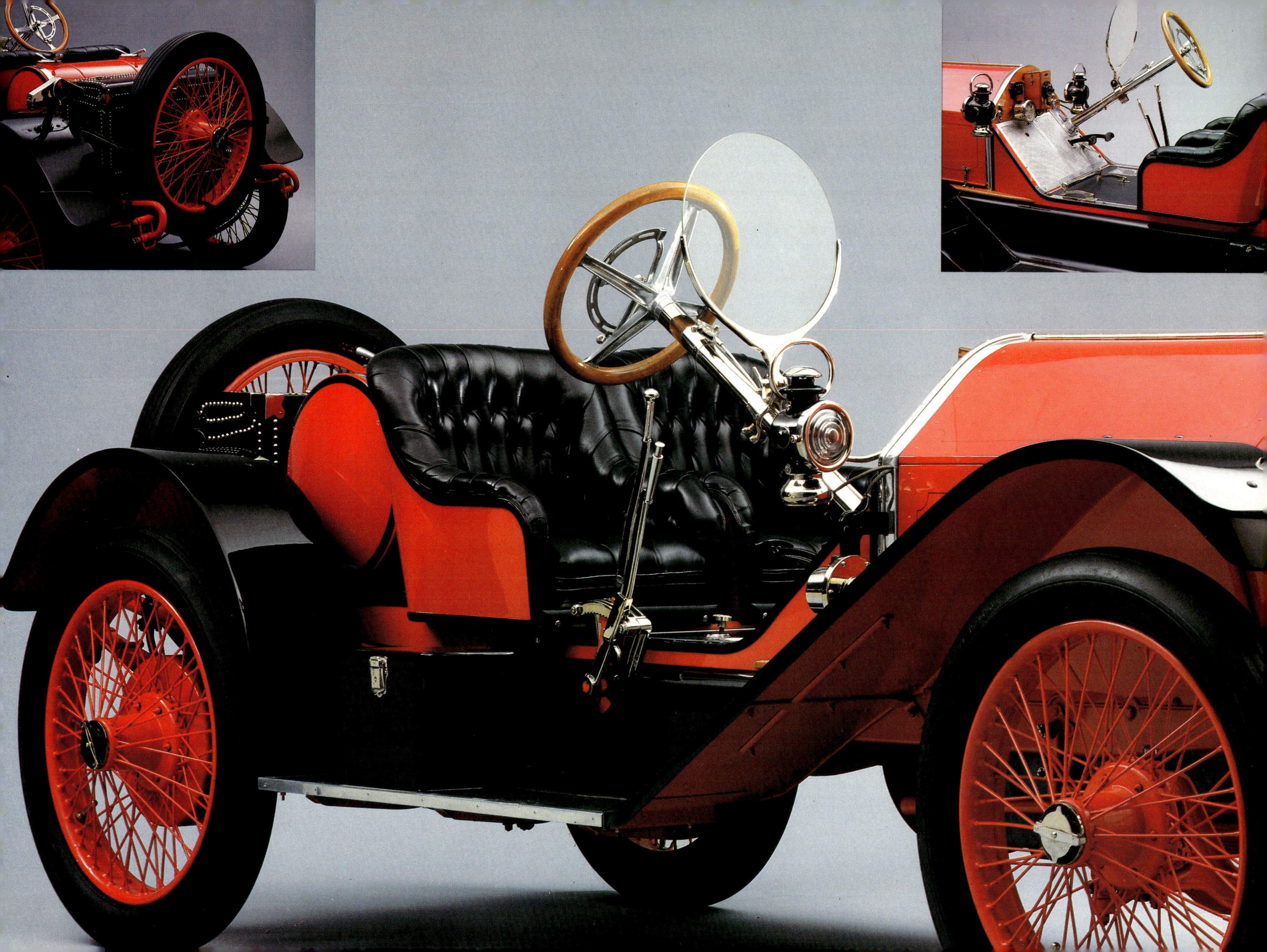

1913
Stutz Bearcat Serie B

Wisconsin-Vierzylinder-Motor – 60 PS 2800 U./min. – Geradeverzahnter Antrieb der Getriebehinterachse.

Autos für die Jeunesse doré, sportlich-rasante Flitzer standen vor allem auf dem Programm des Automobilfabrikanten Harry Stutz in Indianapolis. Der Firmenstandort unweit der berühmten Rennstrecke war ihm zugleich Verpflichtung, schnelle Wagen für ein Publikum mit entsprechend gehobenen Ansprüchen zu bauen.

Das Konzept zahlte sich aus. Mit dem Stutz Bearcat war man den erfolgreichen Mercer Runabouts auf den Fersen. Er war weder schön noch komfortabel, und auf den beiden Sitzen hinter dem Lenkrad pfiff einem der Fahrtwind um die durch keine Windschutzscheibe sondern allenfalls eine »Monokelscheibe« geschützten Ohren.

Aber der Werbeslogan des Stutz Bearcat von dem »Wagen, der an einem Tag alles gutmachte«, zog; die Absatzzahlen des schnellen Gefährts stimmten. Es gab immer genügend Leute, die diese Mischung aus Sportlichkeit und Exklusivität zu schätzen und zu honorieren wußten.

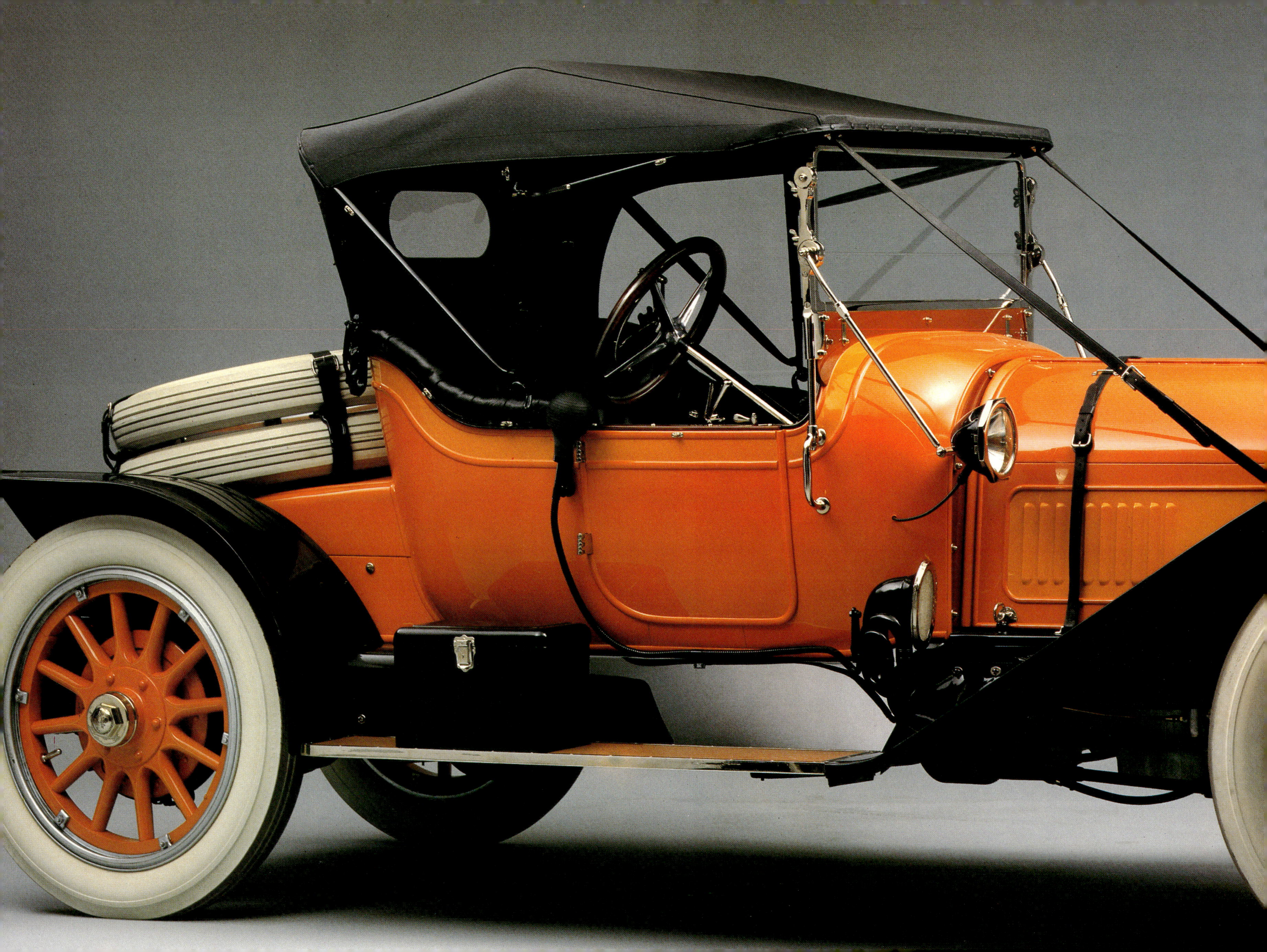

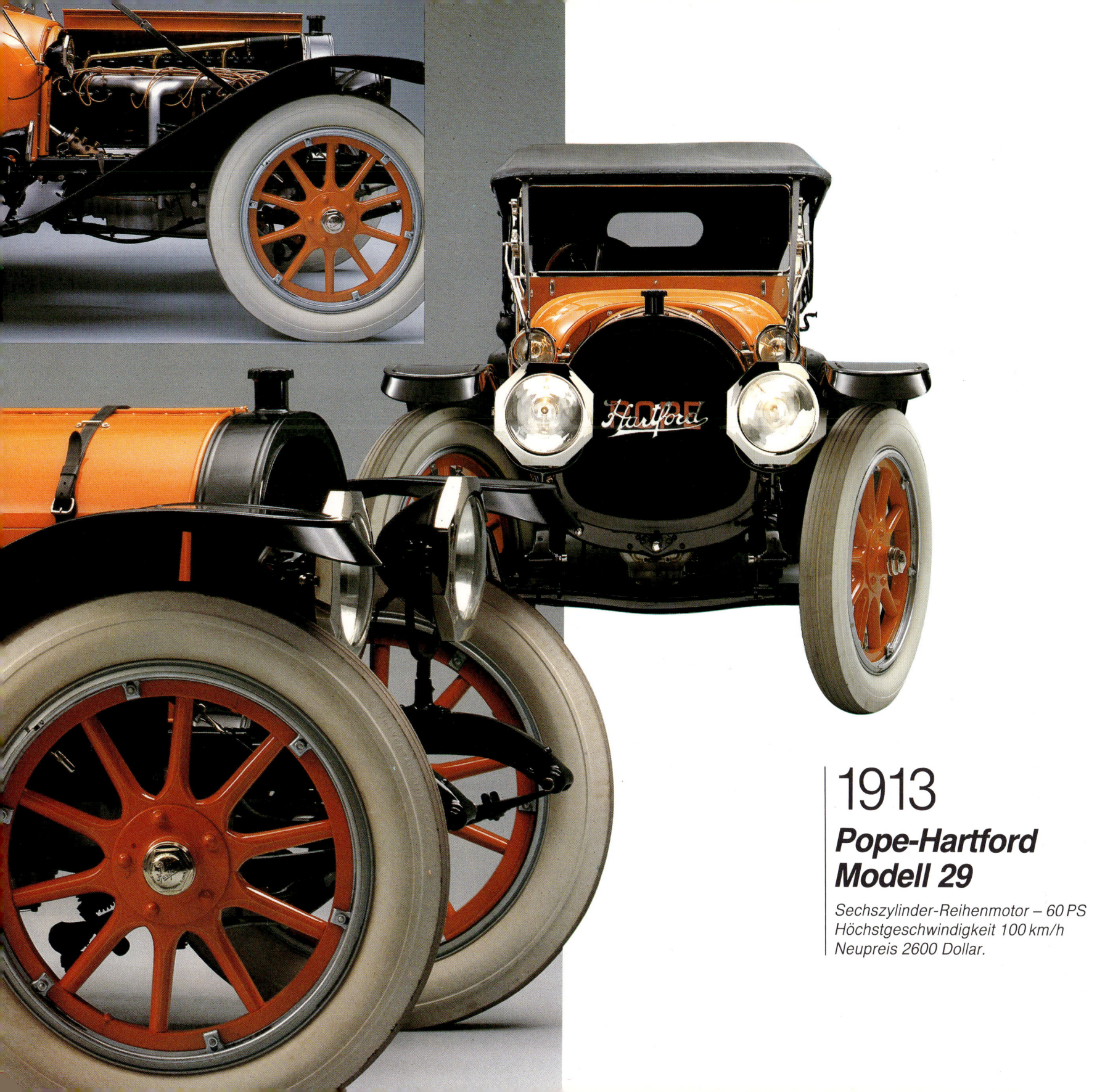

1913
Pope-Hartford Modell 29

*Sechszylinder-Reihenmotor – 60 PS
Höchstgeschwindigkeit 100 km/h
Neupreis 2600 Dollar.*

Wer hinterm Steuer eines Pope-Hartford-Modells 29 saß, den umwehte außer dem Fahrtwind ein Hauch von sportlicher Exzentrizität. Deshalb leisteten ihn sich vor allem Söhne wohlhabender Väter oder die Väter selber als rasanten Zweitwagen, der schon damals in der guten Gesellschaft Amerikas in Mode kam. Neben der Luxuslimousine stand ein Raceabout oder ein Sportcoupé in der Remise, für sportliche Extratouren des Hausherren; an die Dame des Hauses war noch nicht gedacht. Sie breitete ihre bauschigen Röcke noch im geräumigen Fond des Repräsentationswagens aus, der auch dem breitrandigen, blumenbetürmten Hut genügend Platz bot.

Der Sechszylinder von Pope-Hartford brachte es immerhin auf 100 km/h; in geringfügig variierter Ausstattung (herunterklappbare Windschutzscheibe, geflochtene Korbsitze) wurde er auch zu Rennzwecken angeboten.

Die Akzeptanz dieses Wagens bei der potentiellen Kundschaft war ausgezeichnet, aber die auf Spitzenqualität bedachte Herstellerfirma konnte mit den Lieferungen nicht nachkommen. Lieferzeiten von drei Monaten und mehr waren die Regel; so lange aber wollten viele ungeduldige Sportwagenfreunde nicht auf einen Pope-Hartford warten. Es gab ja schließlich auch noch die Konkurrenz, die ganz und gar nicht schlief. Da man sich zur Einführung von Rationalisierungsmaßnahmen nicht entschließen konnte, mußten schon im Jahre 1914 die Werkstore für immer geschlossen werden.

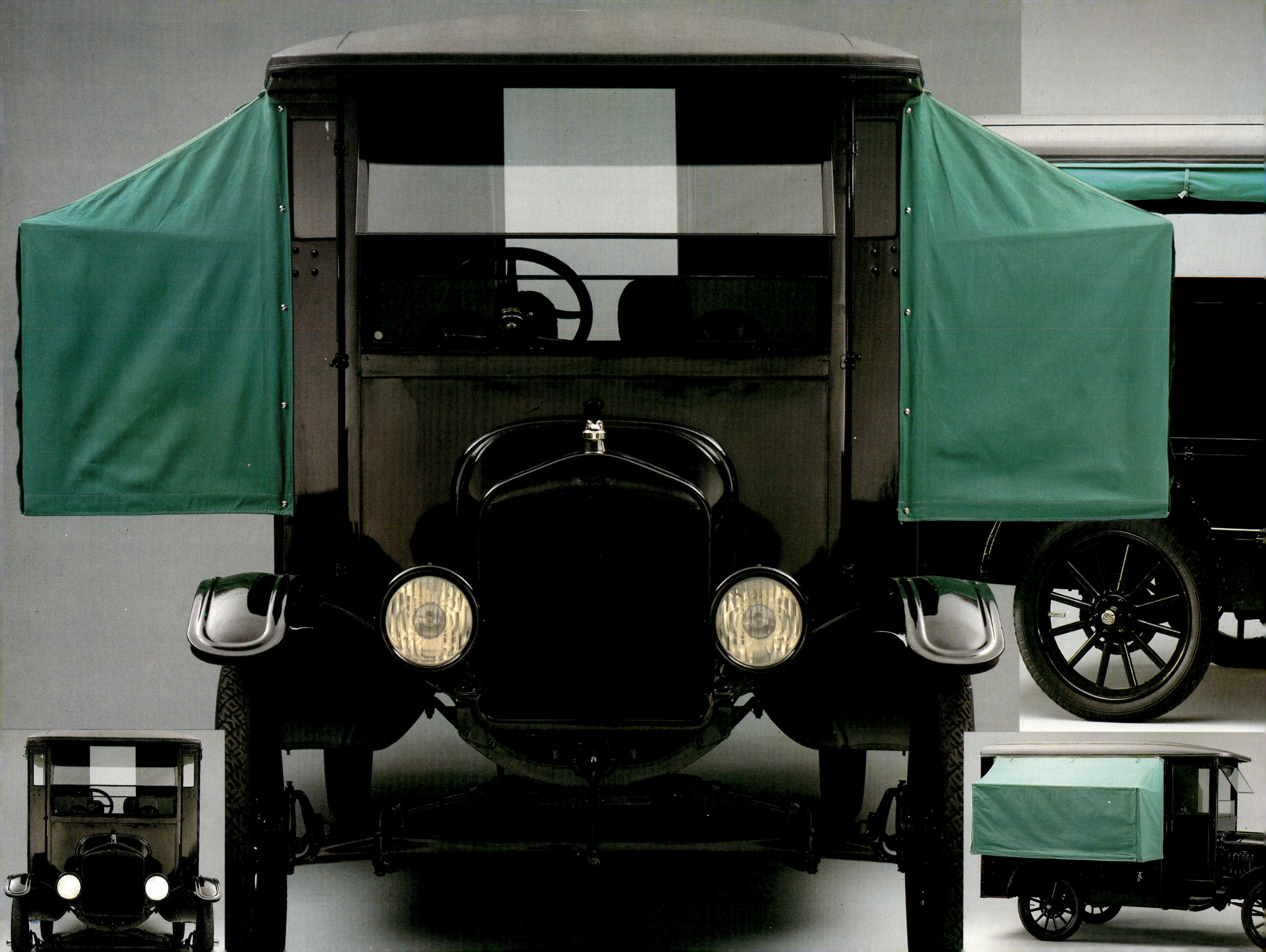

1921
Ford Lamsteed Kampcar

Verlängertes Ford-T-Modell-Chassis mit vorgefertigtem Campingwagen-Aufbau – Vierzylinder-Motor – 20 PS Höchstgeschwindigkeit 70,3 km/h Benzinverbrauch 12 l je 100 km.

Was sich aus dem Ford T-Modell, der »Tin Lizzie«, nicht alles machen ließ! Es diente nicht nur als fahrender Untersatz für Fliegende Händler, Eisverkäufer oder als ambulante Kirche, sondern eignete sich auch als zünftige Bleibe für Natur- und Campingfreunde.

Man konnte damit auf große Reise gehen und das Land der unbegrenzten Möglichkeiten ein bißchen näher kennenlernen. Das Ford T-Modell in Campingvariante mit verlängertem Chassis hatte den bewährten Vierzylinder-Motor, leistete 20 PS und bot darüber hinaus allerlei Komfort.

Für 735 Dollar bekam man außer dem Kampcar selbst auch noch Schlafgelegenheiten für sechs, einen Klapptisch, einen Wasserbehälter, einen Kühlschrank ohne Eis, einen Ofen und eine Campingausrüstung. Wen hielt es da noch zu Hause in Chicago oder Detroit? Der Kampcar stand am Anfang der großen Touristikwelle, die bald über den Kontinent schwappte. Unzählige fühlten sich zum Urlaub auf Rädern animiert und zogen mit ihren rollenden Motels über Land.

1924
Austro-Daimler ADM I Phaeton

Sechszylinder-Reihenmotor mit obenliegender Nockenwelle – Hubraum 2540 ccm – 50 PS – Höchstgeschwindigkeit 100 km/h

Wenn's etwas Besonderes sein sollte, was Eleganz und perfekte Technik anging, dann war man 1924 mit diesem Phaeton von Austro-Daimler, der noch unter der Ägide von Ferdinand Porsche entwickelt worden war, bestens bedient.

Als Wagen für Anspruchsvolle bot er beträchtlichen Luxus, und mit ihm war der Weg von Austro-Daimler im Bereich der oberen Mittelklasse für die folgenden Jahre vorgezeichnet; er besaß bereits eine elektrische Licht- und Anlasseranlage und Vierradbremsen.

Als Porsche im Jahre 1923 zu Daimler nach Stuttgart ging, hatte die erste Ausgabe dieses Wagens, ADM I, bereits ihren Kundenkreis gefunden. Porsche-Wagen wurden bei Austro-Daimler bis 1934 gebaut.

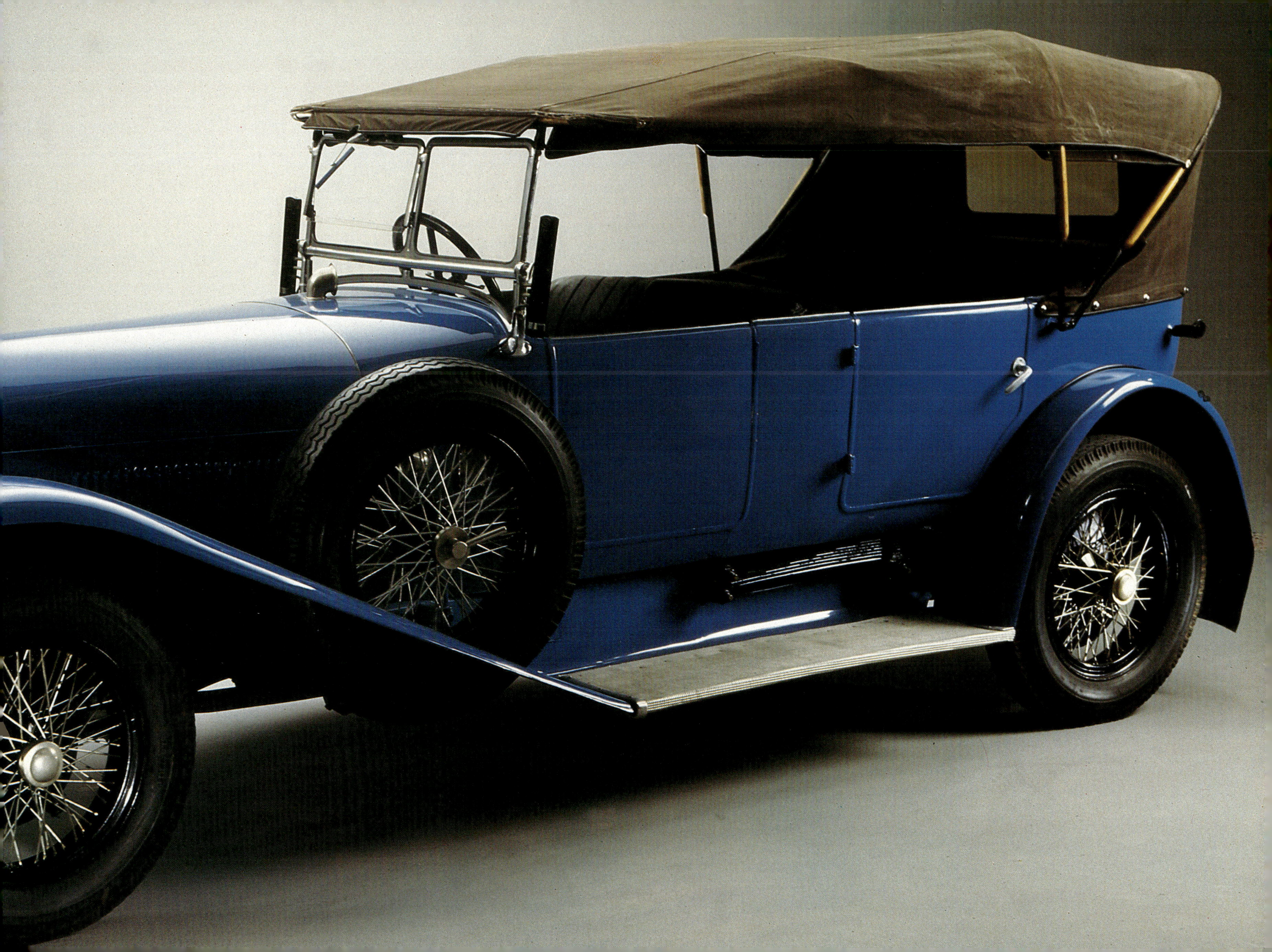

1924 Fiat S.B-4
»Mefistofele«

Zwölfzylinder-Fiat-Flugzeugmotor ca. 480 PS – Hubraum 21 714 ccm 2400 U/min. – Höchstgeschwindigkeit 234,98 km/h/Weltrekord – Einzelexemplar.

Dieser Gestalt gewordene Traum von Geschwindigkeit war eigentlich ein Racheakt der ingeniösen Italiener an den arroganten Engländern, die die Abkürzung F.I.A.T. als »fun in a Taxi« deuteten. Man wollte den Gentlemen einmal demonstrieren, was ein italienisches »Taxi« wert sein konnte.

Der S.B.-4 stellte sich erstmals 1908 einem Wettbewerb auf englischem Boden und ließ die sonst so renommierten britischen Herrenfahrer sozusagen stehen. Damals hatte er noch einen 18,1-Liter-Motor und bezog seine Kraft aus 12 Zylindern. Engländer können verlieren – und sie kauften das 2 Tonnen schwere »Geschoß«. Sie motteten es mehr als ein Jahrzehnt lang ein. Erst 15 Jahre später erinnerte man sich wieder an den der »Mefistofele«, wie er jetzt genannt wurde, eines Tages, nämlich am 28. Juni 1923, auf die unglaubliche Geschwindigkeit von 200 km/h. Am 12. Juli fuhr dann Sir Ernest mit ihm in Frankreich 234,98 km/h. Weltrekord.

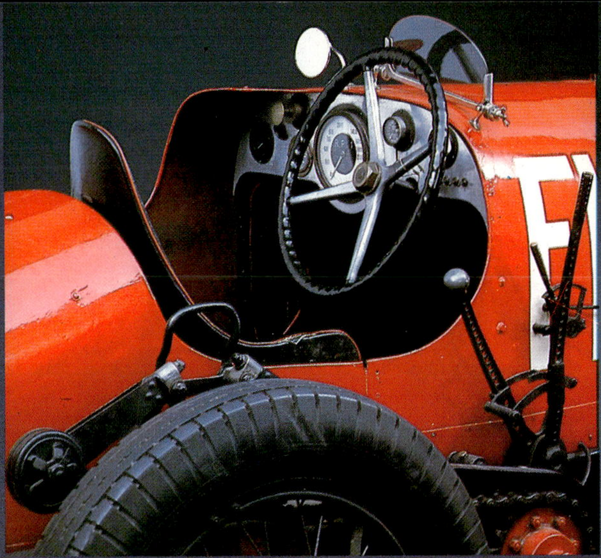

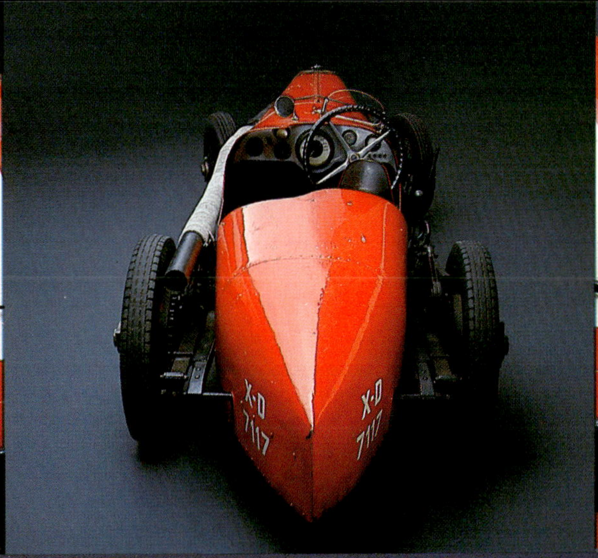
X·D
7117

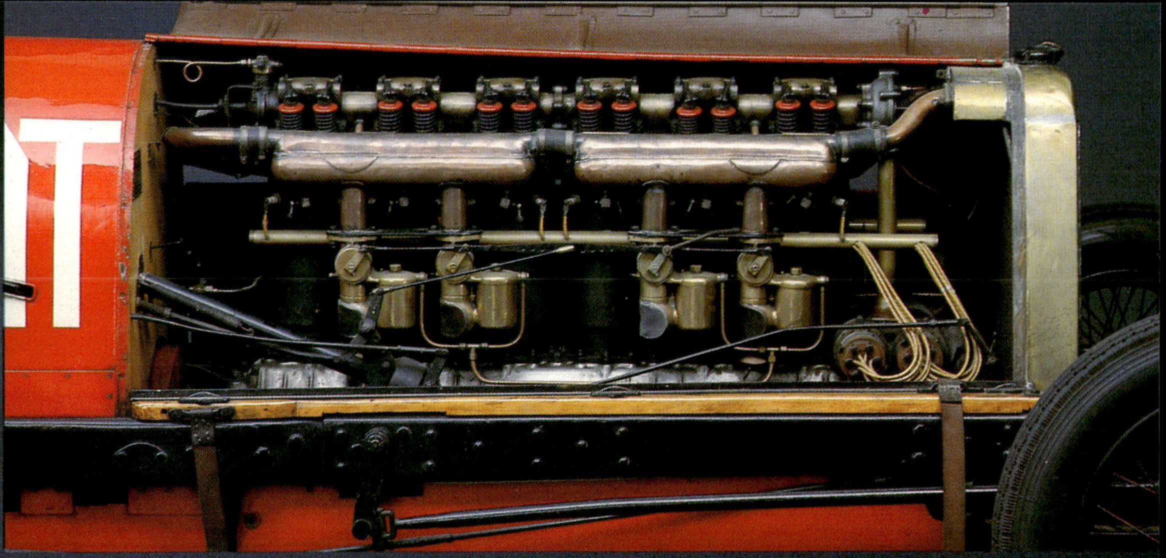

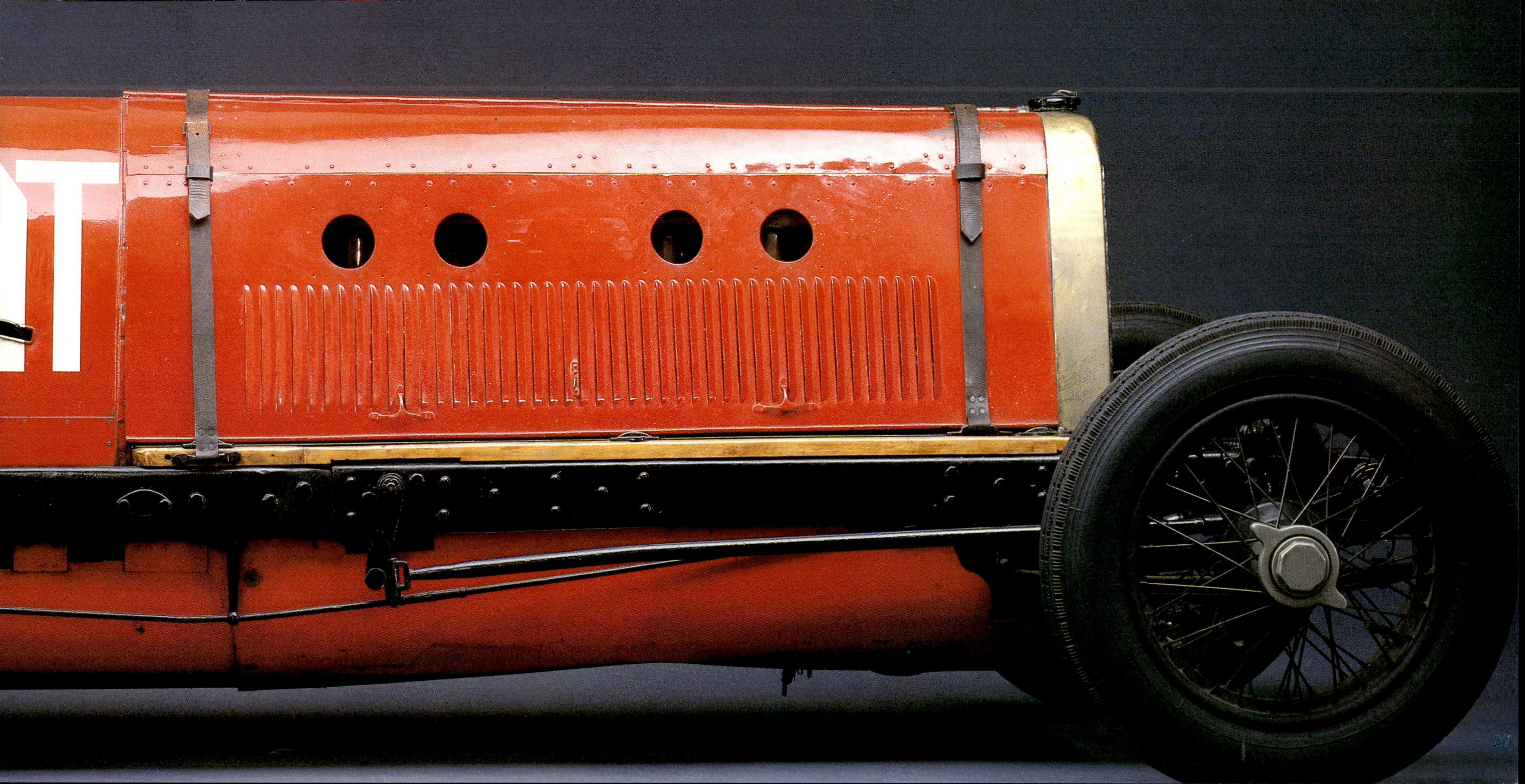

1925
Julian Sport Coupé

Einzelexemplar – Eigenbau – Sechszylinder-Radial-Motor – Luftgekühlt im Heck untergebracht – 60 PS – Pendelachse und Aluminiumkarosserie Höchstgeschwindigkeit 130 km/h.

Dieses Auto, von einem Individualisten erdacht und angefertigt, ist ein Einzelstück geblieben; das Liebhaberobjekt eines vielseitigen Mannes namens Julian Brown, der nicht nur Schiffsmotoren zu konstruieren, sondern auch Gemälde zu restaurieren wußte und sein Geld mit einem einträglichen Nachtclubunternehmen verdiente.

Er wollte ein ganz besonderes Auto – und das baute er sich selbst; von Grund auf. Der Sechszylinder-Stern-Motor war im Heck des Wagens untergebracht, der Benzintank fand unter der Kühlerhaube Platz. Der Fahrer kam in die Mitte zu sitzen und konnte rechts und links neben sich je einen und hinten zwei Fahrgäste unterbringen. Sie saßen auf seidenbrokatüberzogenen Sitzen mit Roßhaarpolsterung. Überhaupt war alles vom Feinsten. Die Räder ließ Brown eigens anfertigen, sie bestanden aus Stahlscheiben und ersetzten die sonst üblichen Speichenräder. So konnte er bei einer eventuellen Reifenpanne notfalls auf Stahl bis zur nächsten Werkstatt rollen.

Da eine Serienfertigung für dieses Individualisten-Auto viel zu teuer gewesen wäre, beließ es Julian Brown bei diesem Unikat und fuhr mit dem größten Vergnügen das einzige Julian Sport Coupé, das es auf der ganzen Welt gab.

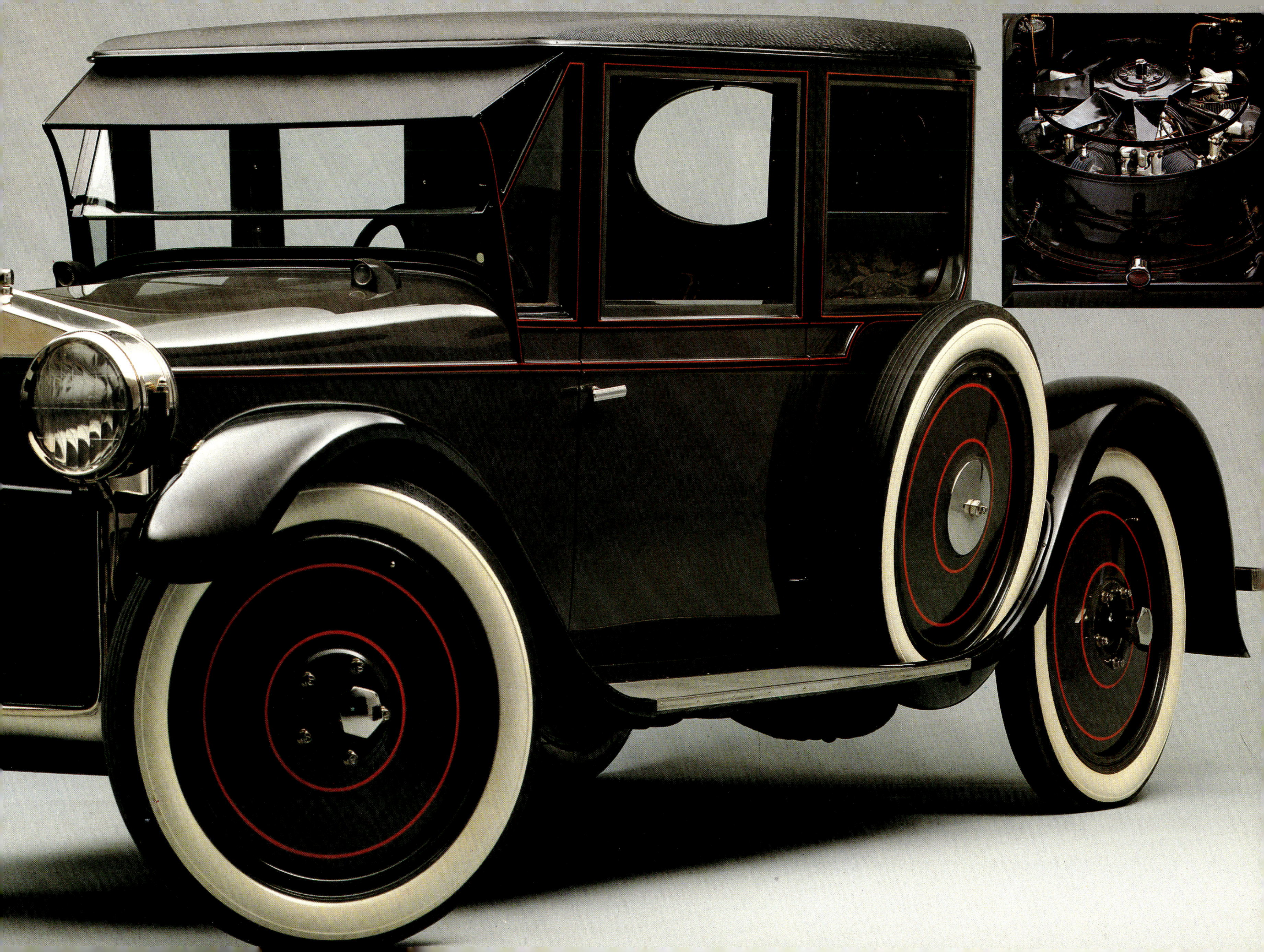

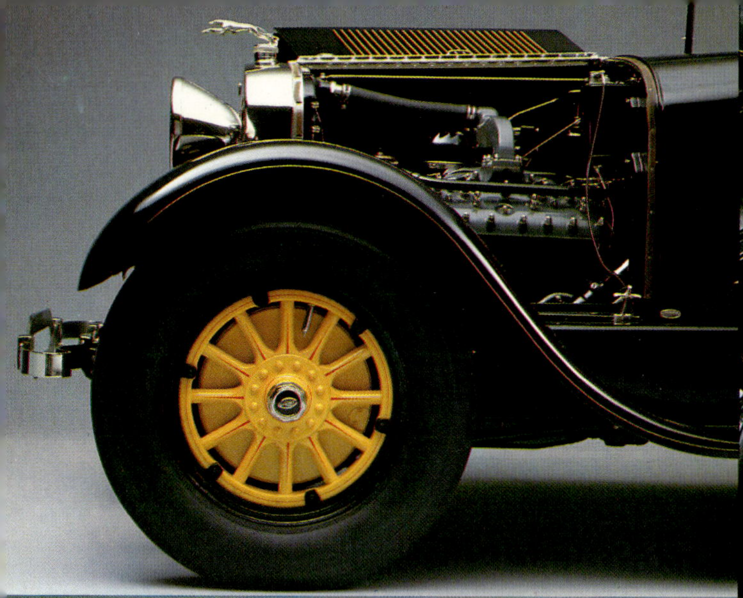
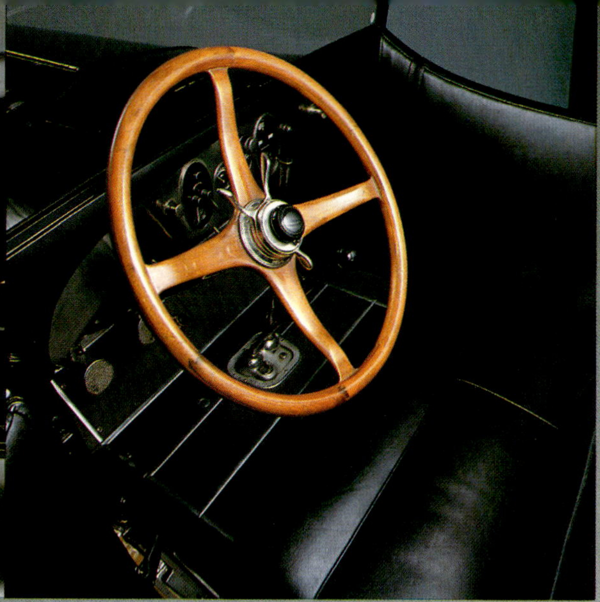
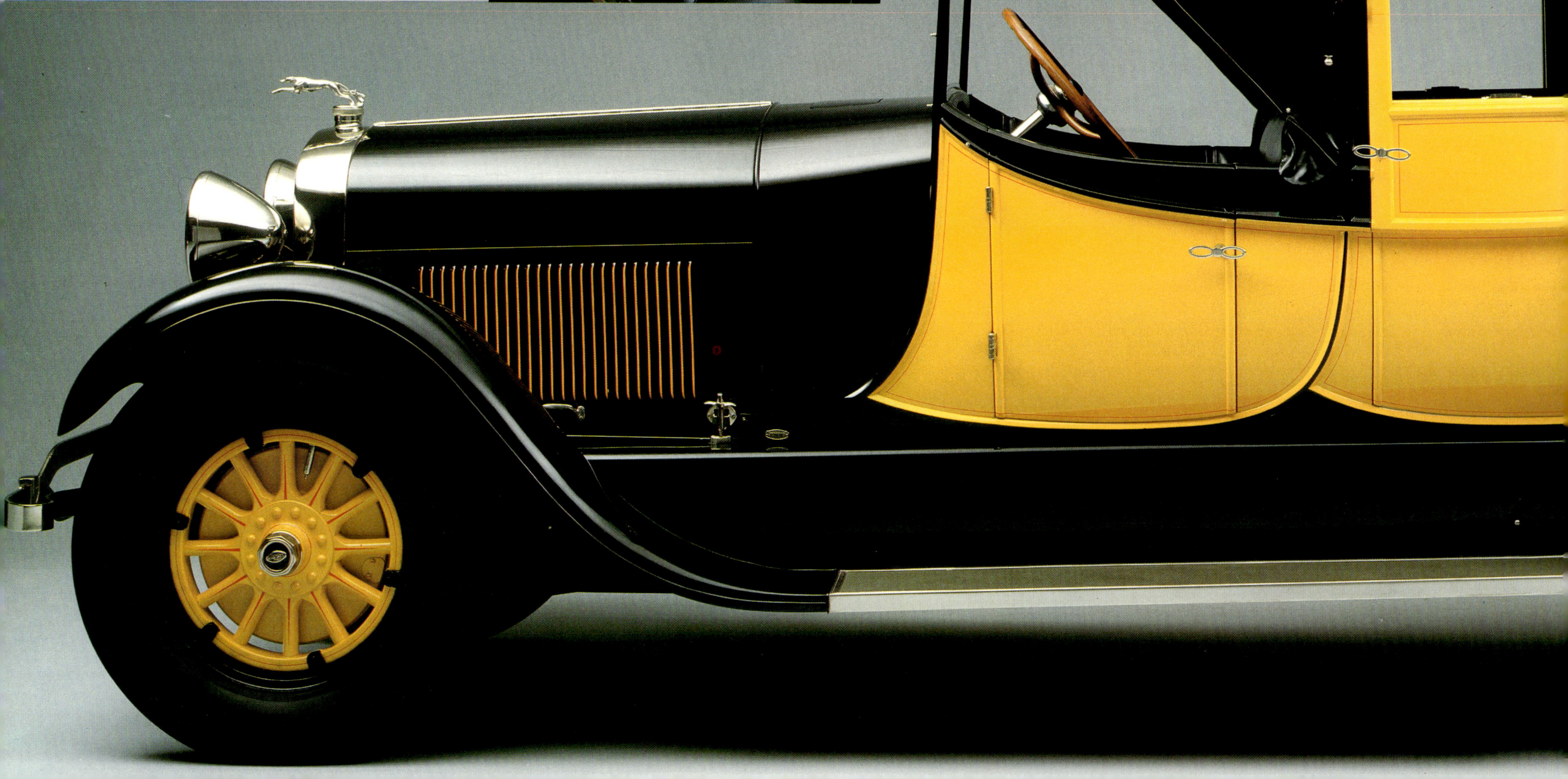

1926
Lincoln Coaching Brougham

Achtzylinder-V-Motor – 90 PS
5800 ccm Hubraum – 2800 U./min.
Das einzige Modell, das noch erhalten ist.

Ein Hauch von guter alter Zeit wehte den Passanten entgegen, wenn sie eines Lincoln Coaching Brougham ansichtig wurden. Da war sie nämlich wieder, die Kutsche ohne Pferde. Elegant – nicht um jeden, aber um einen hohen Preis. Denn mit der Lincoln-Produktion hatte sich Ford die seriösen Luxuswagen von Henry Leland ins Modellprogramm geholt. Entsprechend mußten sie ausgestattet sein: Acht Zylinder, 90 PS, höchste Präzision bis ins Detail, Ballonreifen, der Picknickkorb auf dem Gepäckträger, der Windhund als Kühlerfigur. Mit all dem harmonierte ein Innenraum wie ein Salon, dessen üppiges Ledersofa mit rotem Plüsch abgedeckt war, die Dachbespannung mit Schabracken, das Ganze behaglich und hochherrschaftlich zugleich. Sogar europäische Majestäten gehörten zur noblen Kundschaft.

Ford leistete sich sogar den Luxus, die Lincoln-Wagen durch verschiedene Sicherheitstests zu schikken, bevor sie zum Käufer kamen. Und nicht jeder Ford-Händler in den Vereinigten Staaten durfte einen Lincoln verkaufen. Der Kundendienst mußte nämlich durch perfekt ausgebildete Lincoln-Mechaniker gewährleistet sein.

1926
Ford Triple Combination Pumper

Feuerwehrautos wie dieses lösten erst in den Dreißiger Jahren allmählich die Spritzenwagen ab, die noch von Pferden zum Einsatzort transportiert werden mußten und meist mit entsprechender Verspätung eintrafen. Ford Triple Combination Pumper war verglichen damit schon ein Wunder an Schnelligkeit, denn er erreichte immerhin 72 km/h.

Es gab praktisch nichts, wofür man ein Fort-T-Modell, denn um ein solches handelt es sich, nicht gebrauchen konnte. Man benutzte das universelle Fahrgestell für Traktoren,

Ford-T-Modell-Chassis mit Vierzylinder-Motor – 20 PS – Höchstgeschwindigkeit 72 km/h – Feuerwehrauto mit drei Löscheinrichtungen ausgestattet: enthielt einen Tank für Löschwasser, eine Pumpe für beliebige Wasserstellen und chemisches Löschmittel Preis 1000 Dollar.

mobile Melkmaschinen oder Motorsägen – warum also nicht für die Feuerwehr?

Auf diesem Ford-T-Modell-Chassis mit 20-PS-Vierzylinder-Motor gab es erstmals in der Geschichte der motorisierten Brandbekämpfung drei Löscheinrichtungen: einen Wassertank, eine Pumpe, um damit Wasser aus Teichen oder Flüssen zu holen, und chemische Feuerlöschmittel. Das schmucke, stets blitzblank geputzte Einsatzfahrzeug, der Stolz der Feuerwehr, kostete seinerzeit rund 1000 Dollar.

1927
Horch Landaulet

Achtzylinder-Motor – Hubraum 3132 ccm – 60 PS – Höchstgeschwindigkeit 100 km/h

Die Autos der Marke Horch hatten einen guten Namen, auch nachdem der geniale Konstrukteur und Firmengründer August Horch der Zwickauer Firma schon längst den Rücken gekehrt, den Audi in die Welt gesetzt und sich schließlich aus dem aktiven Automobilbau zurückgezogen hatte.

Horch galt als besonders solides und zugleich exklusives Markenzeichen in der Branche. Horch-Wagen entsprachen exakt den Bedürfnissen und Wünschen einer Kundschaft, die vom Auto nicht nur Zuverlässigkeit und Langlebigkeit verlangte, sondern damit auch repräsentieren wollte. Ein Horch war einfach ein Wagen, mit dem man sich sehen lassen konnte. Dafür ist dies Landaulet von 1927 der rollende Beweis.

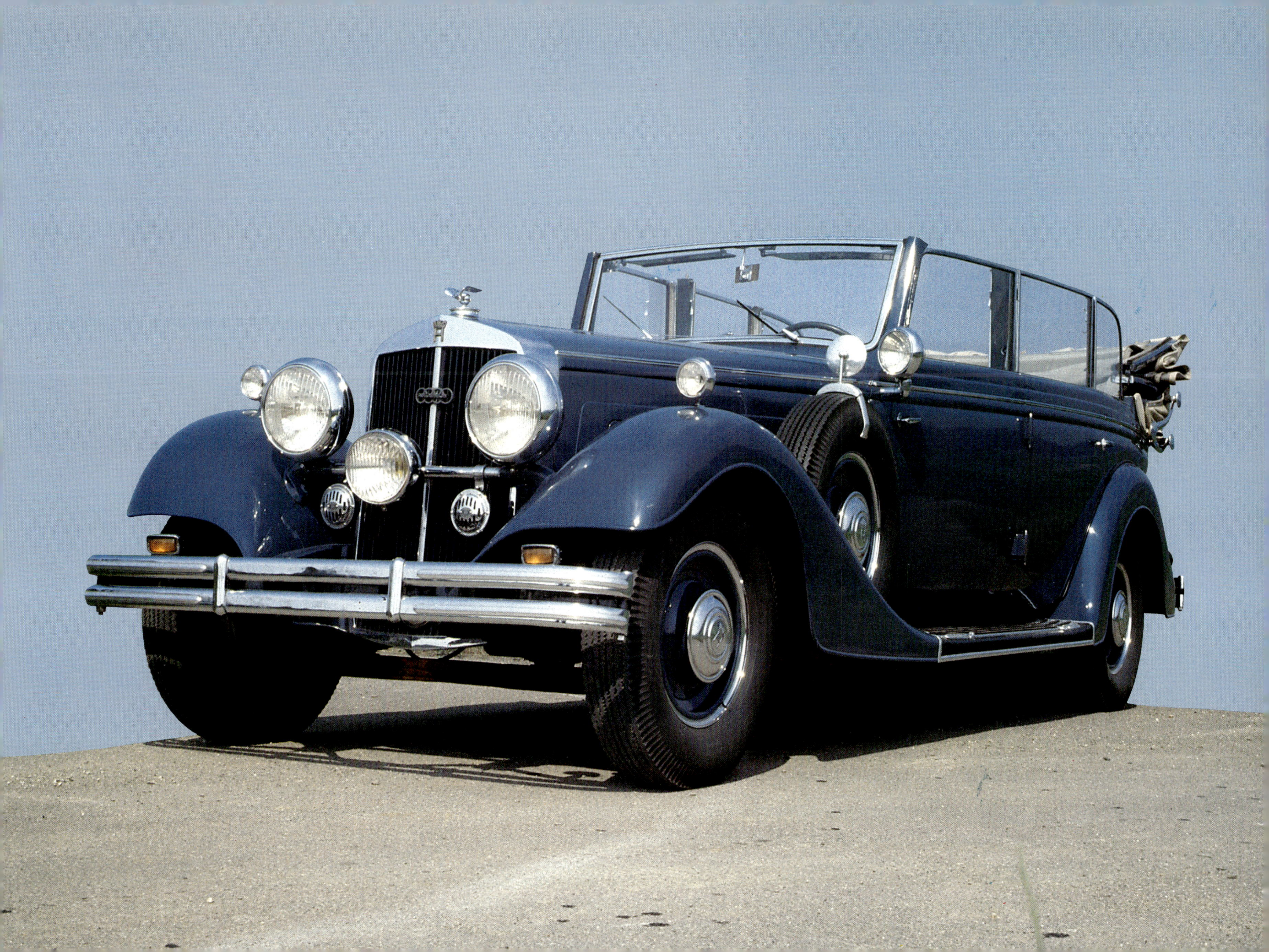

1929 Miller Roadster

Reihen-Achtzylinder mit Kompressor – 285 PS – Hubraum 1479 ccm – Höchstgeschwindigkeit 237 km/h.

Was man im Jahre 1929 in Kalifornien für 15 000 Dollar erstehen konnte, war alles andere als ein Alltagsauto. Der Roadster mit dem Fliegengewicht – er wog nur 635 Kilogramm – hatte es wahrhaftig in sich. Der Reihen-Achtzylinder, zur exakten Ventilsteuerung mit zwei obenliegenden Nockenwellen versehen, und der Kompressor bewirkten eine phänomenale Leistung, nämlich 285 PS. Und das bei 1479 ccm Hubraum.

Beim Rennen in Indianapolis blieb der Miller Roadster zwar liegen, aber er erregte die Aufmerksamkeit von Leon Duray, der sich mit diesem und einem zweiten Miller Roadster ausgerüstet nach Europa einschiffte und dort nicht nur mehrere Rennen gewann, sondern vor allem das Interesse von Ettore Bugatti an seinen Rennwagen weckte. Bugatti schlug ihm ein Tauschgeschäft vor: Die beiden Miller Roadster gegen drei Bugattis. Es war ein Geschäft nach dem Herzen des Amerikaners, der von Autorennen sowieso inzwischen genug hatte.

Bugatti aber zerlegte die Wagen in ihre Einzelteile, und sein besonderes Augenmerk galt den beiden obenliegenden Nockenwellen. Ein Jahr später war ein neuer Bugatti in der Produktion – ebenfalls mit zwei obenliegenden Nockenwellen, derselbe übrigens, der in diesem Buch auf den Seiten 112/113 vorgestellt wird.

1929 Packard Phaeton

Reihen-Achtzylinder-Motor – 106 PS – Hubraum 6307 ccm Höchstgeschwindigkeit 120 km/h.

Man mußte ihn sich schon leisten können, den Packard Phaeton von 1929, denn er kostete immerhin 4935 Dollar. Und das war im Jahr der beginnenden Weltwirtschaftskrise auch in Amerika ein stolzer Preis. Aber man bekam auch etwas für sein Geld. Die wuchtige Motorhaube barg einen Reihen-Achtzylinder-Motor mit 106 PS Leistung, die für eine Höchstgeschwindigkeit von 120 km/h gut waren.

Auch was die Ausstattung anging, war alles aufs Eleganteste. Das Cabriolet überspannte bei Bedarf ein schickes Verdeck in dezentem Grauton. Für die Lackierung war Zweifarbigkeit Trumpf. Breite Trittbretter sorgten für bequemen Einstieg der Fahrgäste, der vordere Kotflügel nahm das Reserverad auf. Für das Chassis dieses Packard konnte man die verschiedensten Karosserien ab Werk bestellen oder eine Sonderanfertigung nach persönlichem Geschmack bei einem Karosserie-Stylisten in Auftrag geben.

Wie James Ward Packard überhaupt zum Automobilbau kam, ist eine Geschichte für sich. Er erstand schon 1898 – in der frühesten Kindheit des Motorwagens – in Cleveland ein Auto; aber es erwies sich bereits auf der Heimfahrt nach Ohio als so unzuverlässig, daß er es mit zwei Pferden abschleppen lassen mußte. Eine kolossale Blamage, wie er fand. Deshalb beschloß er, sich selbst ein Auto zu bauen, auf das Verlaß sein sollte. 1899 war der erste Packard fertig, und viele sollten ihm noch folgen. Das Unternehmen von J. W. Packard florierte ausgezeichnet bis zum Jahre 1962; dann war er bankrott.

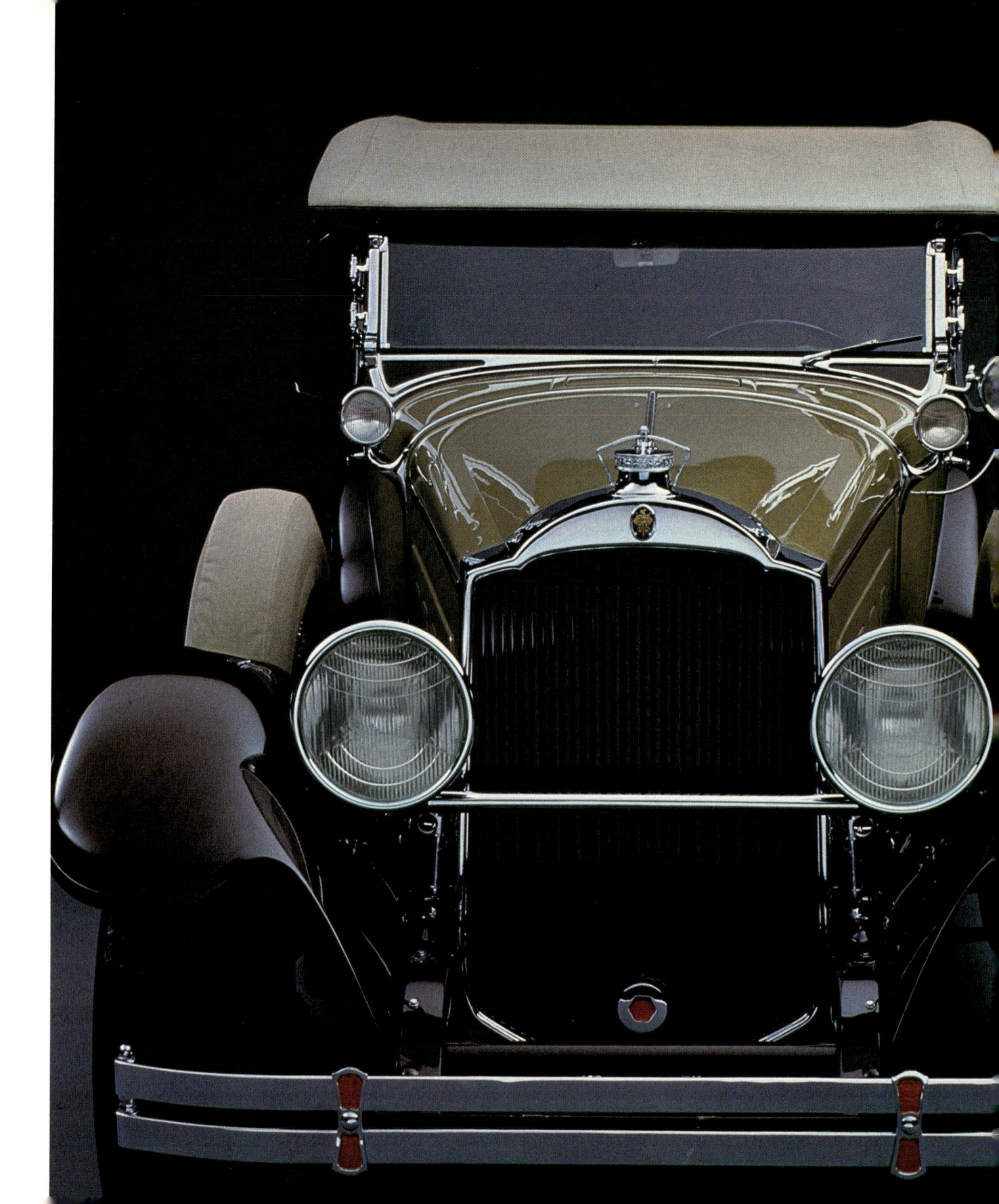

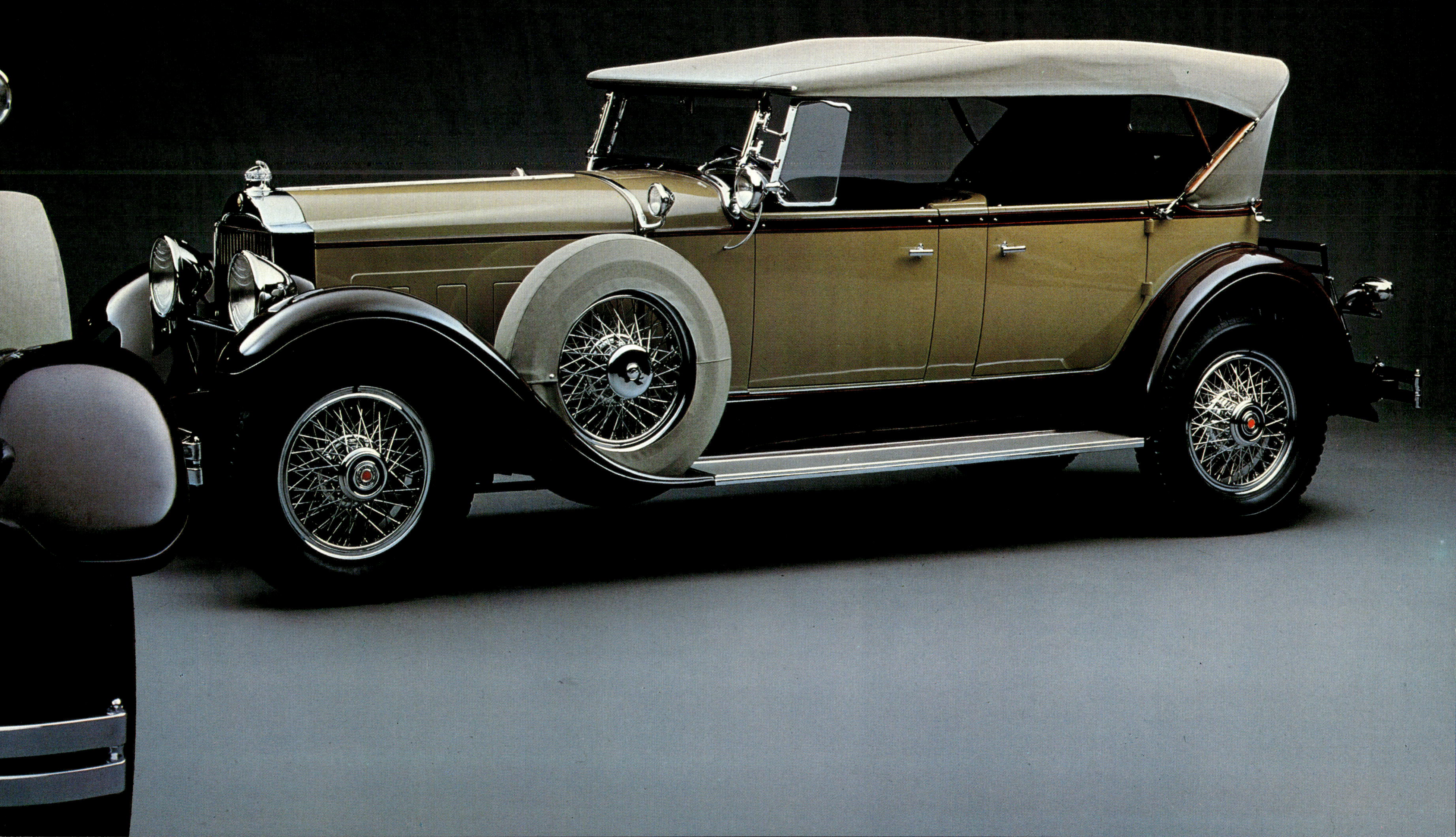

1929
Golden Arrow

Zwölfzylinder Napier-Lion Flugzeugmotor – 930 PS 3250 U./min. – 24 l Hubraum Geschwindigkeits-Weltrekord mit 372,4 km/h im Jahre 1929.

Die Jagd nach Höchstleistungen ist vielleicht so alt wie die Menschen selbst, und Rekordlust ist es, die ihn zu den kühnsten Erfindungen und oftmals in die gefährlichsten Abenteuer treibt.

Henry Seagrave wollte das schnellste Automobil der Welt. Er fand mit der Stromlinienform seines Rennwagens das richtige Rezept gegen den Luftwiderstand. Deshalb mußte der Wagen so niedrig – 114 Zentimeter hoch über dem Boden – und er mußte perfekt verkleidet sein, so daß Vorder- und Hinterrad eine durchgehende Fläche bildeten. Für die ungeheure Leistung dieses Geschosses sorgte ein Zwölfzylinder-Flugzeugmotor, der immerhin 930 PS hatte und 3250 Umdrehungen pro Minute schaffte.

Das Hochgeschwindigkeitsfahrzeug wurde nach Amerika gebracht, und am Strand von Daytona Beach, unter den Augen von 100 000 Zuschauern, raste Seagrave über den Sand. Sechs Kilometer Strand waren ihm für seinen Rekordversuch zugebilligt worden, sechs Kilometer Sandstrand mit leichtem Gefälle zum Wasser hin, mit natürlichen Unebenheiten. Unter der Hand des Rekordfahrers schoß der Golden Arrow dahin, mit zwei Starrachsen und dem unsynchronisierten Getriebe, das entweder die nächste Gangstufe einrücken ließ oder die Hand des Fahrers brach. Aber sie brach nicht. Mit der flachen Hand schlug Seagrave die Gänge hinein, exakt im richtigen Augenblick. Am Ziel riß der Zeitnehmer die Arme hoch: 372,4 km/h – Weltrekord. Und für Seagrave der Adelstitel von der Königin. Sir Henry aber meinte von seinem Abenteuer, die 372 Stundenkilometer auf Sand seien so ähnlich gewesen wie eine Schlittenpartie auf vereistem Steilhang.

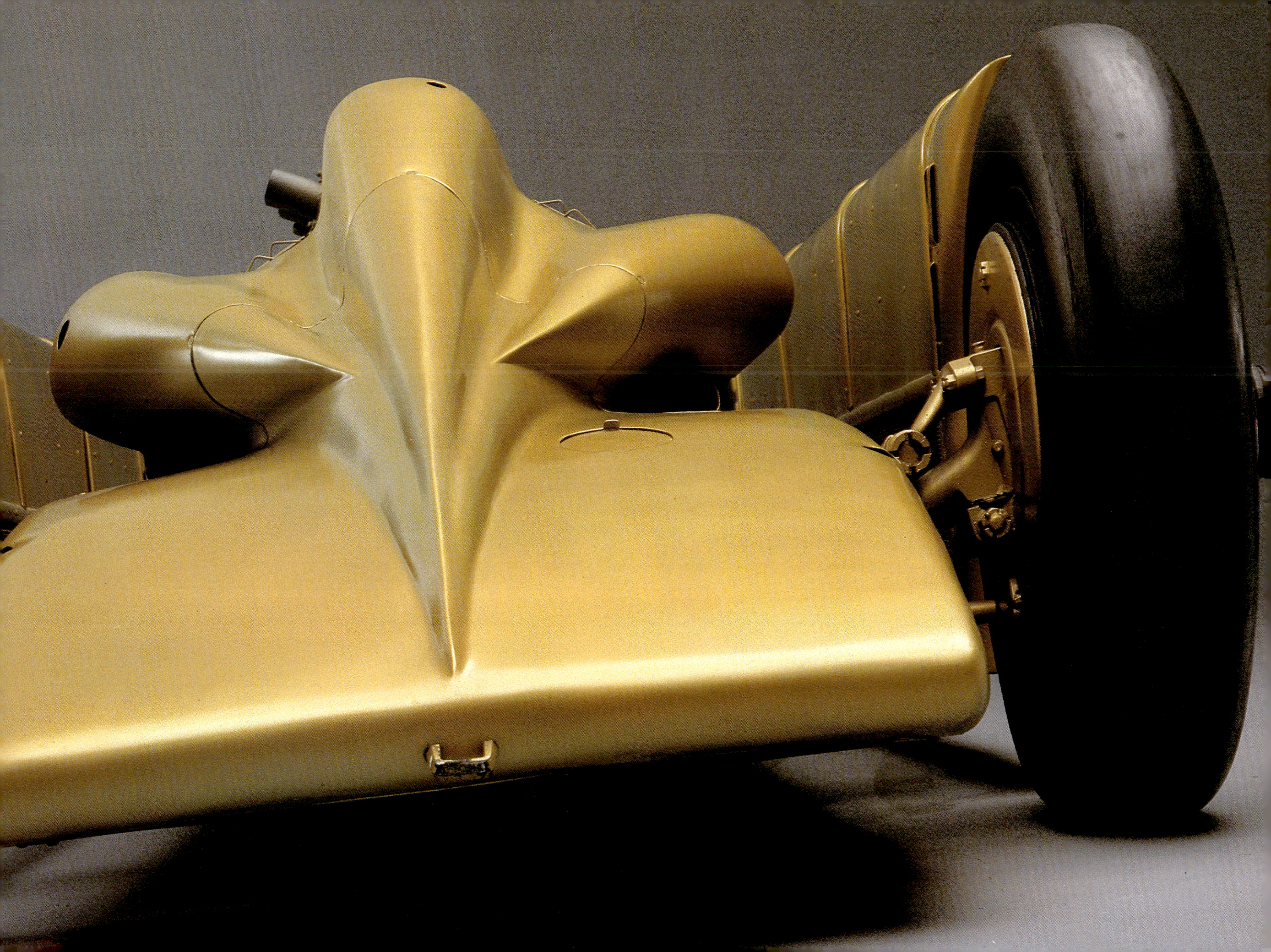

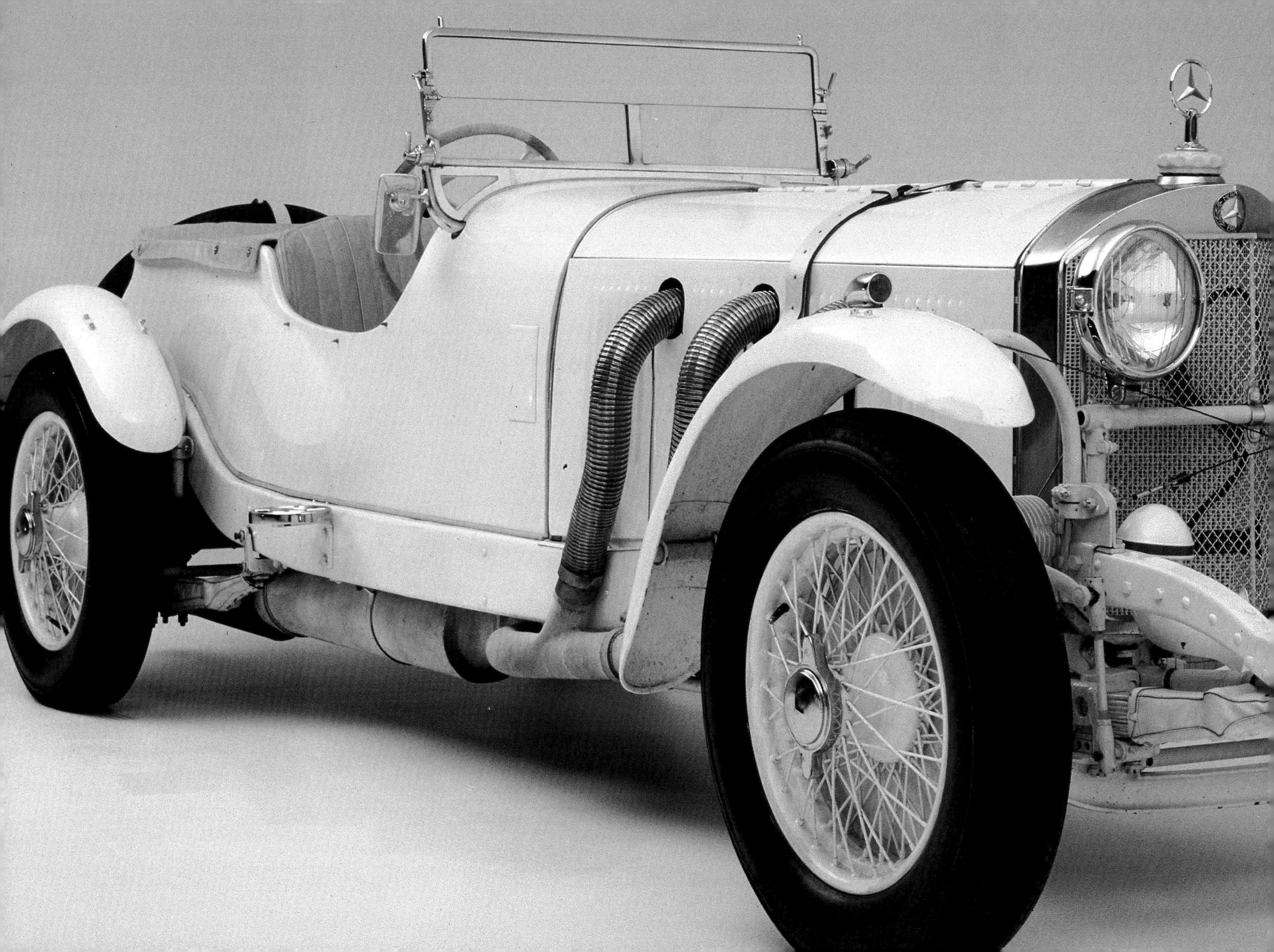

1929 Mercedes-Benz 38/250 TT

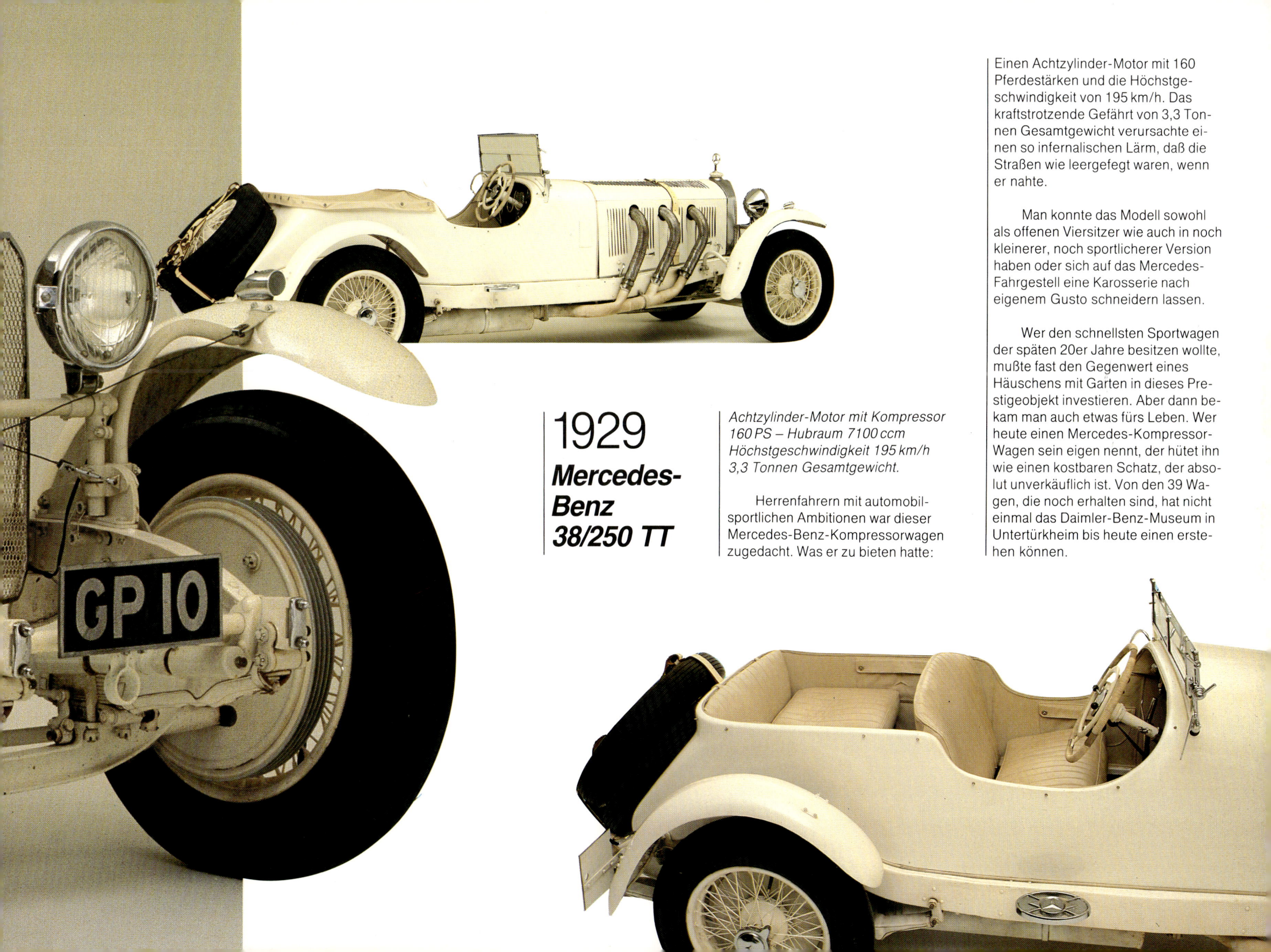

Achtzylinder-Motor mit Kompressor 160 PS – Hubraum 7100 ccm Höchstgeschwindigkeit 195 km/h 3,3 Tonnen Gesamtgewicht.

Herrenfahrern mit automobilsportlichen Ambitionen war dieser Mercedes-Benz-Kompressorwagen zugedacht. Was er zu bieten hatte: Einen Achtzylinder-Motor mit 160 Pferdestärken und die Höchstgeschwindigkeit von 195 km/h. Das kraftstrotzende Gefährt von 3,3 Tonnen Gesamtgewicht verursachte einen so infernalischen Lärm, daß die Straßen wie leergefegt waren, wenn er nahte.

Man konnte das Modell sowohl als offenen Viersitzer wie auch in noch kleinerer, noch sportlicherer Version haben oder sich auf das Mercedes-Fahrgestell eine Karosserie nach eigenem Gusto schneidern lassen.

Wer den schnellsten Sportwagen der späten 20er Jahre besitzen wollte, mußte fast den Gegenwert eines Häuschens mit Garten in dieses Prestigeobjekt investieren. Aber dann bekam man auch etwas fürs Leben. Wer heute einen Mercedes-Kompressor-Wagen sein eigen nennt, der hütet ihn wie einen kostbaren Schatz, der absolut unverkäuflich ist. Von den 39 Wagen, die noch erhalten sind, hat nicht einmal das Daimler-Benz-Museum in Untertürkheim bis heute einen erstehen können.

1929
Duesenberg Dual Cowl Phaeton

Reihen-Achtzylinder-Motor – 265 PS Hubraum 6878 ccm – Höchstgeschwindigkeit 175 km/h – Murphy-Karosserie.

Wer Anfang der Dreißiger Jahre auf sich und sein gesellschaftliches Prestige hielt – und das galt vor allem für die Größen des Showgeschäfts und die Stars von Hollywood – der kam ohne einen Duesenberg als sichtbares Zeichen des Erfolgs einfach nicht aus.

Die Karosserie zu diesem exquisiten Gefährt mit der unsäglich eleganten Linienführung stammte aus dem Hause Murphy, das Fahrgestell aber war ein echter Duesenberg: mit einem Reihen-Achtzylinder-Motor mit zwei obenliegenden Nockenwellen, dessen 265 Pferdestärken sich in Geschwindigkeiten bis zu 175 km/h umsetzen ließen. Ein solches Automobil hatte natürlich seinen Preis: 14 000 Dollar, und das zu Zeiten, als der Dollar noch gut war. Aber dann besaß man auch ein Juwel von einem Automobil.

Die Duesenbergs waren übrigens die ersten in Amerika, die einen Reihen-Achtzylinder-Motor in ein Automobil einbauten. Und zwar handelte es sich dabei um das sogenannte A-Modell, das seit 1921 hergestellt wurde; ebenfalls schon ein Klassewagen, sowohl was die Qualität sämtlicher Materialien und ihre Verarbeitung als auch das äußere Erscheinungsbild anging. Der Reihen-Achtzylinder des Dual Cowl Phaeton war eine Weiterentwicklung des A-Modell-Motors mit höchst spektakulären Fahreigenschaften.

Heute gilt dieser wie auch alle anderen Duesenbergs als eine Rarität in Sammlerkreisen. Einen Duesenberg hat man oder man hat ihn nicht, käuflich zu erwerben ist er praktisch nicht mehr.

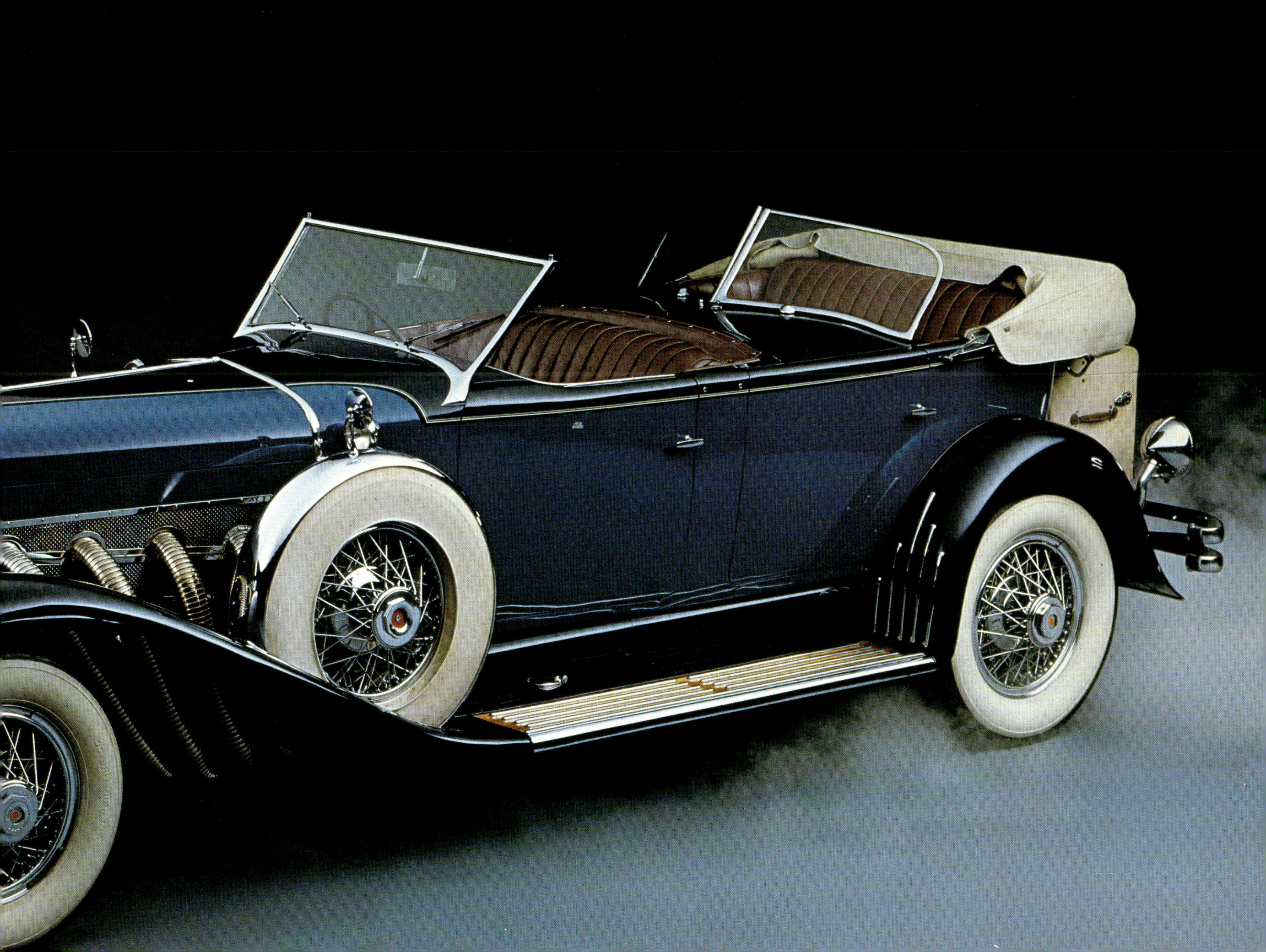

1930

**Packard
Speedster
Runabout**

*Reihen-Achtzylinder-Motor – 145 PS
Hubraum 6307 ccm – Höchstgeschwindigkeit 160 km/h.*

Solideste Verarbeitung bei hoher Leistung, die immer dem neuesten Stand der Technik zu folgen hatte – das war die Maxime von James Ward

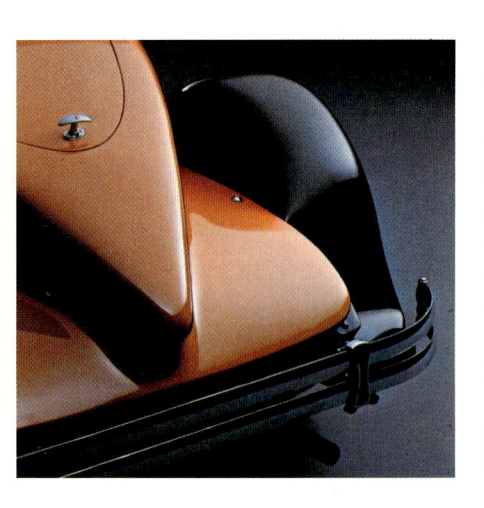

Packard. Daß die Automobile, die er lieferte, noch dazu elegant und nobel waren, sicherte ihm einen zufriedenen Kundenkreis, der immer wieder auf Packard zurückkam, wenn er erst einmal seine Erfahrungen damit gemacht hatte.

Im Falle des Speedster Runabout, wie er hier zu sehen ist, bekam, wer 5200 Dollar für seine automobilistischen Hobbys auszugeben bereit war, viel geboten: den Achtzylinder-Reihenmotor unter der extrem langgezogenen Motorhaube mit einer Leistung von 145 PS, die eine flotte Reisegeschwindigkeit von 160 km/h möglich machten.

Der Innenraum des Zweisitzers war höchst geschmackvoll und komfortabel ausstaffiert. Den Blickfang vorn bildete das Ziergitter des Kühlers, das an filigranes Flechtwerk denken und seine ursprüngliche Funktion als Schutz gegen Steinschlag vergessen ließ. Das Hinterteil des Wagens war etwas neckisch in der Art eines Bootshecks geformt und ausschließlich zur Aufnahme des kleinen Reisegepäcks bestimmt.

Der Speedster Runabout von Packard bot sich also an als idealer Rahmen für einen Weekend-Trip zu zweit, vor allem wenn man als Herrenfahrer die Dame seines Herzens erst noch von der eigenen Sportlichkeit und zugleich Seriosität zu überzeugen hatte.

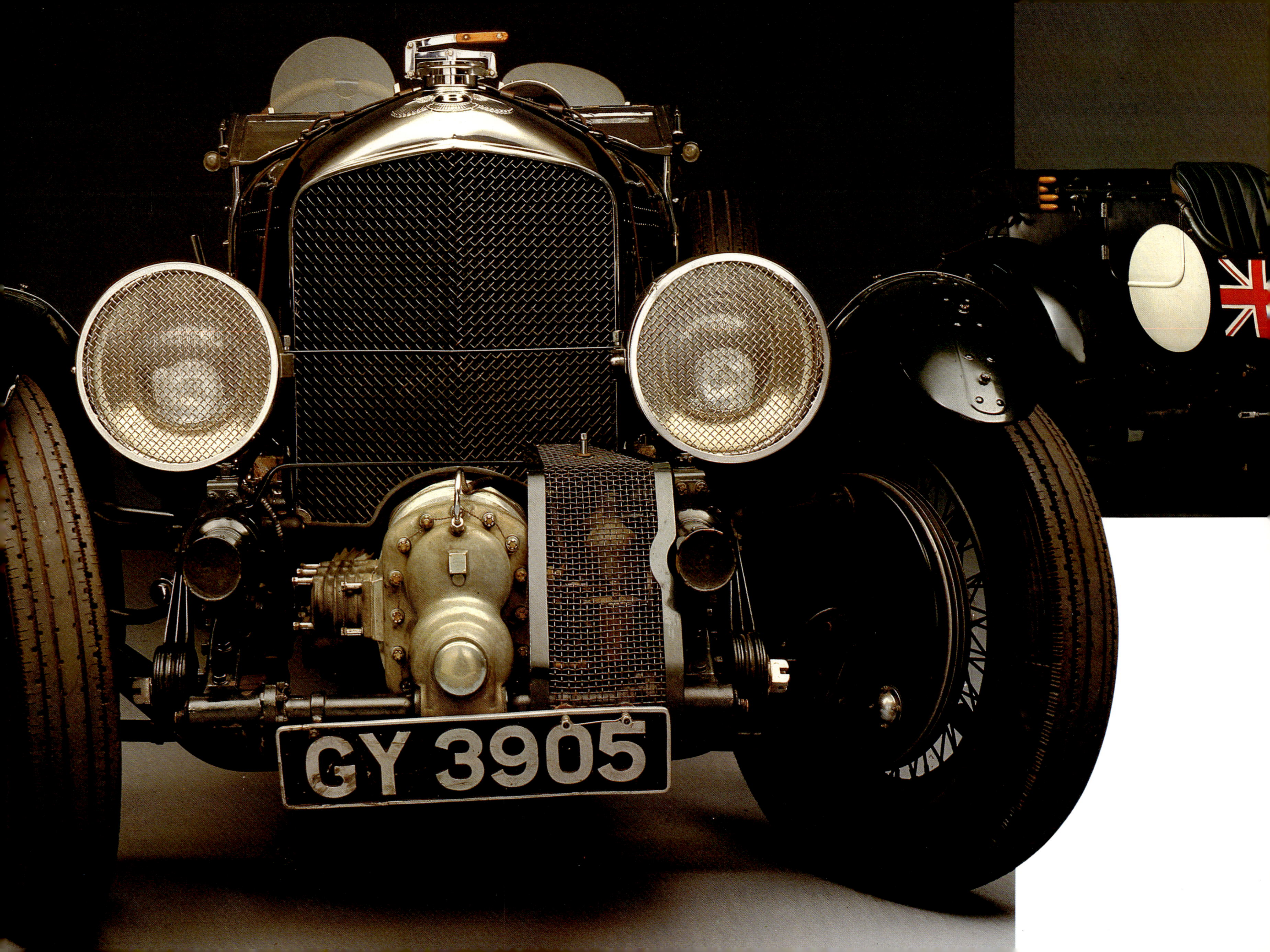
GY 3905

1930

Bentley »Blower« 4.5.

4,5-l-Kompressor-Motor – bis 182 PS je nach Kompressoreinstellung Höchstgeschwindigkeit bis 200 km/h, im ersten Gang bis 100 km/h.

Ein rasendes Schlachtroß war dieser Wagen mit dem 4,5-Liter-Kompressor-Motor, den Walter Owen Bentley in viele Schlachten schickte, aus denen er fast immer erfolgreich hervorging. Aber Bentleys schnelle Wagen – der »Blower« 4.5. erreichte im ersten Gang 100 km/h und eine Spitzengeschwindigkeit von bis zu 200 km/h – waren Autos für muskulöse Männer, die die Unebenheiten der Fahrbahn mit Lust am eigenen Leibe spüren und ihre ganze geballte Kraft beim Fahren aufwenden wollten.

Bentley konnte bei der Konstruktion seiner zugleich rasanten und brutalen Renner nie den Eisenbahningenieur verleugnen, der er einmal gewesen war. Alles an seinen Automobilen war massig, kompakt, schwer, aber auch perfekt und solide. Er gewann mit ihnen zahllose Rennen und Zuverlässigkeitsprüfungen, denn sie waren bei allem Draufgängertum die Zuverlässigkeit selbst.

Natürlich sind die Bentleys Luxusautos für besonders anspruchsvolle Automobilisten gewesen, für die man nicht nur starke Arme sondern auch eine wohlgefüllte Brieftasche brauchte.

1930
DuPont Royal Town Car Modell G

Reihen-Achtzylinder-Motor – 140 PS Hubraum 5278 ccm – Höchstgeschwindigkeit 122 km/h – Karosserie Merrimac.

Die Wagen der amerikanischen Firma DuPont sind kaum je über den Ozean nach Europa gekommen, weil die Produktion dieser Elite-Autos für den Export gar nicht ausreichte. Sage und schreibe vier Automobile wurden monatlich erzeugt. Für sie fand man in den USA Interessenten genug. Präzision, Zuverlässigkeit, Individualität waren Trumpf, jeder Kunde konnte auch spezielle Wünsche äußern

Äußerst distinguiert präsentierte sich der »Königliche Stadtwagen« von 1930. Die lange Motorhaube barg einen Reihen-Achtzylinder-Motor mit 140 PS Leistung. Damit erreichte man aber keineswegs sensationelle Geschwindigkeiten, der königliche Wagen sollte ja in gemessenem Tempo seines Weges rollen. Undenkbar, diesen Wagen ohne Chauffeur zu benutzen, der an der frischen Luft saß, während die Herrschaft im eleganten, Ton in Ton ausgestatteten Fond Platz fand. Die schönsten Karosserien verpaßte übrigens Merrimac dem DuPont Modell G.

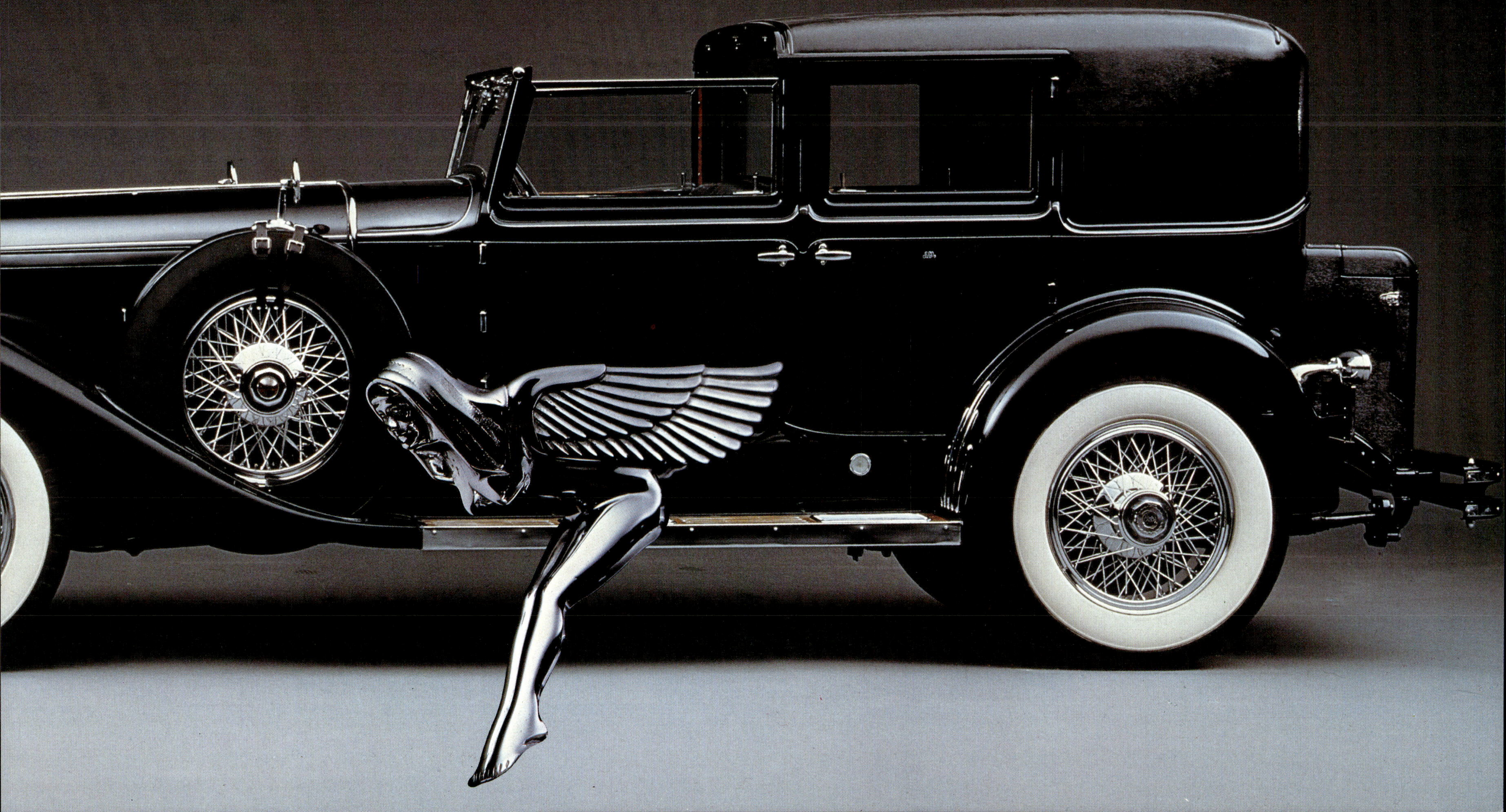

1930
Fiat 525 SS

Sechszylinder-Reihenmotor mit Kompressor – 88 PS – Hubraum 3700 ccm Höchstgeschwindigkeit 150 km/h Gesamtgewicht 950 kg.

Um das erfolgreiche Modellprogramm abzurunden, sollte es auch einen sportlichen Reisewagen im Fiat-Angebot geben. Deshalb wurde der eher gemütliche Fiat 525, zu dessen Kundschaft sogar der päpstliche Fuhrpark zählte, in einer sportlichen Version gebaut.

Dank einer neuen Karosserie und verkürztem Radstand wurde der Wagen zwar schon etwas flotter, der Sechszylinder-Reihenmotor des 525 SS gab aber immer noch nicht mehr Leistung her. Daher mußte das Fahrgestell nochmals coupiert und ein Kompressor eingebaut werden. Nun kam der neue 525 immerhin auf 88 PS, was ihm eine Höchstgeschwindigkeit von 150 km/h bescherte. Damit gab man sich bei Fiat zufrieden, bestellte beim Haute-Couture-Karosserie-Schneider Viotti eine flotte und zugleich gediegene Karosserie und hatte bald den schönsten Sportwagen Italiens anzubieten.

Er taugte zwar weder zum Reisen noch zum Autosport so ganz richtig, gewann aber dank seiner Eleganz jeden Schönheitswettbewerb. Bis heute begeistern sein Äußeres, die lange Motorhaube, die lässig geschwungenen Kotflügel, die Chromspeichenräder und die faszinierende Leichtigkeit seiner Linienführung.

1930
Duesenberg Convertible Victoria Modell J

Reihen-Achtzylinder-Motor – 265 PS Hubraum 6878 ccm – Höchstgeschwindigkeit 187 km/h – Karosserie des nebenstehenden Modells von Graber in Bern.

Was in Europa Rolls-Royce, Hispano-Suiza, Bugatti oder Mercedes, das war in den USA der 30er Jahre Duesenberg. Die beiden ambitionierten Brüder Fred und August Duesenberg hatten zwar im Jahre 1926 ihr Unternehmen an E. L. Cord verkaufen müssen, behielten aber die technische Leitung des Betriebs. Cords Vorgaben lauten lediglich: Maximaler technischer Standard und Qualität um jeden Preis. Und so kostete das Modell J schließlich 20 000 Dollar, eine Summe, für die man sich damals 20 bescheidene Autos zum Beispiel der Marke Ford leisten konnte. Aber man fand dennoch für ein Automobil mit Reihen-Achtzylinder-Motor, 265 PS Leistung und einer Höchstgeschwindigkeit von fast 190 km/h genügend zahlungskräftige und -willige Kundschaft – auch um diesen Preis.

Der Typ J hatte zwei obenliegende Nockenwellen, im Modell SJ war der Motor durch einen Kompressor noch verstärkt. Die 6,9-Liter-Motoren waren auch mit vier Ventilen je Zylinder lieferbar.

Nach Europa gelangten nur relativ wenige Duesenberg, die meisten wurden in den USA ausgeliefert, an Broadway-Könige, Filmstars und Millionäre.

Dieser rotschwarze Duesenberg Modell J aber gelangte in die Schweiz und dort in die Hände von Graber in Bern, der ihm eine Karosserie nach eigenem Geschmack aufsetzte und damit einen delikaten Solitär schuf.

1931
Cadillac Phaeton V 16

16-Zylinder-V-Motor mit einer obenliegenden Nockenwelle – 165 PS Hubraum 7400 ccm – 3400 U./min.

Ein Rekord sollte es sein, den sich die Luxusmarke von General Motors für die 30er Jahre leistete. Chefkonstrukteur Seaholm packte einen 16-Zylinder-V-Motor unter die Motorhaube des unglaublich eleganten Cadillac V 16, der so aus 7400 ccm Hubraum 165 PS lieferte.

Dabei drehte sich die Kurbelwelle nicht öfter als 3400mal pro Minute. Ein kraftstrotzender Leisetreter also, ein Wunderwerk der Technik. Bei den Karosserien, die Fleetwood maßschneiderte, standen Limousine, Cabriolet, Roadster und Phaeton zur Auswahl.

Hier war es also, das neue Luxusgefährt für Präsidenten und solche, die es werden wollten. Fast 4000 Exemplare wurden davon gebaut und verkauft, bevor im Jahre 1940 ein neuer 16-Zylinder von Cadillac zu haben war. Den konnten sich sogar in Europa trotz Kriegswirren ein paar Leute leisten, darunter der Papst.

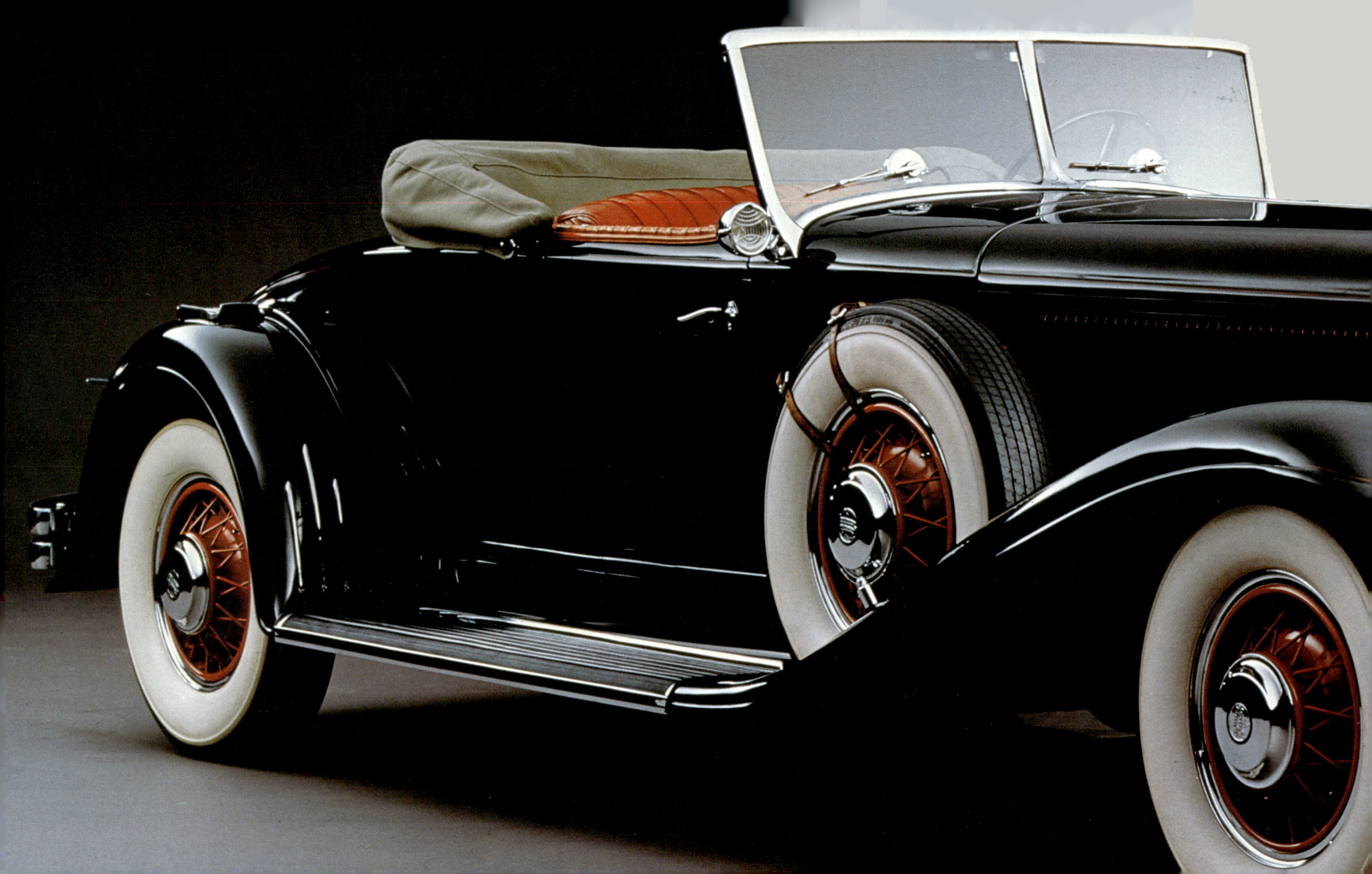

1931
Chrysler Imperial Roadster Eight

Reihen-Achtzylinder-Motor – 125 PS 6307 ccm Hubraum – Höchstgeschwindigkeit 120 km/h.

Nur drei Jahre hatte Walter Chrysler seinen Prestige-Wagen Imperial Roadster Eight im Programm, weil sich herausstellte, daß die potentiellen Käufer ein so exklusives Auto bei Chrysler nicht suchten. Von dort erwartete man Massenprodukte aber nicht Luxuswagen.

Immerhin, der Imperial Roadster Eight hatte es in sich, nämlich einen Reihen-Achtzylinder-Motor mit 6307 ccm Hubraum und 125 PS Leistung. Auf das schwere Fahrgestell hatte LeBaron eine mehr elegante als sportliche Karosserie gesetzt, deren Aussehen eigentlich auch anspruchsvolle Automobilisten voll befriedigen konnte.

Aber – wie gesagt – nicht jeder Autoproduzent konnte jeden Wagen an den Mann bringen. Bei Chrysler glaubten die PS-Enthusiasten jedenfalls nicht an der richtigen Adresse zu sein. Die wenigen aber, die damals einen Imperial Roadster Eight gekauft und gut aufgehoben haben, können sich heute an dieser kostbaren Rarität freuen.

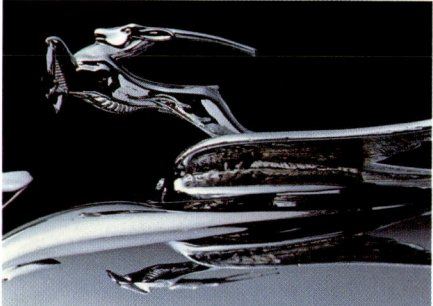

1931
Bugatti Royale Coupé de Ville Typ 41

Reihen-Achtzylinder-Motor 300 PS – 12 759 ccm Hubraum – Höchstgeschwindigkeit 201 km/h – Karosserie dieses Modells Binder, Paris.

Nach Ettore Bugattis ehrgeizigen Plänen sollte dieser Wagen – La Royale – eine Königin unter den Automobilen und das Automobil der Könige werden. 1926 machte er sich ans Werk und konstruierte einen Wagen, dessen Reihen-Achtzylinder-Motor fast 13 Liter Hubraum hatte und die sagenhafte Leistung von 300 PS brachte. Das ermöglichte eine Spitzengeschwindigkeit von 200 km/h.

Wenn das nicht ein Leckerbissen für die damals noch relativ zahlreichen gekrönten Häupter Europas und den sich inzwischen auch aus anderen als adligen Gesellschaftskreisen rekrutierenden Jet-set war!

Doch hier irrte Bugatti. Man riß sich auch in allerersten Kreisen nicht um dieses Super-Auto zum Stückpreis von 42 000 Dollar. Immerhin, ein Kleiderfabrikant aus Paris, ein Modearzt aus Nürnberg und ein britischer Suppenhersteller gaben ihre Bestellungen auf, doch keine einzige königliche Hoheit griff zu. Schließlich meldete der rumänische König Carol sein Interesse bei Bugatti an. Der kaufte »La Royale« vom Kleiderfabrikanten zurück und ließ sie bei Binder in Paris mit einer Coupé-de-Ville-Karosserie versehen. Doch bis der hochherrschaftliche Wagen fertig war, hatte König Carol den Hut bzw. die Krone nehmen und auf den Thron verzichten müssen.

So kam es, daß kein einziger dieser wahrhaft königlichen Bugattis an einen richtigen König gebracht werden konnte.

Ettore Bugattis Vater war ein berühmter italienischer Designer, von ihm hat der Sohn wohl das Künstlerblut und die Exzentrizität. Automobile hatten es Ettore seit seiner Jugend angetan. Als 17jähriger bastelte er sich das erste Auto, mit 18 nahm er an Automobilrennen teil.

Erst in seiner eigenen Firma, in Molsheim im Elsaß, fand er nach Jahren erfolgreicher Tätigkeit bei De Dietrich, bei den Deutzer Motorenwerken, bei Isotta-Fraschini und Peugeot die Möglichkeit, Autos ganz nach eigenen idealen Vorstellungen und entsprechend seinen hochgesteckten technischen Zielen zu bauen. Daß sich viele – nicht alle – der von Ettore Bugatti erdachten und gebauten Wagen auch verkauften, war sein persönlicher Glücksfall, hatte aber sicherlich auch damit zu tun, daß den Käufern das viele Geld für ihren Bugatti angemessen und gut angelegt schien. Denn bei Bugatti-Automobilen gab es eine perfekte Synthese von technischer Präzision, höchstem Komfort und Schönheit des Designs. Sie sind allesamt schon an dem Tag, da sie das Werk in Molsheim verließen, Museumsstücke gewesen.

Daß Bugatti Autos nur nach seinem eigenen Geschmack baute und daß die Ansprüche, die seine Wagen an die Fahrer stellten, manchmal überzogen waren, hat dem Ruf, den er bei Kennern genoß, nie geschadet – im Gegenteil. Er konnte sich sogar leisten, die Produkte seiner Phantasie und seines technischen Genies ausschließlich an Leute zu verkaufen, die ihm eines Bugattis würdig schienen.

1932
Bugatti Coupé Typ 50 T

Reihen-Achtzylinder-Motor mit Kompressor – 200 PS – Hubraum 4972 ccm – Höchstgeschwindigkeit 193 km/h – Karosserie Jean Bugatti.

Die zwei obenliegenden Nockenwellen, hier zum ersten Mal in einem Bugatti, hatten sich Vater und Sohn Ettore und Jean Bugatti von dem »Miller Roadster« aus Amerika abgeguckt, der mit seiner Geschichte und all seinen Vorzügen auf den Seiten 84/85 dieses Buches vorgestellt ist.

65 Exemplare wurden von diesem Automobil verkauft, das eigentlich kein Sportwagen sein sollte, aber doch wie einer aussieht. Mit diesem Modell wollte Bugatti vielmehr einen luxuriösen Reisewagen anbieten, einen Grand Tourisme in Edelausgabe. Die rassige Karosserie mit der langen Motorhaube, der flachen Windschutzscheibe und dem komfortablen Innenraum hatte Bugatti-Sohn Jean entworfen. 14 000 Dollar mußten Bugatti-Fans für diesen schwarz-roten Ausbund an Kraft, Schönheit und Eleganz locker machen.

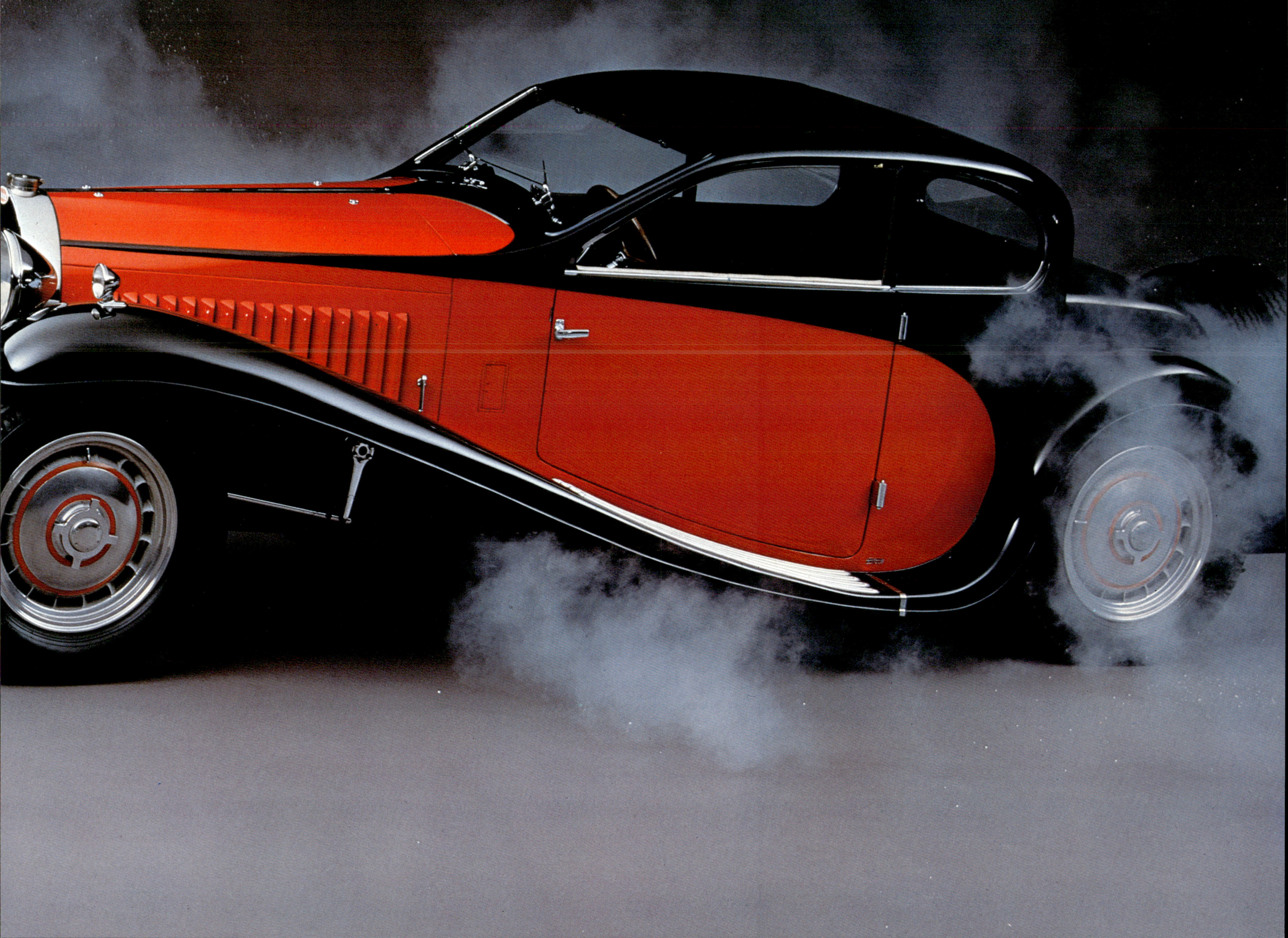

Da sich aber außer den Brüdern Lumière nur wenige für diesen Renault interessierten, baute man eine Vivastella mit neuer, weniger konservativer Karosserie, die einen eher sportlichen Gesamteindruck hinterließ. Diesem Wagen zur Seite gestellt wurde außerdem die Variante Reinasport.

1933 *Renault Vivastella*

Reihen-Sechszylinder-Motor – 16 PS Höchstgeschwindigkeit 75 km/h Spezialkarosserie von Billeter und Cartier.

Renaults Angebot an ein zahlungskräftiges Publikum mit Ambition zur Repräsentation war der Sechszylinder Vivastella, der 1933 gebaut wurde. Erstmals kam damit ein Renault auf den Markt, der den Kühler nicht mehr hinten hatte, sondern vorn. Das gab dem Wagen ein neues Gesicht, weit weg vom bisherigen Renault-Image.

Das elegante Automobil, das hier zu sehen ist, war eine Spezialanfertigung für die Brüder Lumière, die Pioniere der Kinematographie. Sie wünschten sich ein seriöses Auto, das solide, bequem und zugleich repräsentativ sein sollte. Die Karosserie, die Billeter und Cartier speziell nach Kundenwunsch anfertigten, mußte so hoch sein, daß man auch mit Hut den Wagen besteigen und darin sitzen konnte. Der komfortable Innenraum war außerordentlich geräumig und durch eine Trennscheibe von der Kabine für den Chauffeur getrennt.

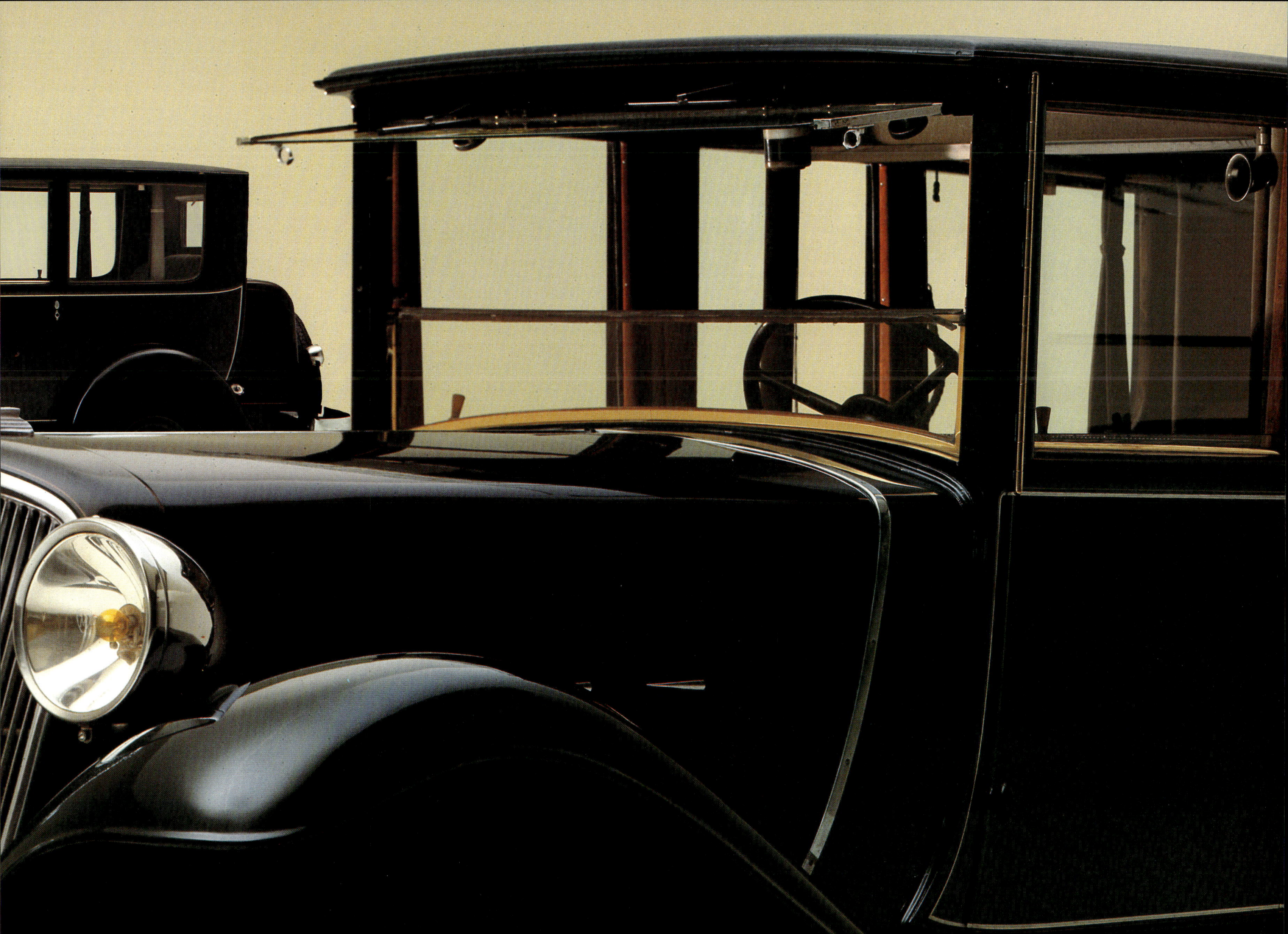

1933
Napier-Railton

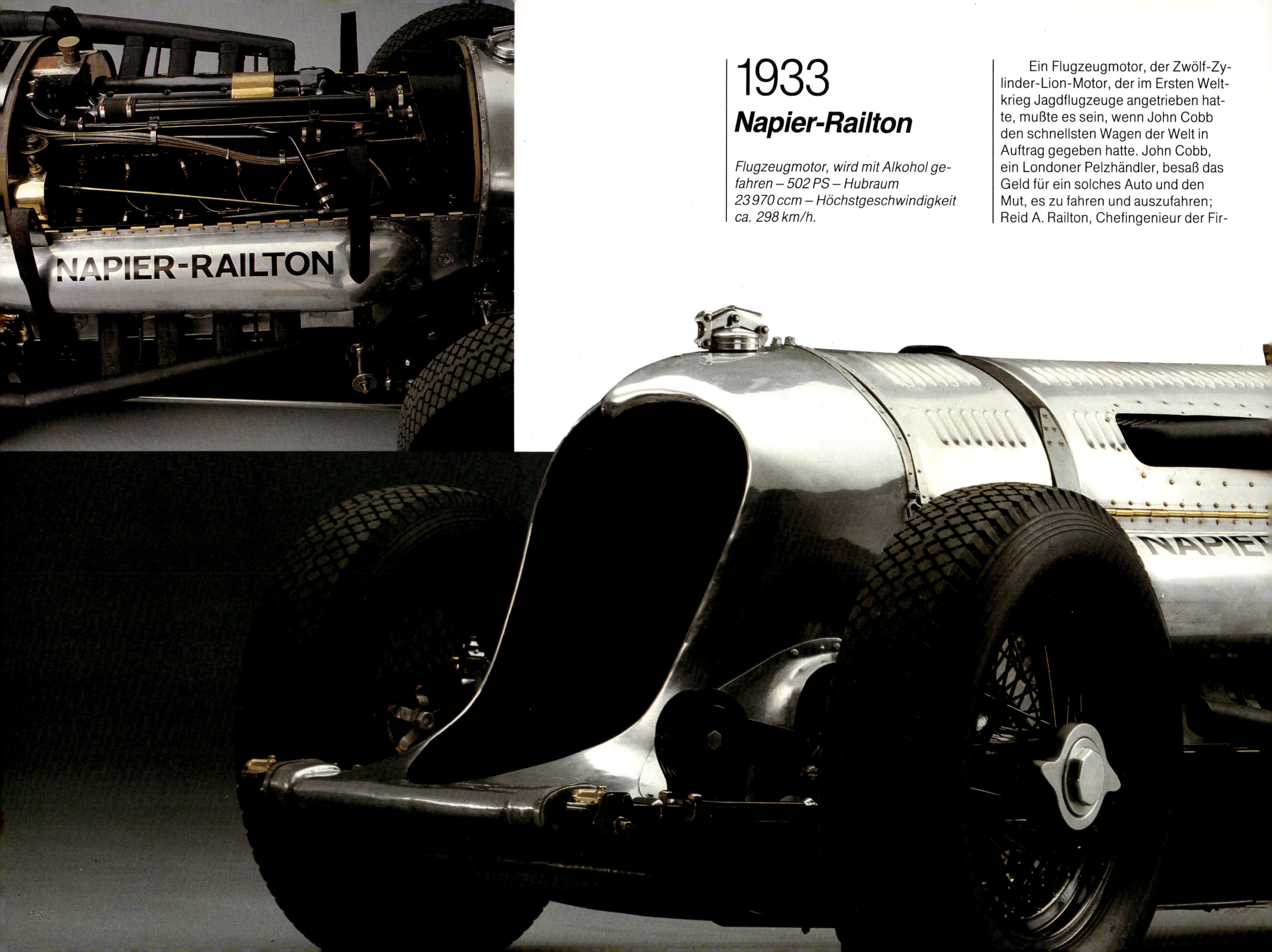

Flugzeugmotor, wird mit Alkohol gefahren – 502 PS – Hubraum 23 970 ccm – Höchstgeschwindigkeit ca. 298 km/h.

Ein Flugzeugmotor, der Zwölf-Zylinder-Lion-Motor, der im Ersten Weltkrieg Jagdflugzeuge angetrieben hatte, mußte es sein, wenn John Cobb den schnellsten Wagen der Welt in Auftrag gegeben hatte. John Cobb, ein Londoner Pelzhändler, besaß das Geld für ein solches Auto und den Mut, es zu fahren und auszufahren; Reid A. Railton, Chefingenieur der Firma Thomson & Taylor hatte das Know-how, es zu bauen.

Anders als bei sonstigen Zwölfzylinder-Flugzeug-Motoren stehen bei diesem vier Zylinder auf dem Kopf, die übrigen acht in V-Form in einem Winkel von 60 Grad aufrecht im Motorraum. 2200 Umdrehungen pro Minute brachten den wassergekühlten Motor auf 502 PS. Railton setzte den Motor auf ein Stahlrahmenchassis und führte die Leistung über eine Einscheiben-Trockenkupplung mit Dreiganggetriebe an die Hinterachse.

Cobb war mit seinem Napier-Railton zufrieden, zahlte anstandslos 20 000 Pfund dafür und gewann ein Rennen nach dem andern damit.

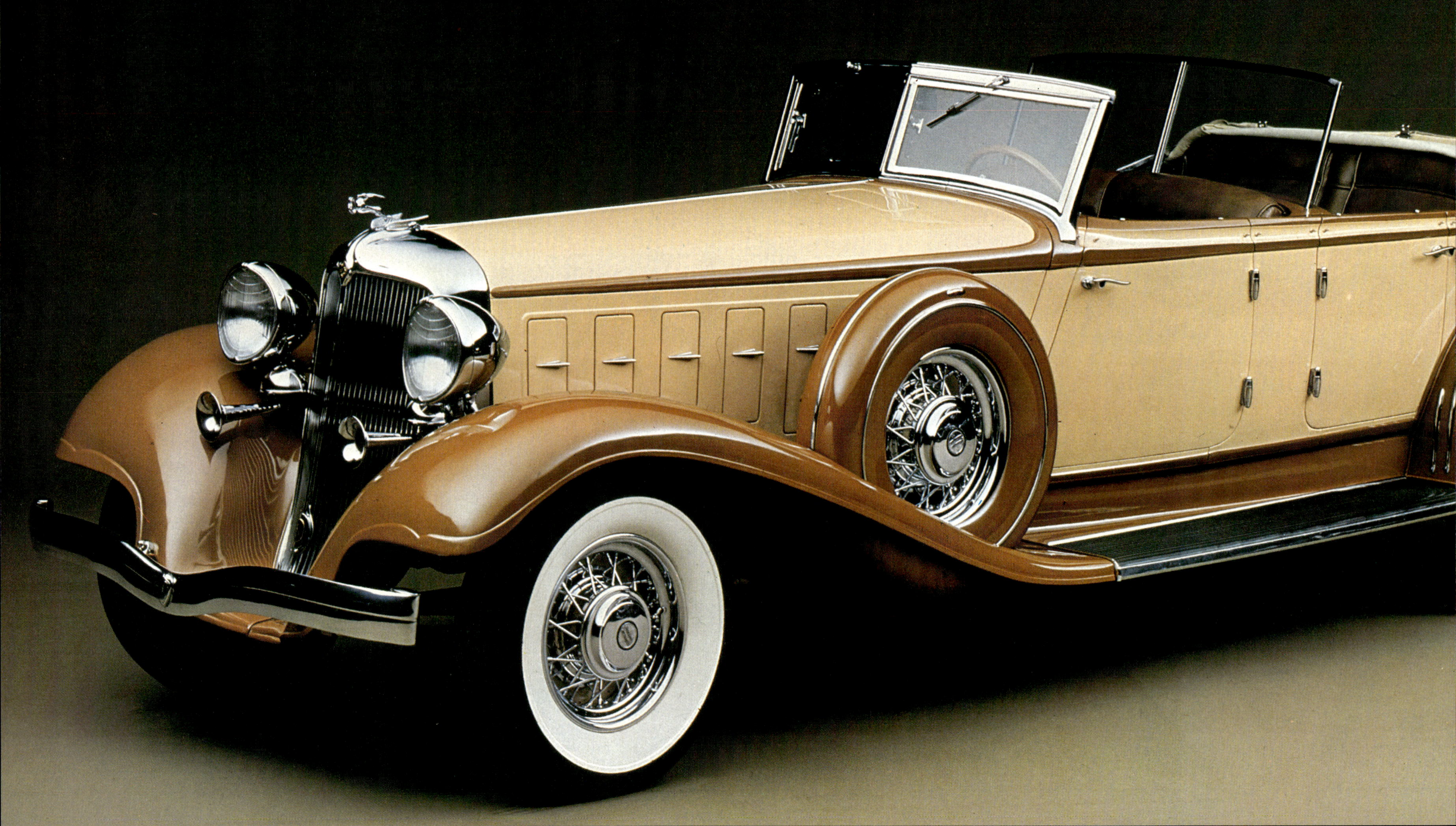

1933
Chrysler Phaeton Imperial

Reihen-Achtzylinder-Motor – 135 PS Hubraum 6307 ccm – Höchstgeschwindigkeit 130 km/h.

Dies war ein neuer Anlauf in Richtung Luxusautomobil mit einem Wagen der Imperial-Reihe von Chrysler, zu der auch der Roadster Eight gehört. Und auch dieser elegante Klassiker kam nicht auf größere Stückzahlen. Von Chrysler wurden eben vorwiegend preiswerte Autos in großen Serien erwartet. Da war der Phaeton mit dem Reihen-Achtzylinder und der edlen Karosserie von LeBaron einfach ein Einzelgänger. Dabei hatte er jeden Luxus zu bieten, leistete 135 PS bei 6,3 Liter Hubraum und schaffte eine Höchstgeschwindigkeit von 135 km/h, gerade genug für Amerikas Straßen der 30er Jahre.

Nachdem insgesamt 36 Phaeton Imperial gebaut und verkauft worden waren, gab Chrysler die Imperial-Reihe mit Bedauern auf.

1933
Duesenberg Speedster Modell SJ

Reihen-Achtzylindermotor mit Kompressor – 320 PS – Hubraum 6878 ccm – Höchstgeschwindigkeit 210 km/h – Karosserie von Bohmann & Schwartz.

Er beschleunigt in 17 Sekunden von 0 auf 160 km/h. Das spricht für sich und den Duesenberg Speedster Modell SJ. Er hat einen gewaltigen Reihen-Achtzylinder-Motor mit Kompressor unter der Haube und leistet 320 PS. Wen wundert da die phänomenale Höchstgeschwindigkeit von 210 km/h?

Was im Innern dieses Kraftmonsters vor sich geht, wird durch die außenliegenden verchromten Auspuffrohre deutlich gemacht. Weitere Vorzüge des Motors: zwei obenliegende Nockenwellen, eine fünffach gelagerte Kurbelwelle, vier Ventile pro Zylinder, verchromte Ansaugkanäle. Automatisch wird das Chassis alle 130 Kilometer abgeschmiert. Für die Beschleunigung von 0 auf 165 km/h brauchte der Speedster Modell SJ übrigens ganze 20 Sekunden. Nicht nur für seine Zeit war dieser Wagen ein Superlativ an technischer Raffinesse und exquisitem Design.

Einen Duesenberg wie diesen zu besitzen war allerdings bei einem Neupreis von 17 500 Dollar schon immer höchster Luxus.

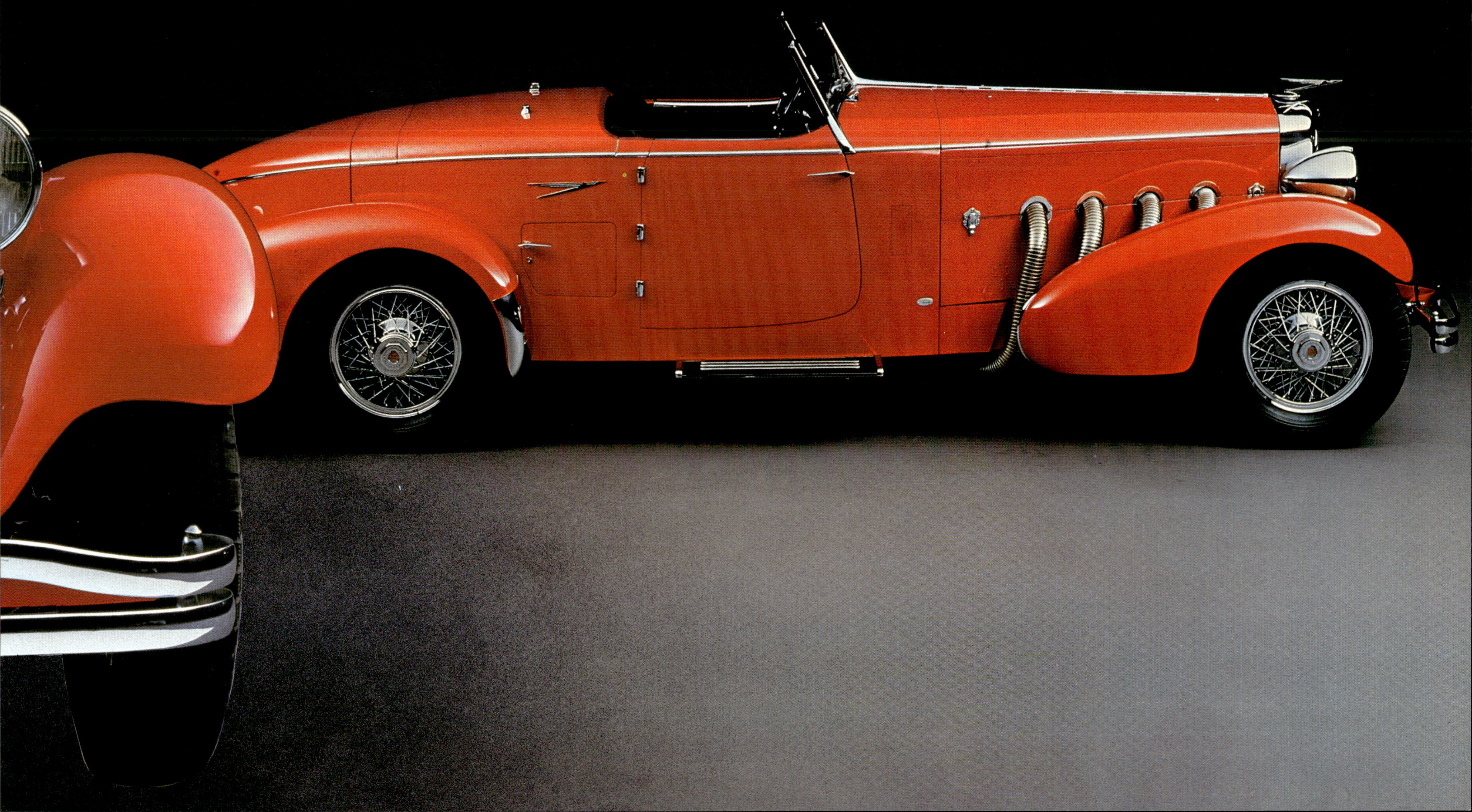

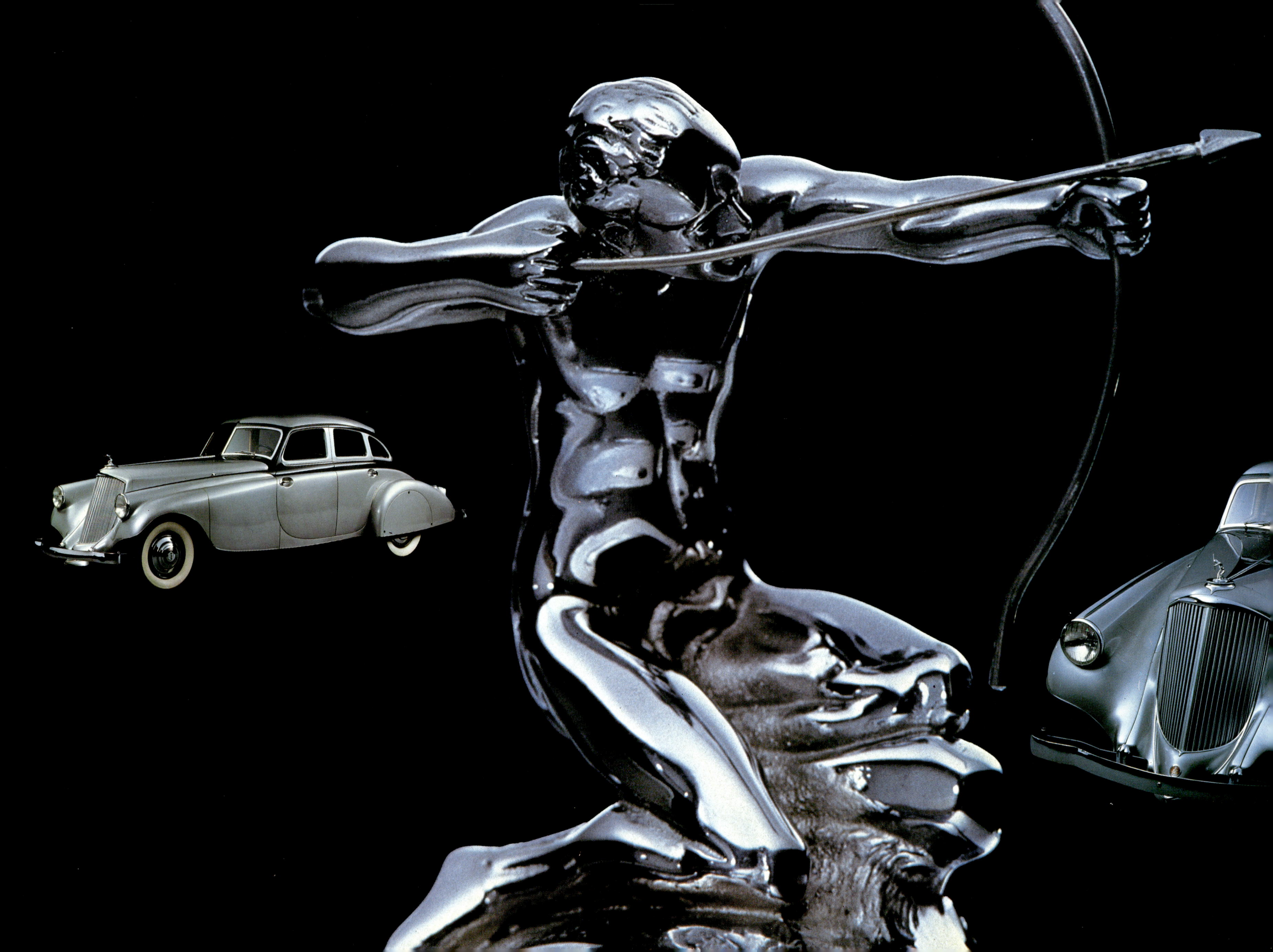

1933
Pierce Arrow
Silver Arrow

Zwölfzylinder-V-Motor – 175 PS Hubraum 7569 ccm – Höchstgeschwindigkeit 185 km/h – Karosserie und Design von Philip Wright – Bau Studebaker.

Die amerikanische Firma Pierce, seit 1865 mit dem Bau von Vogelkäfigen und später von Kühlschränken befaßt, war schon sehr früh, nämlich im Jahre 1900, ins Automobilgeschäft eingestiegen. Sie hatte höchst gediegene Luxusautos gebaut zu einer Zeit, als es Cadillac oder Lincoln noch gar nicht gab. Dann hatte man in der Programmpolitik vorübergehend geschlafen und dabei leider den Anschluß an die aktuelle Entwicklung im Automobilbau verpaßt.

Im Jahre 1932 wollte man nun das ramponierte Image mit einem sensationell neuen Modell wieder aufpolieren. Zu diesem Zweck tat sich Pierce mit Studebaker zusammen. Am Neujahrstag 1933 kam der große Paukenschlag: der Silberpfeil von Pierce Arrow, ein stromlinienförmiges Auto von verblüffender Modernität. Ein Auto, über das viel geredet und noch mehr geschrieben wurde, das aber nicht gekauft wurde. Es war zu früh auf den Markt gekommen.

1933
Hispano-Suiza J 12

Zwölfzylinder-V-Motor mit obenliegender Nockenwelle – 220 PS – Hubraum 9430 ccm – Schnellster europäischer Tourenwagen.

Ein Mann hat den Namen Hispano-Suiza zum Synonym für nicht zu übertreffende Qualität und für Superleistung, gepaart mit unnachahmlicher Noblesse, gemacht: der Schweizer Marc Birkigt. Seit der Ingenieur im

124

Jahre 1903 die spanische Fabrica de Automoviles Hispano-Suiza mitbegründete, war dies neben Rolls Royce und Bugatti die feinste europäische Adresse für Autos von Klasse und Rasse.

Der V12-Motor, den Birkigt für den J 12 konstruierte, gilt bis heute als das Beste, das es auf diesem Gebiet je gab. Er verwendete nur erstklassiges Material, Defekte waren undenkbar. Abgesehen von den inneren Werten war der J 12 ein Wagen von hinreißender Eleganz; für seine Karosserie zeichneten Letourneur und Marchand verantwortlich.

Trotz solcher Vorzüge war dieser Wagen am Markt vorbei produziert, er kam bei einem Neupreis von 2500 Pfund gegen den um 600 Pfund billigeren Rolls-Royce Phantom III einfach nicht an, der ja die gleiche Zielgruppe ansprach und auch nicht gerade das Renommee eines Autos für den gehobenen Mittelstand hatte.

1933
Auburn Custom Speedster Modell 12-161 A

Zwölfzylinder-V-Motor – 160 PS Hubraum 6412 ccm – Höchstgeschwindigkeit 160 km/h.

Das Dilemma dieses bildschönen Speedster war sein Preis; für das, was er bot und was er galt, war er einfach zu billig. Man bekam hier für 1495 Dollar einen Sportwagen von seltener Eleganz mit einem Zwölfzylinder-Motor, der bei 160 PS eine Spitzengeschwindigkeit von 160 km/h erreichte. Ein Duesenberg dieser Zeit kostete etwa das 12–14fache. Mit diesem preiswerten Wagen hatte man einfach die Zielgruppe verfehlt, denn wer schnelle sportliche Autos liebte, der war auch zahlungskräftig und wollte für Qualität zahlen.

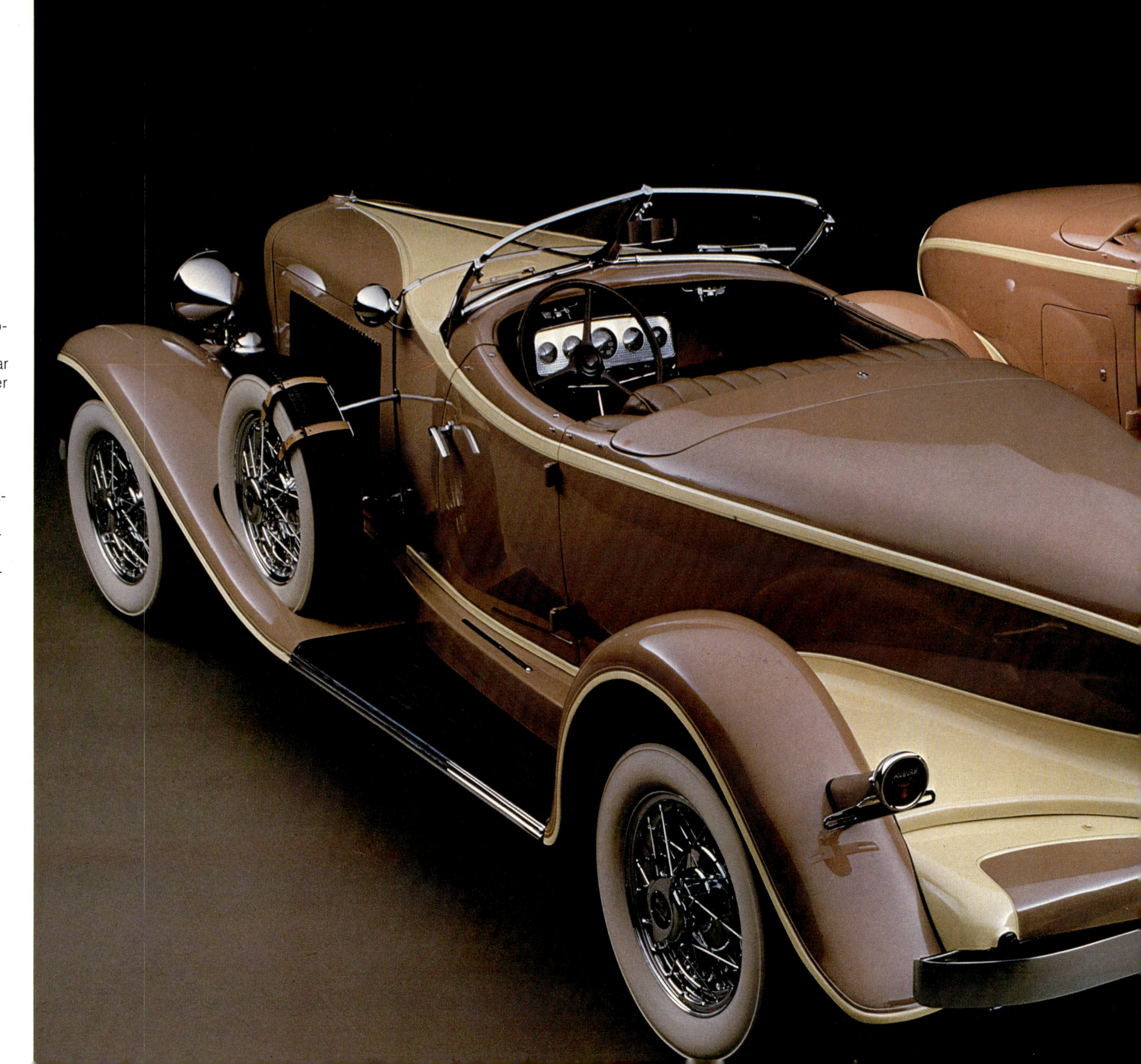

Inzwischen kamen die Auburn- und Duesenberg-Automobile aus demselben Stall. Die Firma Auburn war von Errett Lobban Cord übernommen worden, in dessen Imperium später die Marken Stutz, Cord und schließlich Duesenberg zu Hause waren. Unter all den Luxusmodellen aus dem Hause Cord war dieser Speedster sozusagen das »Billigangebot«; mit ihm war also bei aller Qualität und Eleganz kein besonderer Staat zu machen. Und ein Auto war im Jahre 1933 nun mal in erster Linie ein Prestigeobjekt.

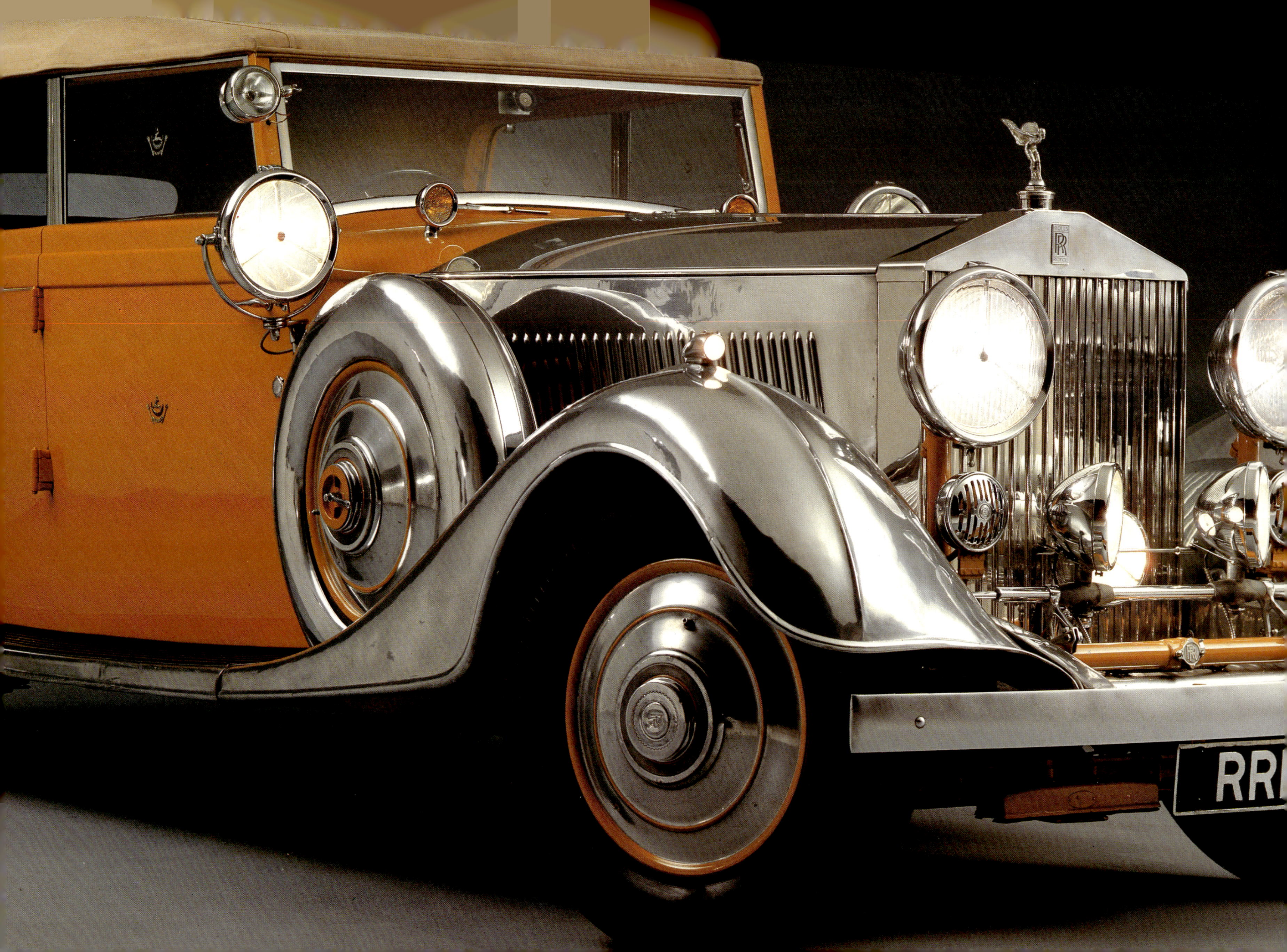

1934
Rolls Royce Phantom II

*Continental-Sechszylinder-Motor
140 PS – Hubraum 7700 ccm
Höchstgeschwindigkeit 160 km/h
Spezialanfertigung.*

Der Maharadscha von Rajkot hatte mit seinem Rolls Royce Silver Ghost ein Jahrzehnt lang die allerbesten Erfahrungen gemacht. Deshalb entschloß er sich im Jahre 1934, einen neuen Rolls Royce in seinen fürstlichen Wagenpark aufzunehmen.

Sein Wohlgefallen fand der Phantom II Continental; der leistete mehr als der normale Sechszylinder-Motor – dank einer geänderten Nockenwelle für höhere Drehzahlen, einer besseren Radaufhängung und der Hartford-Stoßdämpfer, die vom Armaturenbrett aus bedient werden konnten.

Der Wagen des Maharadschas wurde, nachdem Fahrgestell und Motor fertig waren, zwecks Installation einer fürstlichen Karosserie zu Thrupp und Marberley geschickt, die Kotflügel und Motorhaube aus gleißendem Aluminium schneiderten. Die Lackierung in Safrangelb – eine Farbe mit Symbolwert im Reich des Maharadschas – erfolgte in 17 Schichten. Der Innenraum war ganz in braunem Leder gehalten. 14 Lampen aus poliertem Messing, zwei davon schwenkbar, erhellten dem Maharadscha bei nächtlichen Ausfahrten den Weg. Er hatte also allen Grund, auch weiterhin mit Rolls Royce zufrieden zu sein.

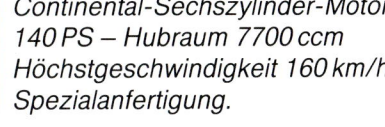

1934
Packard Sport Phaeton

Zwölfzylinder-V-Motor – 160 PS Hubraum 7302 ccm – Höchstgeschwindigkeit 165 km/h – Karosserie von LeBaron.

Es gab genügend Automobilisten, denen Fahrkomfort und Bequemlichkeit wichtiger waren als Leistung um jeden Preis. Für sie hatte Packard seit 1915 seinen Zwölfzylinder im Programm, weil er über die Zylinderzahl mehr Laufruhe bei den Motoren erreichen konnte.

1931 kam der Nachfolger dieses legendären Zwölfzylinders auf den Markt, ein Wagen von außergewöhnlicher Schönheit und bestechendem Komfort. LeBaron, der berühmte amerikanische Karosseriebauer, hat diesem Auto sein Gesicht gegeben: mit der langen Motorhaube, den eigenwillig geformten Kotflügeln, den auffallend breiten Trittbrettern und den ins Auge springenden wuchtigen Scheinwerfern. Durch Knopfdruck konnte man während der Fahrt vom Armaturenbrett aus die Stoßdämpfer den jeweiligen Straßenverhältnissen anpassen. Man konnte – falls die Dame des Hauses einmal selbst das Steuer in die Hand zu nehmen wünschte – die Bremsanlage so einstellen, daß weniger Bremspedaldruck erforderlich war. Aber allzu lange durfte eine Amazone ihrer automobilistischen Leidenschaft in diesem Auto meist nicht frönen, denn der Wagen mit 2,5 Tonnen Gesamtgewicht verlangte von seinem Lenker kräftige Arme und viel Kondition.

Wer all das mitbrachte, konnte dem eleganten Wagen bei freier Fahrt 165 km/h Höchstgeschwindigkeit entlocken. Nur teuer war er natürlich, der Sport Phaeton von Packard; 7820 Dollar kostete dieses Prestigeobjekt, das es auch in dekorativer Zweifarbenlackierung gab. Und schon damals konnte man sich ein Autoradio einbauen lassen – gegen Aufpreis natürlich.

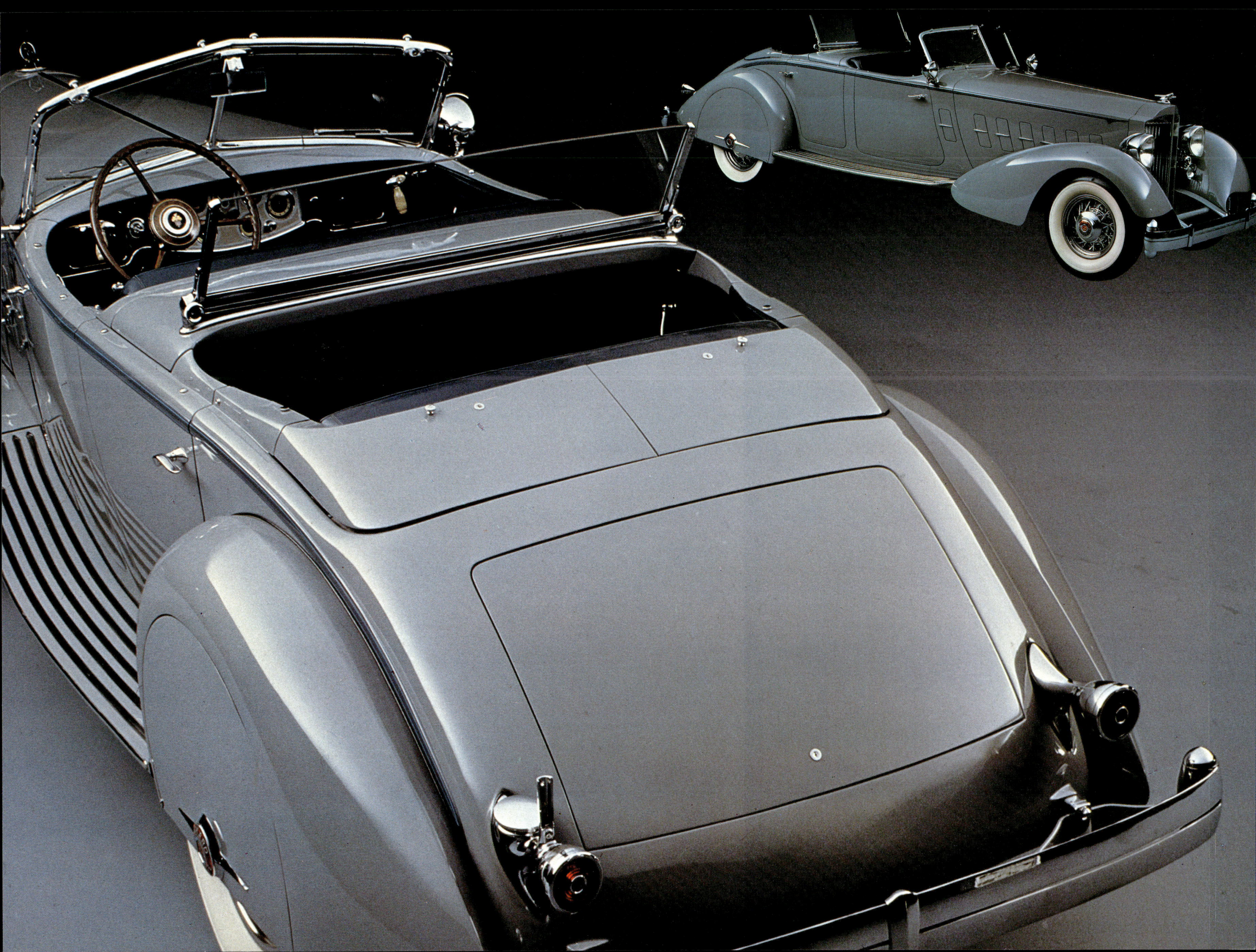

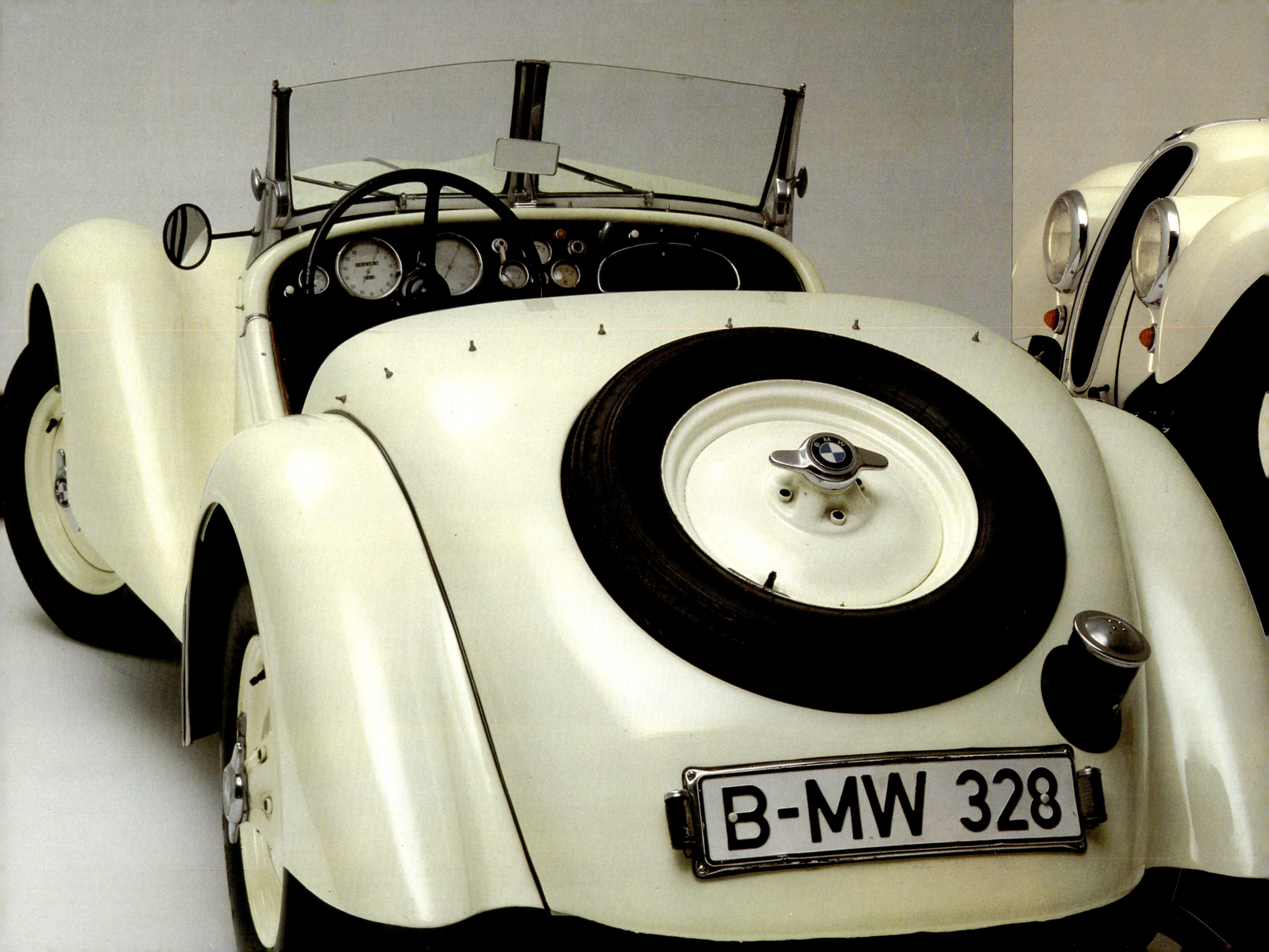
B-MW 328

1936
BMW 328

Reihen-Sechszylinder-Motor mit obenliegender Nockenwelle – 80 PS Hubraum 2000 ccm – ca. 5000 U./min. 3 Vergaser – Höchstgeschwindigkeit 150 km/h.

Er galt als der sportlichste Sechszylinder seiner Zeit. Bei nur 800 Kilogramm Gewicht erreichte er eine Geschwindigkeit von 150 km/h. Das war phänomenal.

Entsprechend ist die Wertschätzung, die diesem Roadster bis heute entgegengebracht wird. 464 BMW 328 wurden in normaler Serienausführung gebaut, 150 davon sind erhalten geblieben, liebevoll gepflegt von Besitzern und Sammlern, die genau wissen, welches Kleinod sie hüten; der Wert dieses Schatzes, dessen Neupreis damals 7400 Reichsmark betrug, verdoppelt sich im Vier-Jahres-Rhythmus.

Unter seiner langen Haube beherbergt der 328 einen 2-Liter-Sechszylinder-Motor. Drei Vergaser und eine obenliegende Nockenwelle machen Motordrehzahlen von mehr als 5000 U/min. möglich. Der Spritverbrauch ist auch für heutige Begriffe ausgesprochen umweltfreundlich: 9,5 Liter Normalbenzin bei einer Durchschnittsgeschwindigkeit von 130 km/h.

Auch das Äußere des BMW 328 überzeugt bis heute dank seiner klassisch schönen Form. Ein Auto also, das zu Recht Automobilgeschichte gemacht hat.

1936
Mercedes Roadster Typ 500 K

Reihen-Achtzylinder-Motor – mit Kompressor 160 PS, ohne Kompressor 100 PS – Hubraum 4985 ccm Höchstgeschwindigkeit 174 km/h

Daimler-Benz wollte nach der ruhmreichen Serie der S- und SS-Modelle, die von 1926–1934 auf so vielen Rennstrecken, bei unzähligen Zuverlässigkeitsfahrten triumphiert hatten, dem Mercedes-Fan etwas Neues, Adäquates bieten. Kein Auto, mit dem anspruchsvolle Herrenfahrer Rennen fahren sollten, sondern ein sportliches Reisegefährt mit exzellenter Leistung und einer Traumkarosserie, die nicht von einem der berühmten Karosseriebauer stammte, sondern die man sich bei Mercedes in Sindelfingen hatte einfallen lassen. Kurz das Auto aus einem Guß.

Der Reihen-Achtzylinder-Motor lieferte, wenn erst der Kompressor zugeschaltet war, 160 Pferdestärken, die eine Höchstgeschwindigkeit von 174 km/h brachten. Das genügte fürs Renommee. Auch ließ die Karosserie mit ihrer hinreißenden Linienführung, die den Stylisten von Daimler-Benz selbst geglückt war, keinen Wunsch offen als den, möglichst bald hinter dem Lenkrad eines solchen Roadster Typ 500 K zu sitzen – natürlich nur, wenn man gerade 28 000 Reichsmark im Sparstrumpf und möglichst noch ein Auto für alle Tage hatte.

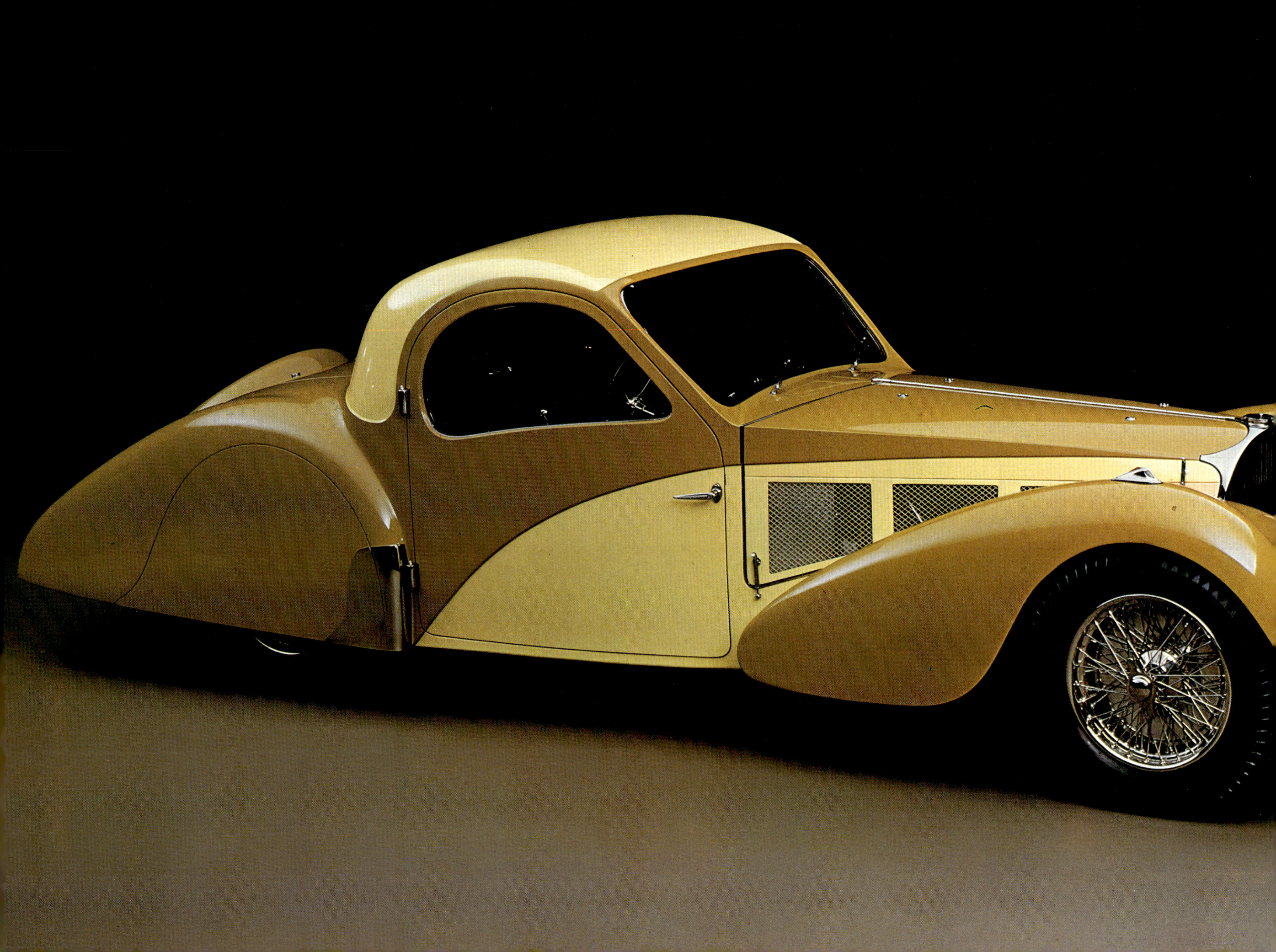

1937
Bugatti Atalante Coupé Typ 57 SC

Reihen-Achtzylinder-Motor mit Kompressor – 200 PS – Hubraum 3257 ccm – Höchstgeschwindigkeit 217 km/h.

Ettore Bugatti lieferte mit dem Typ 57 SC einen Wagen bei seinen Käufern ab, den man aus Gründen der Repräsentation und im Wohlgefühl des einen umgebenden Komforts ebenso fahren konnte wie um sich am Wochenende auf irgendeiner Rennstrecke einen Lorbeerkranz zu holen.

Und natürlich machte Madame auch ihre Einkäufe damit, wobei sie jedoch nicht die ganze Leistung des Reihen-Achtzylinder-Motors samt Kompressor in Anspruch nahm. Aber sie und er konnten sich bei solchen Gelegenheiten mit einem Auto von seltener Eleganz und einer Ausstattung sehen lassen, die ihresgleichen suchte: das Armaturenbrett aus edlen Hölzern, die Sitze aus weichem Leder, eine außergewöhnliche Jean-Bugatti-Karosserie.

Der Typ 57 SC war die Weiterentwicklung des seit 1934 gebauten sehr erfolgreichen Typ 57, von dem Bugatti immerhin 630 Exemplare verkaufen konnte. Der Typ 57 S und SC aber brachte es nur noch auf 40 Wagen; die Zeiten waren unsicherer geworden, und der 57 SC kostete immerhin 10 275 Dollar.

1937
Hispano-Suiza Berline Typ J 12

Zwölfzylinder-V-Motor – 220 PS Hubraum 9340 ccm – Höchstgeschwindigkeit 180 km/h.

Er war einer der ganz großen Konstrukteure seiner Zeit, der in Spanien lebende und zu Erfolg gekommene Marc Birkigt. Die Autos, die er für Hispano-Suiza entwickelte, präsentieren sich sämtlich als Glanzlichter in der kurzen, aber ereignisreichen Geschichte des Automobils. Der Typ J 12 war sozusagen das Abschiedsgeschenk von Birkigt an seine noble Kundschaft, denn ein Jahr später stellte die Firma die Produktion von Autos ein und erzeugte nur noch Flugzeugmotoren.

Sir Henry Royce, mit seiner eigenen Produktion der große Konkurrent der teuren Hispano-Suiza-Wagen, kommentierte dieses Auto mit den Worten: »Ich gäbe etwas dafür, wenn ich die Vorstellungskraft und die Ideen von Marc Birkigt hätte.«

Das Auto, um das es ging, war ein Zwölfzylinder mit 9340 ccm Hubraum, der 220 PS leistete. Das Chassis allein kostete 13260 Dollar. Die dazu gehörige Karosserie lieferten Letourneur & Marchand für etwa denselben Preis. Wer außer Königen und Millionären sollte sich im Jahre 1937 so ein Auto leisten?

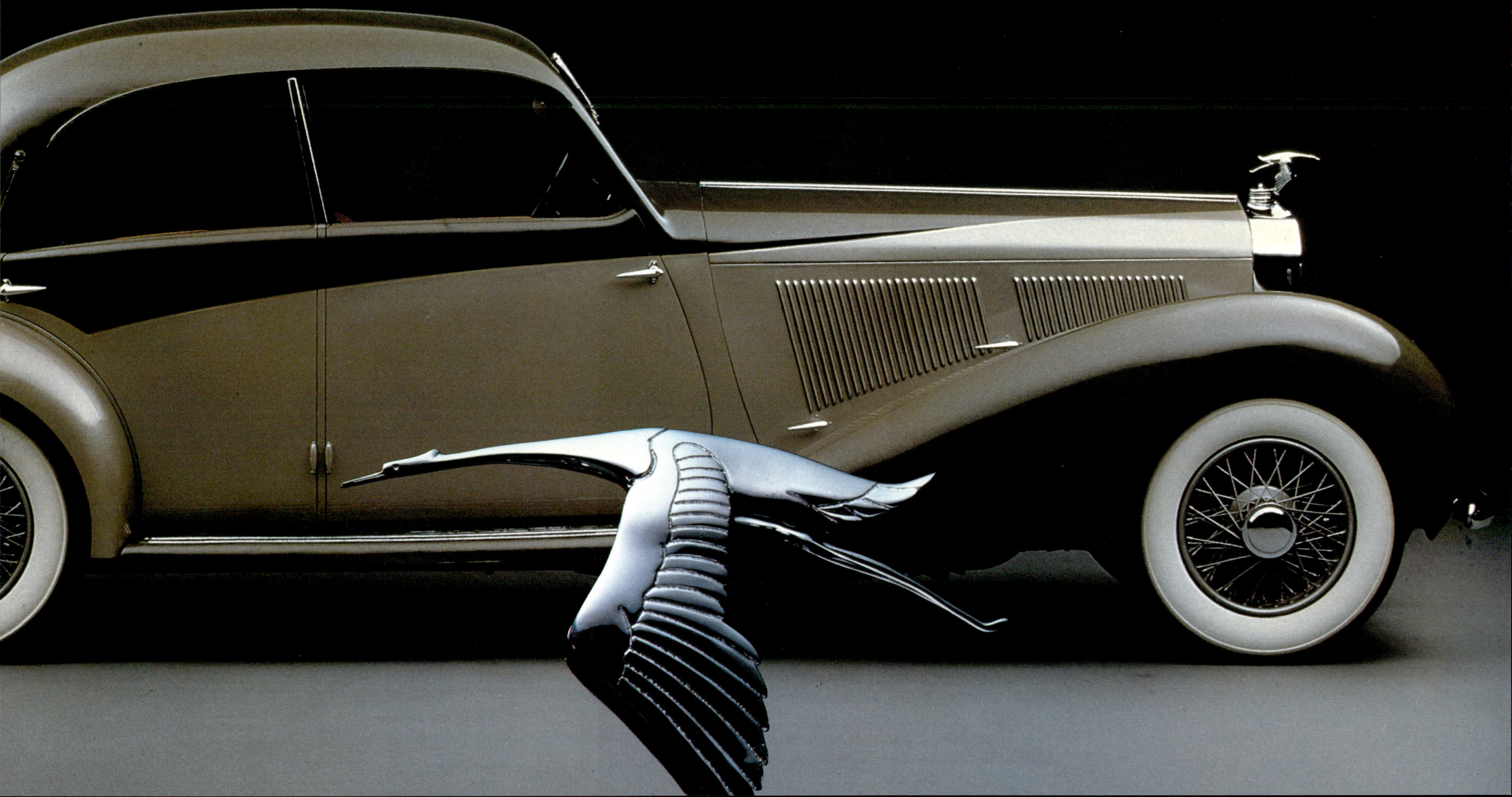

1938
Lancia Astura Streamline

Achtzylinder-V-Motor – 78 PS – Hubraum 3000 ccm – Höchstgeschwindigkeit 140 km/h.

Als Lancia 1931 den Astura vorstellte, wußten Lancia-Freunde zwar das Innenleben des Wagens zu schätzen, nicht aber die hohe, eckige Karosserie von Pininfarina. Das ließ dem genialen Designer keine Ruhe, und er entwarf verschiedene sportliche Varianten.

Der große Wurf aber gelang dem renommierten Karosserieschneider mit der Streamline-Karosserie von 1938. Sie war makellos und entsprach genau dem Bild, das man sich in Italien und anderswo von einem Lancia-Wagen machte: lang, niedrig, mit strenger Linienführung, alles Überflüssige beiseite gelassen. Unter der Heckklappe des Zweisitzers waren zwei weitere Sitze verborgen, so daß auch vier Personen in dem schicken Sportwagen Platz fanden. Seine Leistung war beachtlich: 78 PS aus 3000 ccm Hubraum. Damit konnte man sich auf Italiens Straßen sehen lassen, auch wenn die Italiener anspruchsvolle Automobilisten sind.

1938
Phantom Corsair

Achtzylinder-V-Motor – 190 PS 4731 ccm Hubraum – Höchstgeschwindigkeit 185 km/h.

Ein Einzelstück und zugleich die Gestalt gewordene Idee vom Auto der Zukunft ist dieser Wagen, der der Phantasie eines Individualisten entstammt. Rust Heinz, der Sohn des amerikanischen Suppen- und Würzsaucen-Herstellers, hatte Geld genug, um seinen ganz persönlichen Traum vom Auto zu verwirklichen.

Aus einem Cord-Fahrgestell und dem dazugehörigen 4,8-Liter-Motor entstand ein nahezu futuristisch gestyltes und perfekt ausgestattetes Auto. Die Türen öffnen sich auf Knopfdruck elektrisch, ein Teil des Dachs hob sich hydraulisch nach oben. Im Innenraum mit vier Sitzen vorn und zwei hinten herrschte rotes Leder vor, darunter war der Wagen mit Kork und Gummi ausgeschlagen. Auf dem Armaturenbrett Instrumente wie in einem Cockpit.

25000 Dollar kostete Heinz dieser Prototyp. Bevor er in die Serienproduktion ging, kam der ideenreiche junge Mann 25jährig bei einem Autounfall ums Leben.

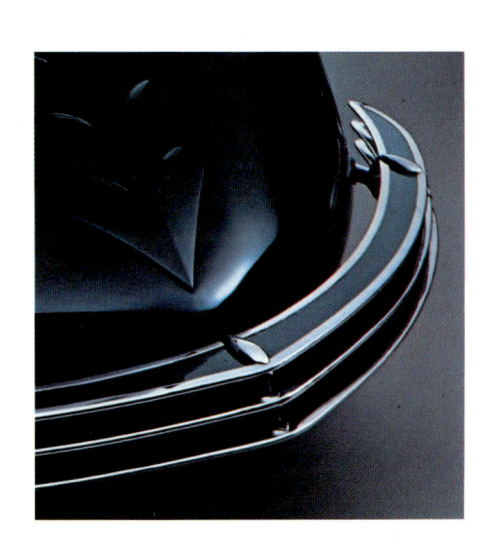

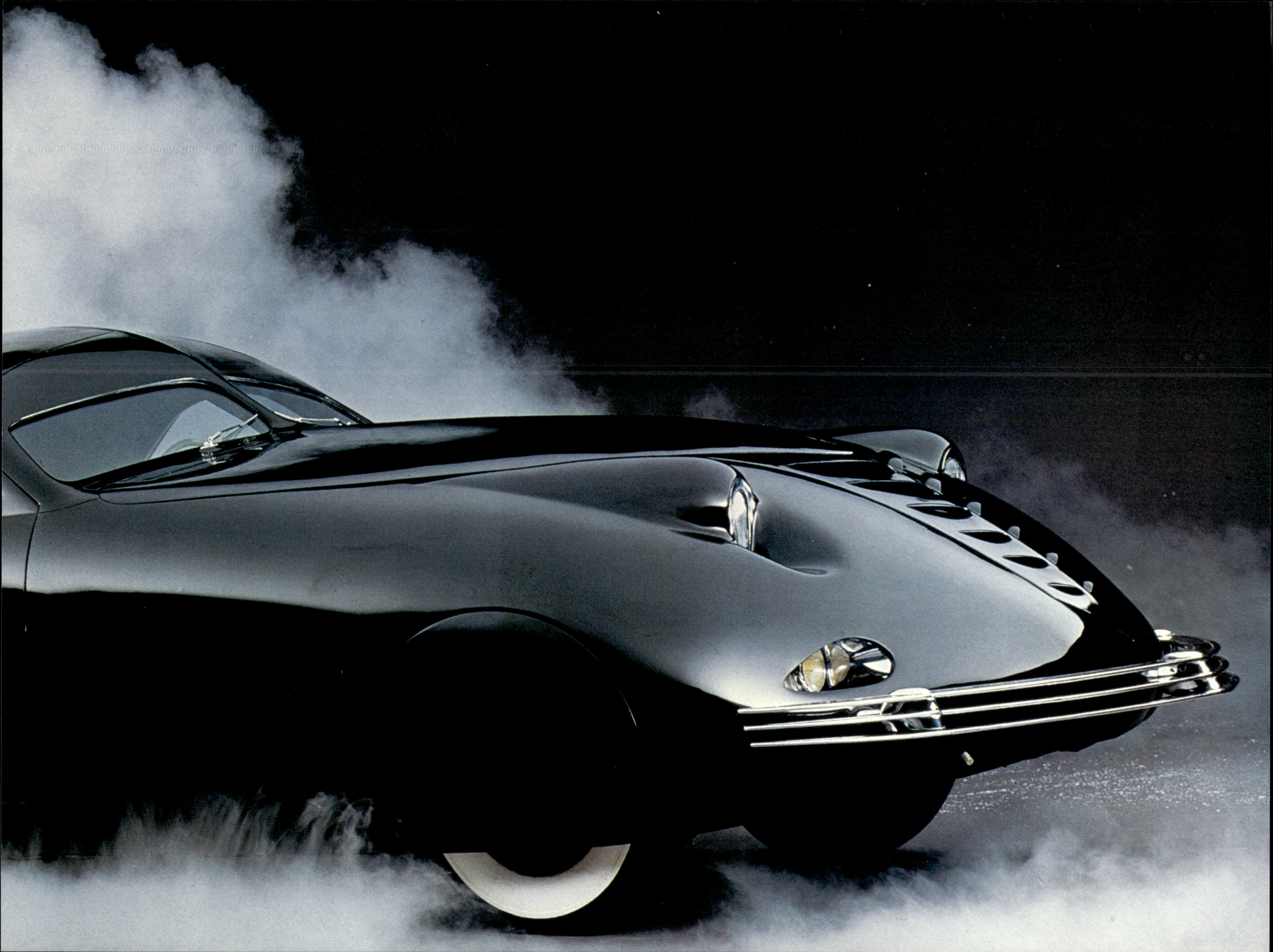

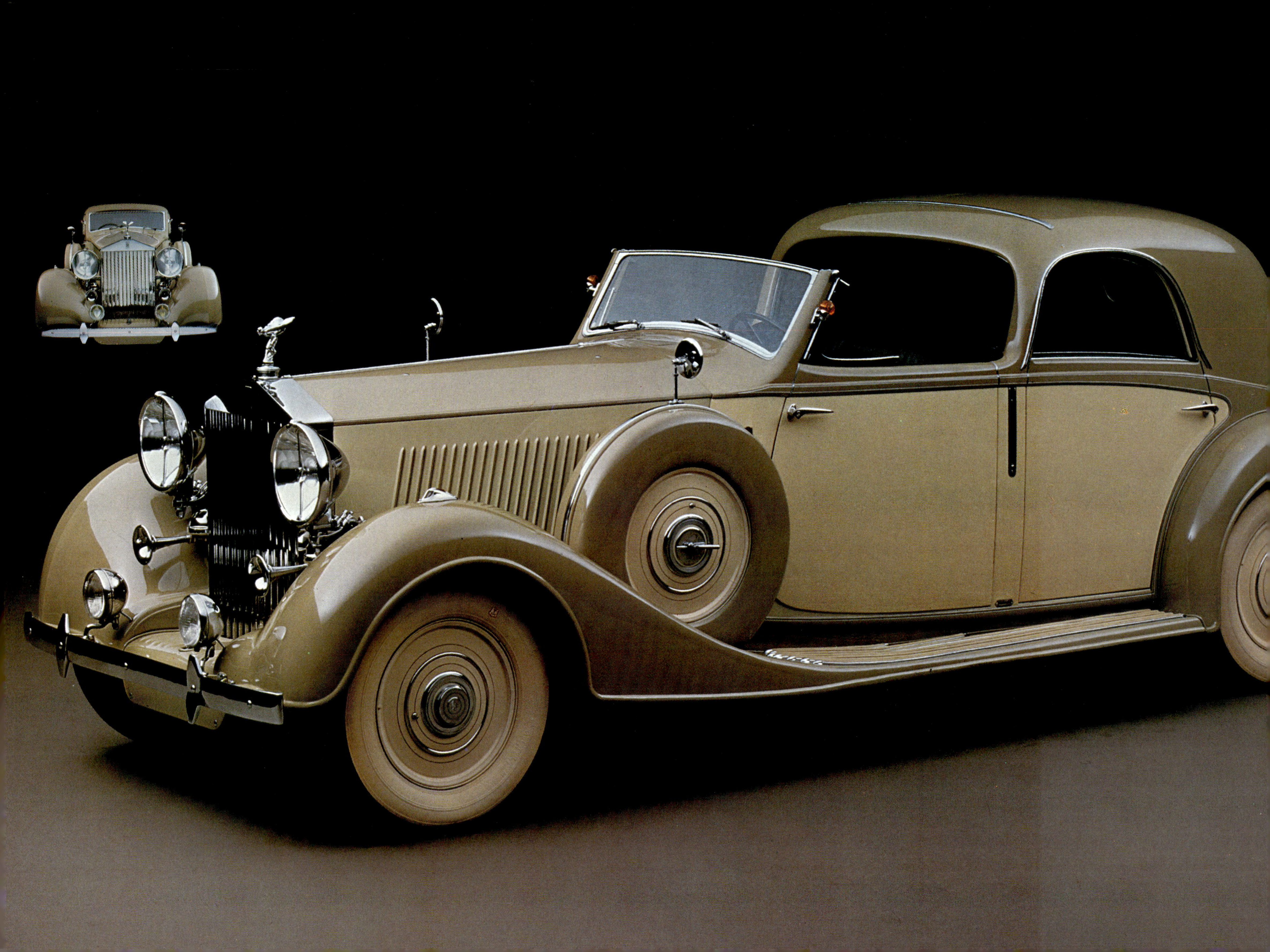

1938
Rolls Royce Phantom III Sedanca de Ville

Zwölfzylinder-V-Motor – 165 PS Hubraum 7338 ccm – Höchstgeschwindigkeit 160 km/h.

Mit dem Phantom III konnte Rolls Royce erstmals einen Zwölfzylinder-Motor präsentieren, der mit üppigen 7338 ccm Hubraum ausgestattet war und dem schweren Wagen 165 Pferdestärken verlieh.

Natürlich mußte die Firma immer wieder dem eigenen Anspruch, den Erwartungen ihrer Kunden und dem weitverbreiteten Werbeslogan »the best car in the world« genügen, gegen den übrigens nie jemand Einspruch erhob.

Die meisten Phantom-Kunden kauften bei Rolls Royce nur das Fahrgestell mit Motor und ließen sich eine Karosserie nach persönlichem Geschmack von einem der berühmten Karosseriebauer, wie Franay in Paris, dazu anfertigen. Auflage von Rolls Royce an die Designer war allerdings, daß der Original-Rolls-Royce-Kühler ohne jede Veränderung übernommen und ins Design eingepaßt werden mußte. Der Wagen sollte ja unverwechselbar ein Rolls-Royce sein.

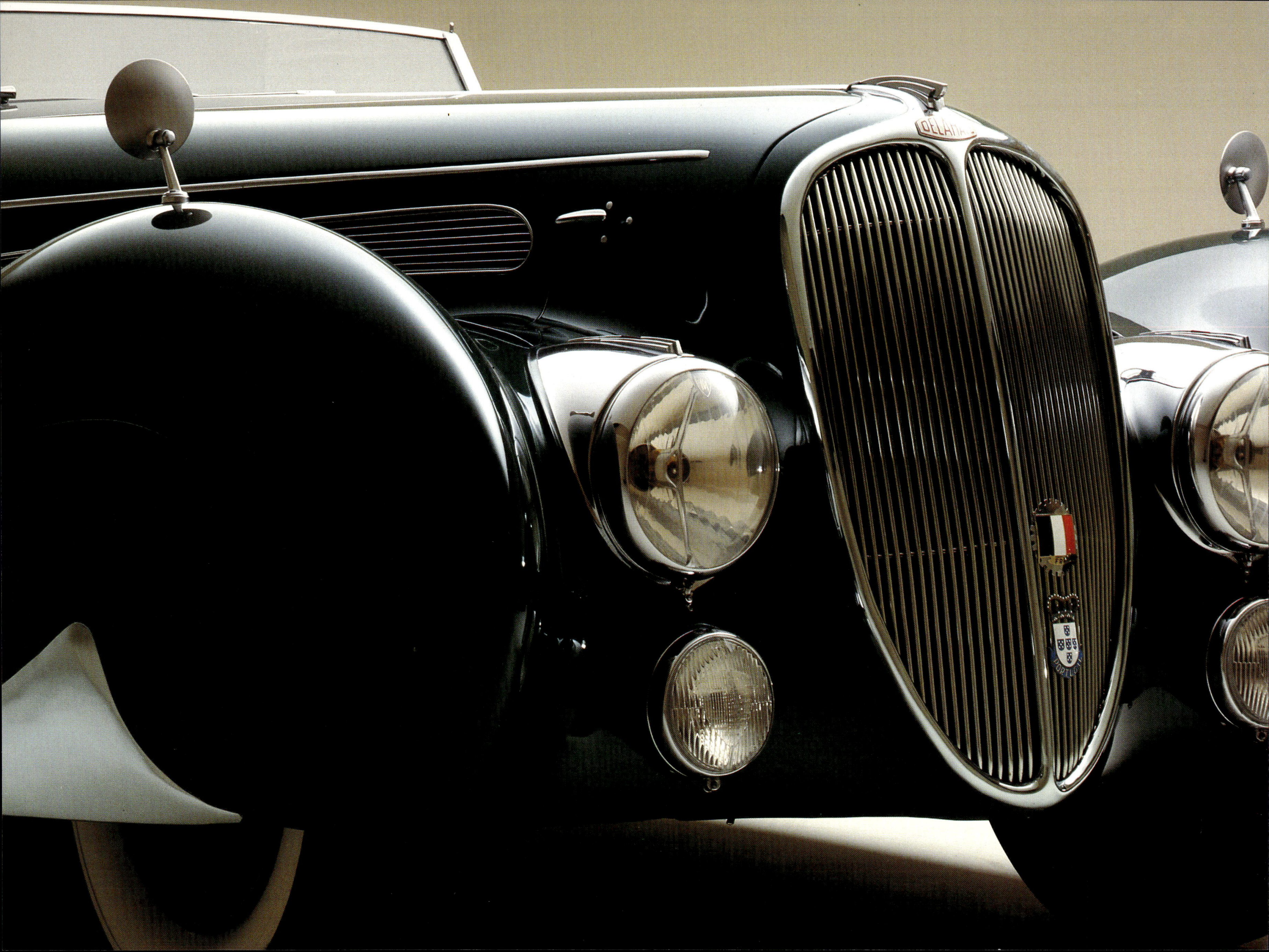

1939
Delahaye Typ 165 California

Zwölfzylinder-V-Motor mit Magnesium-Zylinderkopf – Sicherheitsgelagerte Kurbelwelle – 160 bzw. 268 PS Hubraum 4490 ccm.

Als er zum ersten Mal beim Pariser Automobil-Salon 1938 der Öffentlichkeit vorgestellt wurde, der Delahaye Typ 165 mit der grandiosen Karosserie von Figoni & Falaschi, da fand sich auf Anhieb ein Käufer für das extraordinaire Gefährt. Adrian Doyle, Sohn und Erbe des Sherlock-Holmes-Schöpfers, zahlte mit Blankoscheck, weil man bei Delahaye den endgültigen Preis noch nicht wußte. Der Wagen, der bei Testfahrten 265 km/h erreicht haben soll, wurde für den Briten, der keine Rekorde damit fahren wollte, leicht variiert. Statt der Solex-Dreifachvergaseranlage bekam der Zwölfzylinder nun einen einzigen großen Vergaser. Nun leistete er statt der ursprünglichen 268 »nur« noch 160 PS.

Dafür konnte man ihn von 10 bis 180 km/h im obersten Gang fahren. Außer Doyle gab es noch einen einzigen weiteren Kunden, den Fürsten von Monaco. Und dabei blieb es.

1939

Rolls Royce Labourdette

Zwölfzylinder-V-Motor – 165 PS Hubraum 7300 ccm – Höchstgeschwindigkeit 170 km/h – Gesamtgewicht 2,6 Tonnen.

Das war kein Rolls Royce, sondern eine Revolution, die die französische Karosseriefirma Labourdette hier angestiftet hatte. Ein Rolls Royce in Stromlinienform, das sprach der Vorstellung von Noblesse und Gediegenheit, die sich von Anbeginn mit dem Namen Rolls Royce verbanden, geradezu Hohn. So etwas konnte und durfte nicht sein. Und so kam der Wagen nicht wie geplant zur Weltausstellung 1939 nach New York.

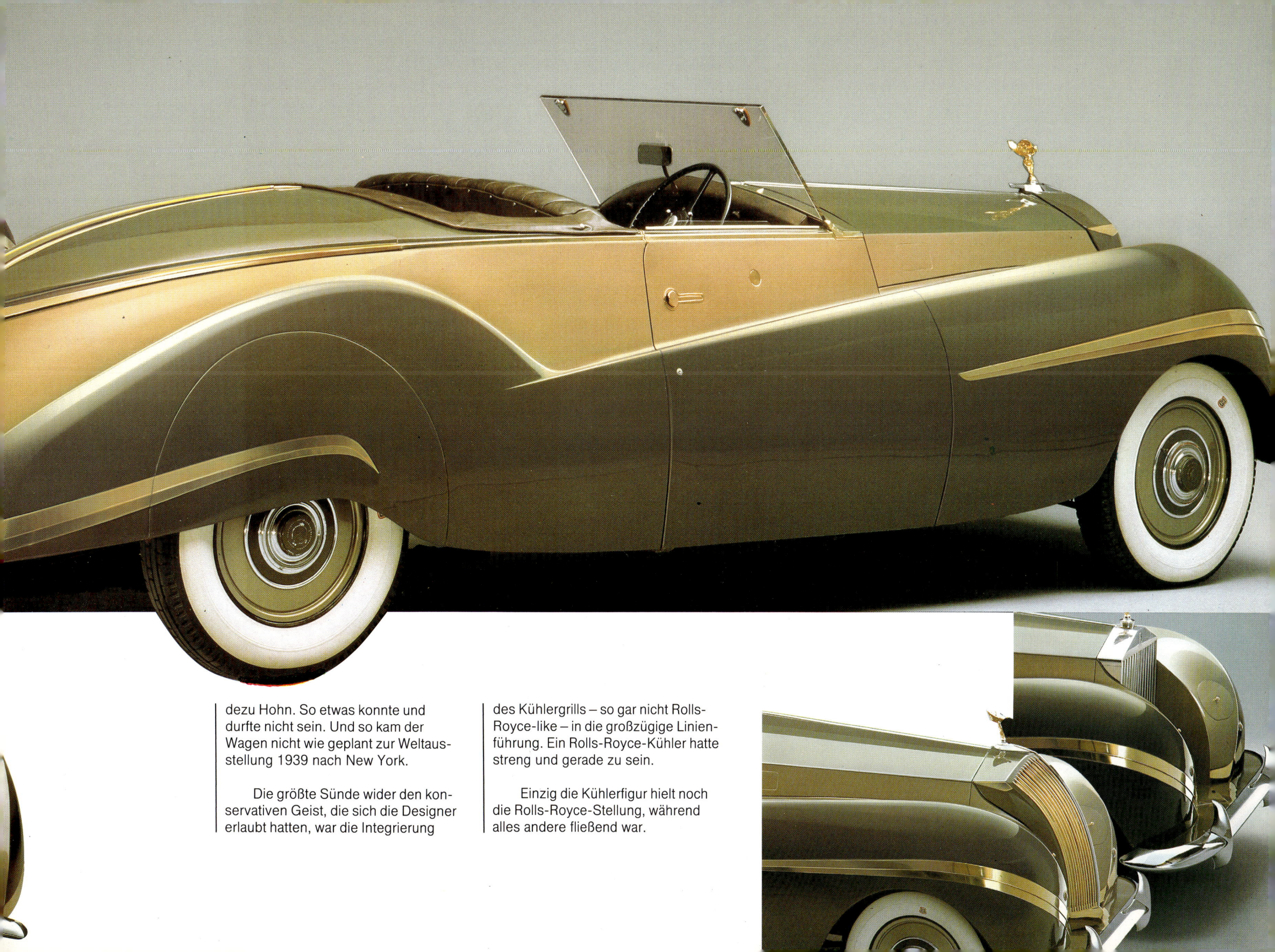

Die größte Sünde wider den konservativen Geist, die sich die Designer erlaubt hatten, war die Integrierung des Kühlergrills – so gar nicht Rolls-Royce-like – in die großzügige Linienführung. Ein Rolls-Royce-Kühler hatte streng und gerade zu sein.

Einzig die Kühlerfigur hielt noch die Rolls-Royce-Stellung, während alles andere fließend war.

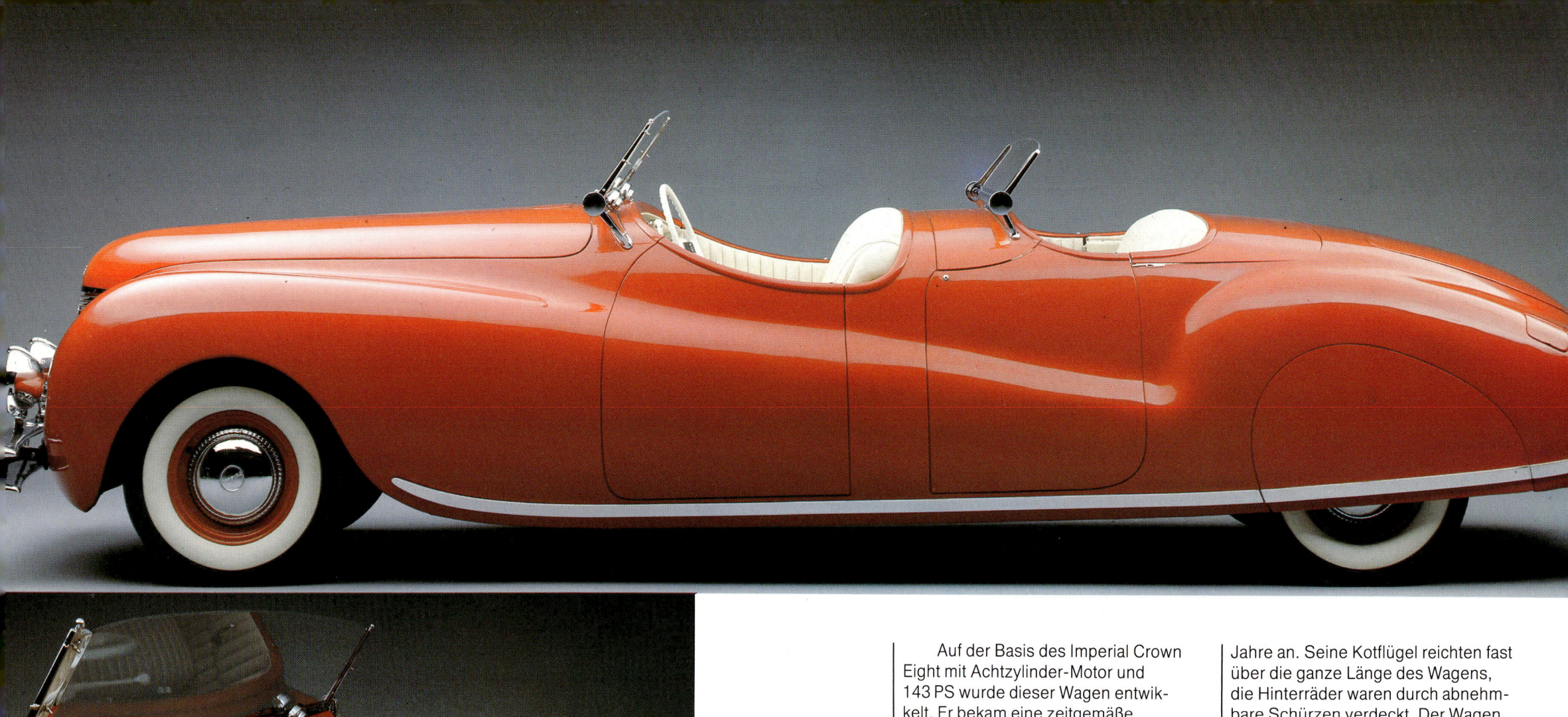

Auf der Basis des Imperial Crown Eight mit Achtzylinder-Motor und 143 PS wurde dieser Wagen entwickelt. Er bekam eine zeitgemäße stromlinienförmige Karosserie mit zweimal zwei Sitzen, lehnte sich also an die Phaeton-Vorbilder der 30er Jahre an. Seine Kotflügel reichten fast über die ganze Länge des Wagens, die Hinterräder waren durch abnehmbare Schürzen verdeckt. Der Wagen war 5,71 Meter lang und wog 2250 Kilogramm.

Aber trotz vorzüglicher Motorleistung und neuzeitlicher Form – er wurde von den Automobilisten seiner Zeit nicht akzeptiert. Insgesamt verließen nur fünf Exemplare die Werkshallen von Chrysler.

1941
Chrysler Dual Cowl Phaeton

Achtzylinder-Motor 143 PS – Höchstgeschwindigkeit 170 km/h – Karosserie von LeBaron.

1949
Delahaye Coupé de Ville Typ 175

*Reihen-Sechszylinder-Motor
125 PS – Hubraum 4616 ccm
Höchstgeschwindigkeit 160 km/h.*

Es ging allmählich zu Ende mit der ruhmreichen Marke Delahaye. Das Coupé de Ville Typ 175 war sozusagen ein letztes Lebenszeichen vor dem endgültigen Aus der traditionsreichen Firma, die schon im Jahre 1895 das erste Automobil produziert hatte und im Laufe der folgenden Jahrzehnte viel sportlichen Lorbeer bei vielen internationalen Wettbewerben ernten konnte.

Hier hatte Delahaye mit Hilfe des Pariser Karosseriebauers Sauotchik noch einmal ein klassisches Automobil auf die Räder gestellt, eine Essenz der besten Traditionen der letzten 20 Jahre. Zugleich war hier das automobilistische Idealbild des kommenden Jahrzehnts, der 50er Jahre, vorweggenommen.

Der Reihen-Sechszylinder-Motor verfügte über 4616 ccm Hubraum und leistete 125 PS. Er war mit seiner für Delahaye typischen exklusiven Innenausstattung der perfekte Wagen für lange Reisen. Aber er fuhr nicht mehr lange. 1954 war die Firma am Ende.

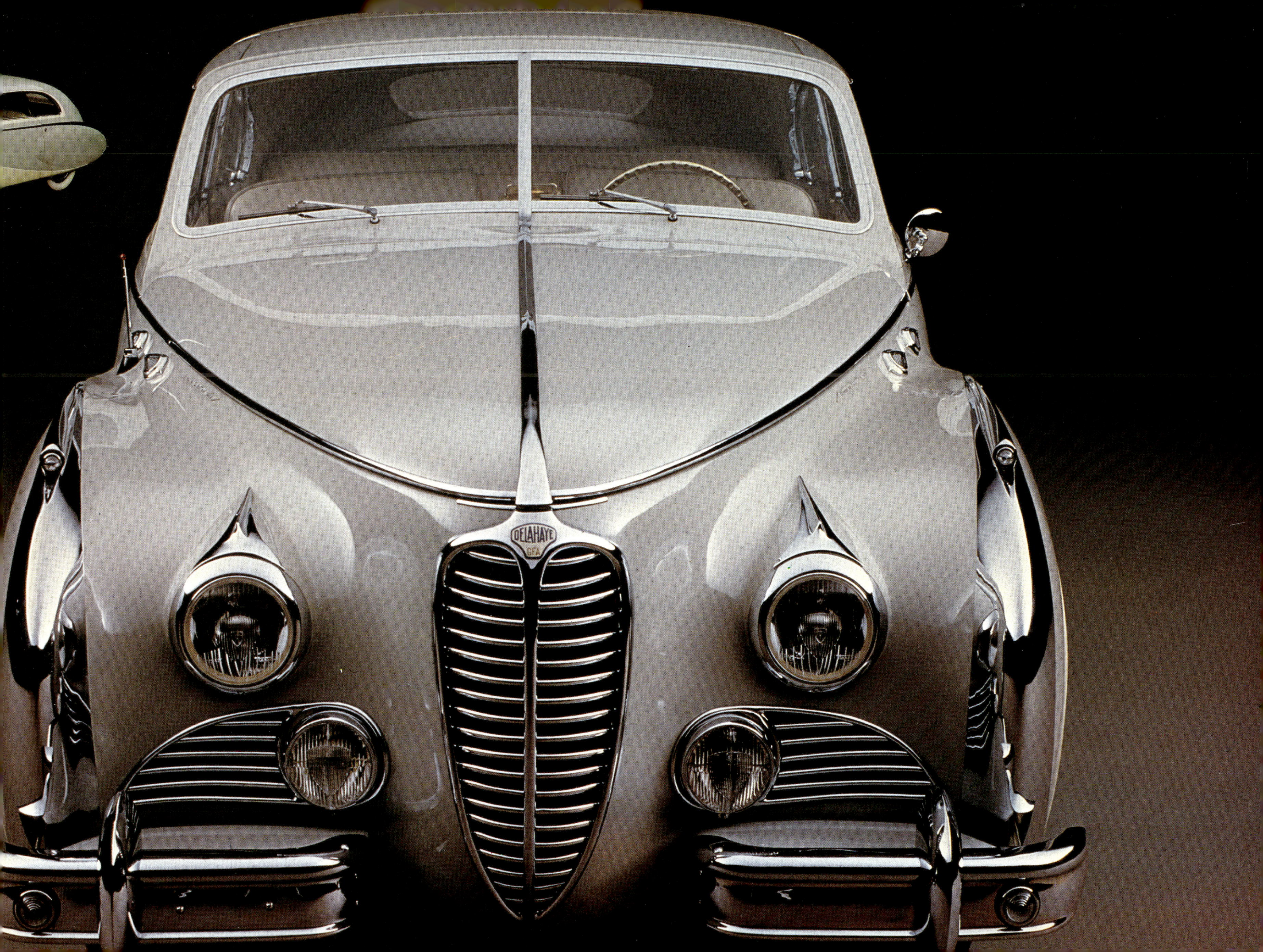
DELAHAYE
GFA

Die deutsche Automobil-Produktion 1886–1940

Jahr	Modell	Leistung in PS	Hubraum in ccm	Zylinder	Höchstgeschwindigkeit
1886	Benz Patent-Motorwagen	0,9	984	1	15 km/h
1886	Daimler Motorkutsche	1,5	469	1	16 km/h
1893	Benz Viktoria	5	2916	1	40 km/h
1894	Benz Velo	1,5	1045	1	21 km/h
1894	Daimler Riemenwagen	2,5	762	2	20 km/h
1896	Lutzmann Patentwagen	5	2540	1	35–40 km/h
1898	Opel Patent-Motorwagen, System Lutzmann	4	1500	1	45 km/h
1899	Daimler Phoenix	24	1500	4	80 km/h
1899	Benz Dos-à-Dos	5	1728	2 (Contra-Motor)	40 km/h
1899	Wartburg Wagen, Lizenz Decauville	4	479	2	50 km/h
1900	Adler Vis-à-Vis	3,5	400	1	30 km/h
1902	Opel Darracq	9	1100	1	35 km/h
1902	Benz Spider	15	2945	2	60 km/h
1902	Daimler Mercedes-Simplex	44	6800	4	70 km/h
1902	Stoewer Typ P 4	14	1526	2	45–50 km/h
1902	Rex Simplex	7	698	1	
1903	Benz Parsifal	10	1527	2	35–40 km/h
1904	Piccolo	5	704	2	50 km/h
1904	NAG Typ B	24	5200	4	65 km/h
1904	Dixi Typ S 12	22	2815	4	65 km/h
1904	Horch 18/22	22	2725	4	70 km/h
1904	Adler-Motorwagen	8–24	1399–4155	2/4	52–70 km/h
1905	Opel 35/40	40	6880	4	70 km/h
1905	Benz Tourenwagen	40	5880	4	95 km/h
1906	NSU Typ 6/10	12	1420	4	65 km/h
1906	Stoewer Typ P 6	60	8820	6	100 km/h
1907	Austro Daimler Maja	35	4520	4	75 km/h
1907	Daimler Mercedes Sechszylinder	80	10178	6	100 km/h
1907	Dixi U 35	40	6800	4	85 km/h
1907	Horch 31/60	65	7800	6	100 km/h
1908	Brennabor Kleinwagen	8	904	2	45 km/h
1908	Protos 27/65	65	6840	6	115 km/h
1908	Protos 17/35	11	1596	4	60 km/h
1908	NAW Typ Colibri	8	860	2	50 km/h
1909	Benz Tourenwagen	60	7320	4	100 km/h
1909	Daimler Mercedes Knight	45	4084	4	85 km/h
1909	Hansa A 16	16	1550	4	65 km/h
1909	Deutz-Bugatti Typ 8 a	65	9900	4	110 km/h
1910	Daimler Mercedes Typ 22 Tourenwagen	40	5626	4	80 km/h
1910	Opel 5/10	10	1200	4	55 km/h
1910	Rex Simplex 25/50	50	7440	4	85 km/h
1910	Audi Typ B	28	2612	4	75 km/h
1911	NSU Typ 13/35	40	3300	4	85 km/h
1911	Hansa Typ D	35	2612	4	85 km/h
1911	Dixi R 12	26	2598	4	75 km/h
1911	Daimler Mercedes Typ 37	90	9500	4	120 km/h
1911	Blitzen-Benz Rekordwagen	200	21500	4	211 km/h
1911	Adler 30/70	70	7800	4	115 km/h
1912	NAG Typ K 8	75	9000	4	110 km/h
1912	NAG Typ K 3	22	2071	4	70 km/h
1912	Horch 13/35	35	3175	4	80 km/h
1912	Dürrkopp Typ DG	100	13000	4	90 km/h
1912	Opel Typ 40/100	100	10200	4	125 km/h
1912	Opel »Puppchen« 5/14	15	1392	4	55 km/h

Jahr	Modell	Leistung in PS	Hubraum in ccm	Zylinder	Höchstgeschwindigkeit
1912	Stoewer B 4 19/45	45	4900	4	95 km/h
1912	Wanderer Typ 5/12	12	1145	4	75 km/h
1912	Audi Typ E	50	5720	4	100 km/h
1913	Benz Typ 10/30	30	2612	4	75 km/h
1913	NAW Sperber Typ F 4	20	1545	4	70 km/h
1913	Audi »Alpensieger«	35	3564	4	90 km/h
1913	Adler KL 6/16	16	1520	4	60 km/h
1913	Benz Tourenwagen	105	10080	4	120 km/h
1914	Horch 25/60	60	6395	4	110 km/h
1914	NSU Typ 5/15	15	1232	4	60 km/h
1914	Brennabor Typ M 3	16	1453	4	70 km/h
1918	Protos Typ C	30	2614	4	75 km/h
1918	Benz Typ 27/70	70	7050	6	100 km/h
1920	Stoewer D 3	24	2120	4	70 km/h
1920	Opel 30/75	75	7800	6	110 km/h
1922	Maybach W 3	70	5740	6	105 km/h
1922	Audi Typ K	50	3560	4	95 km/h
1923	Daimler Mercedes Typ 10/65 mit Kompressor	65	2614	4	110 km/h
1924	Dürrkopp P 8 A	32	2090	4	75 km/h
1925	Brennabor Typ R	25	1569	4	70 km/h
1925	Hanomag 2/10	10	500	1	60 km/h
1926	Hansa Lloyd Trumpf-Aß	100	4640	8	110 km/h
1926	Mercedes Benz 8/38	38	1988	6	75 km/h
1927	NAG-Protos 12/60	60	3075	6	90 km/h
1928	Adler Standard 6 A	50	2916	6	90 km/h
1928	Horch 8	80	3950	8	100 km/h
1928	NSU 7/34	34	1781	6	80 km/h
1928	Stoewer Achtzylinder 14/70	70	3633	8	100 km/h
1929	BMW Typ 3/15	15	748	4	75 km/h
1929	Mercedes Benz SSK m. Kompressor	250	7065	8	192 km/h
1930	Brennabor Juwel 8	60	3417	8	100 km/h
1930	Wanderer Typ W 11	50	2540	6	97 km/h
1930	Mercedes Benz Typ 770 »Großer Mercedes« mit Kompressor	200	7655	8	160 km/h
1931	Opel 1,2 l	22	1193	4	85 km/h
1931	Goliath Pionier	5,5	200	1 (2-Takt)	50 km/h
1932	DKW-Meisterklasse F 2	15	584	2 (2-Takt)	75 km/h
1933	Wanderer W 22	40	1950	6	100 km/h
1934	Hanomag Sturm	50	2252	6	110 km/h
1934	Hansa 1100	27,5	1088	4	90 km/h
1934	Mercedes Benz 500 K mit Kompressor	160	5018	8	160 km/h
1935	Audi Front 225	50	2257	6	105 km/h
1935	Ford Eifel	34	1172	4	100 km/h
1935	Ford V 8 48	90	3620	8	135 km/h
1935	Horch 830 BL	75	3517	8	115 km/h
1936	Adler Trumpf Junior 1 E	25	995	4	90 km/h
1936	BMW 326	50	1971	6	115 km/h
1936	Maybach SW 38	140	3817	6	140 km/h
1936	Mercedes Benz 170 V	38	1697	4	108 km/h
1936	Stoewer Greif Junior	34	1484	4	100 km/h
1937	Adler 2,5 l	58	2500	6	125 km/h
1937	Horch 853	120	4944	8	145 km/h
1937	Opel Kadett	23	1074	4	98 km/h
1937	Stoewer Arkona	80	3610	6	140 km/h
1938	Audi 3,2 l	75	3281	6	130 km/h
1938	Opel Kapitän	55	2473	6	126 km/h
1939	BMW 335	90	3485	6	145 km/h
1939	DKW Meisterklasse F 8–700	20	692	2 (2-Takt)	85 km/h
1939	Borgward 2300	55	2247	6	120 km/h

Museen und Sammlungen in Deutschland und Europa

Bundesrepublik Deutschland

Auto + Technik Museum e. V.,
  6920 Sinsheim
  Reichhaltige Automobilsammlung in einem der größten Verkehrsmuseen in Europa

Verkehrsmuseum Karlsruhe, Werderstraße 63, 7500 Karlsruhe
  Rund 100 Fahrzeuge seit den Anfängen der Automobilentwicklung

Deutsches Museum München,
  Isarinsel, 8000 München 26
  Automobilabteilung von rund 60 Wagen im Rahmen der reichhaltigen Gesamtbestände dieses größten technischen Museums in Europa

Auto- und Motorrad-Museum,
  4970 Bad Oeynhausen,
  Weserstraße 142
  Rund 150 deutsche und internationale Automobile von den Anfängen bis zur Gegenwart

Fahrzeugmuseum Pfaffenrot, Albstraße 2, 7501 Marxzell-Pfaffenrot
  Rund 80 Oldtimer verschiedener Epochen

Deutsches Automuseum, Schloß Langenburg, 7183 Langenburg
  75 Raritäten der internationalen Automobilgeschichte

Automobilmuseum Fritz B. Busch,
  7962 Wolfegg
  Rund 140 Fahrzeuge aus der Geschichte des Automobils seit 1897

Daimler-Benz-Museum, Daimler Benz AG, Mercedesstraße, 7000 Stuttgart-Untertürkheim
  80 Automobile verdeutlichen die Geschichte der Traditionsmarken Daimler und Benz

BMW-Museum, Bayerische Motoren-Werke AG, Petuelring 130,
  8000 München 40
  Zahlreiche Ausstellungsstücke zur Firmengeschichte; Video-Programme, Film-Dia-Schau

Porsche-Museum, Porsche KG,
  Porschestraße 42, 7000 Stuttgart-Zuffenhausen
  Die wichtigsten Beispiele aus dem Lebenswerk von F. Porsche

DDR

Verkehrsmuseum Dresden,
  Johanneum, Augustusstraße 1,
  8010 Dresden
  Vorwiegend historische Automobile aus deutscher Produktion

Wartburg-Automobilmuseum, Wartburgallee, 5900 Eisenach
  Die wichtigsten Modelle der Wartburg-Firmengeschichte

Österreich

Technisches Museum für Industrie und Gewerbe, Mariahilfer Straße 212, A-1140 Wien
  Rund 30 Automobile der Frühzeit, vor allem aus dem Bereich der ehemaligen Donaumonarchie

Fahrzeug-Museum Schloß Kremsegg,
  A-4550 Kremsmünster

Schweiz

Musée Jean Tua de l'Automobile et de la Moto, 3, rue Pestalozzi,
  CH-1202 Genf
  Mit rund 100 historischen Automobilen die größte Privatsammlung der Schweiz

Verkehrshaus der Schweiz, Lidostraße 5, CH-6006 Luzern
  Dem gesamten Verkehrswesen gewidmete Sammlung mit einer Automobilabteilung von ca. 30 Fahrzeugen

Belgien

Provinciaal Automuseum Houthalen,
  Kelchterhoef, B-3530 Houthalen
  Beherbergt die berühmte Sammlung von Ghislain Mahy, die fast 800 Fahrzeuge umfaßt, von denen jeweils rund 100 ausgestellt sind

Niederlande

Lips Autotron, NL-5150 Drunen
  Mit rund 450 Fahrzeugen eine der größten und schönsten Sammlungen in Europa

Het Nationaal Automobielmuseum,
  Steurweg 8, NL-4941 VR-Raamsdonksveer
  Rund 200 Automobile aus vielen Ländern und Epochen

Oben: Centro Storico FIAT, Turin
Unten: BMW-Museum, München

Frankreich

Musée Henri Malartre, Ville de Lyon bei Lyon, Château de Rochetaillée sur Saône, F-69270 Rochetaillée
200 Automobile von den Anfängen bis zur Gegenwart, Motorräder, Motoren

Musée de l'Automobile Renault, 53 Avenue des Champs-Elysées, F-75008 Paris
Firmengeschichte anhand von Beispielen seit 1898

Collection Peugeot, Automobile Peugeot S. A., F-25207 Montbéliard
45 Automobile aus dem Peugeot-Programm seit 1889

Italien

Museo dell Automobile Carlo Biscaretti di Ruffia, Corso Unità d'Italia 40, I-10126 Turin
Rund 200 Automobile, Motorräder, Motoren aus Geschichte und Frühgeschichte des Automobils

Centro Storico FIAT, Via Chiabrera 20, I-10126 Turin
Sämtliche Automobile, Autobusse, Lastwagen, Eisenbahnen, Motoren der FIAT-Produktion

FIAT Auto S. P. A. Lancia, Via Vincenzo Lancia, I-10141 Turin
Beispiele aus der Lancia-Firmengeschichte

Museo Storico Alfa Romeo, Arese bei Mailand
75 Modelle der traditionsreichen Firma

Großbritannien

The National Motor Museum, GB-Beaulieu/Hampshire SO 4 7 ZN
200 historische Modelle auf 65000 qm Ausstellungsfläche

Midland Motor Museum, Stanmore Hall, Stourbridge Road, GB-Bridgenorth, Shropshire WV 1 5 6 DT
70 Modelle, vorwiegend Sportwagen, sämtlich fahrtüchtig, nehmen an Wettbewerben teil

Stratford Motor Museum Ltd., GB-Stratford-on-Avon/Warwickshire
Kleine, aber exquisite Sammlung vorwiegend englischer Modelle

Dänemark

Aalholm Automobil Museum, DK-Nysted/Lolland
Gehört mit rund 170 Modellen zu den bedeutendsten Sammlungen Europas

Jysk Automobilmuseum, DK-8883 Gjern
Beachtliche Sammlung von rund 90 Wagen der ersten 4 Jahrzehnte des 20. Jahrhunderts

Schweden

Svedinos Bil & Flygmuseum, Ugglarp, S-31050 Slöinge
Rund 150 z. T. recht seltene historische Automobile, Schwerpunkt schwedische und amerikanische Wagen

Helsingholm Automotive, Muskötgatan 7 Berga, S-80212 Helsingborg
Rund 50 historische Automobile in zeitgenössischer Kulisse

Tschechoslowakei

Technisches Museum Tatra, CS-74221 Kopřivnice/Nový Jičín
Abriß der Firmengeschichte anhand von rund 60 Wagen

Register

Adler 23
Adler-Wagen 24
Alfa 30
Allgemeiner Schnauferl-Club e. V. (ASC) 41
Ancêtre 41
Anderson, Robert 8
Anhaltische Motorwagenfabrik 17
»Anonima Lombarda Fabbrica Automobili« 30
Apollo-Werk 24
Armand Peugeot 26
ASC 41
Aston-Clinton-Rennen 29
Aston Martin 29
Auburn Automobile Company 33
Auburn Custom Speedster 126
Audi 21, 22, 25
Austin, Herbert 29
Austin Motor Company 29
Austro-Daimler 25
Austro-Daimler ADM I Phaeton 73
Austro Daimler Automotor-Spritze 62
Automobil-Ausstellung 39
Automobil-Club 33, 40
Automobil-Club »Kurhessen« 40
Automobil-Zubehör 39
Auto-Union 24

Badischer Automobil-Club 40
Bentley »Blower« 97
Bentley Motors Ltd. 28
Bentley, Walter Owen 28, 29, 97
Benz, Berta 10, 11
Benz, Carl 8, 9, 10, 11, 13
Benz & Cie 11
Benz & Cie, Rheinische Gasmotorenfabrik 8
Benz Dos-à-Dos 13
Benz Mylord Coupé 13
Benz Patent-Motorwagen 47
Benz-Velo 12
Benz Viktoria 12
Benz-Zweitaktmotor 9
Bergrennen 36
Berliet, Marius 27
Bersey, Walter 8
Birkigt, Marc 30
BMW 328 133
Bollée, Léon 27
Bouton 27
Breckheimer 35
Brennabor 24
Brennaborette 24
British Motor Corporation 29
Bugatti Atlante Coupé 137
Bugatti Coupé 112
Bugatti, Ettore 38, 85, 109, 112, 137
Bugatti, Ettore Isidore Arco 29
Bugatti, Jean 112, 137

Bugatti Royale Coupé de Ville 109

Cabriolet 42
Cadillac Phaeton V 16 104
Chrysler 29, 119
Chrysler Dual Cowl Phaeton 151
Chrysler Imperial Roadster Eight 107
Chrysler Phaeton Imperial 119
Chrysler Roadster Eight 119
Chrysler, Walter 107
Citroën, André 28
Classic 41
Cord 33
Cord, Errett Lobban 33
Coupé 42
Coupé de Ville 52, 53
Cudell, Max 23
Cugnot, Nicholas Joseph 7

Daimler-Benz 134
Daimler-Benz AG 25
Daimler, Gottlieb 8, 14, 16
Daimler-Motoren-Gesellschaft 14
Daimler-Motorkutsche 14
Daimler-Motorwagen 15
Daimler Reitwagen 14, 15, 44
Daimler-Stahlradwagen 14
Dampfwagen 26
Darracq 27
Darracq, Alexandre 27
Darracq & Cie. 18
David Brown Konzern 28
Decauville 24, 28
de Dietrich, Eugéne 27
de Dion, Albert 27
de Dion-Bouton 27

Delahaye California 147
Delahaye Coupé de Ville 152
Delahaye, Emile 27
Deutz Gasmotorenfabrik 14, 29
Deutz Gasmotorenfabrik Otto & Langen 8
Dixi 24
»Doktorwagen« 19, 55
Doppeldecker-Bus 65
Duesenberg 33
Duesenberg, August 32, 102
Duesenberg Convertible Victoria 102
Duesenberg Dual Cowl Phaeton 92
Duesenberg, Fred 32, 102
Duesenberg Speedster 120
DuPont 98
DuPont Royal Town Car 98
Dürkopp, Nikolaus 20

Ehrhardt, Heinrich 24
Electric Cab Company 8
Elektrowagen 8, 33

Fabrica de Automoviles Hispano-Suiza 125
Fédération Internationale des Voitures Anciennes (FIVA) 41
Fiat 30, 50, 74, 100
FIVA 41
Ford, Henry 31, 32, 57
Ford Lamsteed Kampcar 71
Ford Motor Company 31, 32
Ford T-Modell 31, 32
Ford Triple Combination Pumper 80

Gasmotor 14
Gasmotorenfabrik Deutz 29

General Motors 104/105
Geschwindigkeitsprüfung 26
Geschwindigkeitstest 18
Geschwindigkeitswettbewerb 35
Glidden, Charles 33
Gobron-Brillié 27
Golden Arrow 88
Gordon-Bennett-Rennen 34
Grand-Prix-Rennen 36
Großer Preis von Dieppe 36

Hannoversch-Westfälischer Automobil-Club 40
Herkomer-Fahrt 37, 38
Hillman 29
Hippolyte Panhard 26
Hispano-Suiza 30, 31, 124
Hispano-Suiza Berline 138
Horch 21, 23, 25
Horch, August 21, 22, 82
Horch-Automobil 22
Horch Landaulet 82
Horch Tonneau 21
Humber, Thomas 29
Humbler 34

Innenlenker-Cabriolet 42
Itala 49

Jänicke, Richard 24
Jellinek, Emil 14
Jenatzky, Camille 33
Jörns, Carl 35
Julian Sport Coupé 76

Kaiserlicher Automobil-Club 40
Kaiserpreis-Rennen 35
Kampcar 71
Karosserieformen 42
Kfz 41

Kleyer, Heinrich 23
Klingenberg, Georg 24
Kraftfahrzeug 41

La Buire 58
Lagonda 29
Lancia 140
Lancia Astura Streamline 140
Lancia, Vincenzo 29, 30
Lautenschlager, Christian 36
Le Chantier de La Buire 59
Lenoir, Jean-Joseph 26
Lenoir, Jean-Joseph-Etienne 8
Leonardo da Vinci 7
Lieb, Theodor von 12
Limousine 42
Lincoln Coaching Brougham 79
Lizzie, Tin 31
Locomotive Act 7
Lutzmann, Friedrich 17, 18
Lutzmann-Patent-Motorwagen 17, 18

Marcus, Siegfried 8
Martin, Lionel 29
Maybach 42
Maybach, Karl 25
Maybach, Wilhelm 14, 25
»Mefistofele« 74
Mercedes 14, 15, 16, 25
Mercedes-Benz 91
Mercedes-Benz-Kompressorwagen 91
Mercedes Roadster 134
Mercedes Simplex 15
Mercedes-Simplex-Tourenwagen 16
Miller Roadster 80
Modelldampfwagen 7
Morris, William Richard 29

Mors, Emile 28
»Motoren-Velociped« 9
Murdoch, William 7

NAG 24
Napier-Railton 116
Neckarsulmer Motorenwerk 20
Newton, Isaac 7
Nuffield 29

Opel, Adam 16, 17
Opel, Carl 17
Opel-Darracq 16, 27
Opel-Doktorwagen 19, 20, 55
Opel, Heinrich 19
Opel-Patent-Motorwagen 18
Opel-Patent-Motorwagen, System Lutzmann 17
Opel-Werke 18
Opel, Wilhelm 17, 38
Original Neckarsulmer Motorwagen 21
Otto, Nikolaus-August 8, 14
Otto-Viertakt-Verfahren 9

Packard, James Ward 86, 94
Packard Phaeton 86
Packard Speedster Runabout 94
Packard Sport Phaeton 130
Panhard & Levassor 14, 20, 26
Patent-Motorwagen 9, 10, 11
Pecqueur 7
Peugeot 14, 26, 27
Pfeil 17
Phaeton 42
Phantom Corsair 142
Piccolo 24
Pierce Arrow 123

Pininfarina 140
Pope-Hartford 69
Porsche, Ferdinand 25, 38, 73
Porsche-Wagen 73
Prinz-Heinrich-Fahrt 37, 38
Protos 23
Pullman-Cabriolet 42
»Puppchen« 24

Quadricycle 27

Rallye Monte Carlo 38
Reed, Nathan 7
Reichstein 24
Railton, Reid A. 116
Renault 18, 27
Renault Automobiles 27
Renault, Louis 27, 28
Renault, Marcel 34
Renault Reinasport 114
Renault Tonneau 28
Renault Vivastella 114
Rennen 33, 35
Riley 29
Rochet Schneider 52
Rolls, Charles Stewart 28
Rolls-Royce 28, 148
Rolls-Royce Labourdette 148
Rolls-Royce Phantom II 129
Rolls-Royce Phantom III 145
Rolls-Royce Phantom Sedanca de Ville 145
Rolls-Royce Silver Ghost 60
Romeo, Nicola 30
Royce, Frederick Henry 28
Rundstreckenrennen 34
Ruppe und Sohn 24

Schmidt, Christian 20
Seck, Willi 24
Serpollet, Louis 26
Silver Arrow 123

Simplex-Tourenwagen 16
Sir Herkomer, Herbert 36
Sir Royce, Henry 138
Slevogt, Karl 24
Speedster Runabout 95
Spyker 31
Stanley Steamer 57
Sternberg, Alfred 23
Sternberg, Lilli 23
Stoewer 23
Stoewer, Bernhard 22
Stoewer, Emil 22
Stoll, Heinrich 21
Straßenwagen 7
Stutz Bearcat 67
Stutz, Harry 67
Sykes, Charles 28

Thames Coach 64
Thomson & Taylor 117
»Tin Lizzie« 71
T-Modell 31, 32
Transformations-Cabriolet 42
Trépardoux 27
Triumph Junior 24

Verbrennungsmotor 8
Veteran 41
Viertaktgasmotor 8
»Viktoria« 10, 12
Vintage 41

Wagen, windgetriebener 7
Wanderer 24
Wartburg 24
Watt, James 7
Wettbewerb 34
Wettfahrt 18
Winkelhofer, Johann Baptist 24
Wolseley 29

Zweitaktmotor 9

Abbildungsnachweis

Daimler-Benz AG, Stuttgart 8, 34, 36, 37, 44, 45, 46, 47; Helmut Kühlmann, Ingolstadt 21, 22, 23, 25, 82, 83; Adam Opel AG, Rüsselsheim 16, 19, 35, 54, 55; Porsche AG, Stuttgart 62, 63, 72, 73 sowie aus den Büchern: Fritz B. Busch, »Das Auto«, Aral AG, Bochum; Opel, »Räder für die Welt«; »Roth-Händle-Raritäten«.

Konzeption und Text: Dr. Renate Zeltner
Schutzumschlag: Angela Spichtinger
Satz: Filmsatz Schröter GmbH, München
Druck: Passavia Druckerei GmbH, Passau
Bindung: Großbuchbinderei Sigloch, Künzelsau

© Orbis Verlag für Publizistik GmbH, München
Printed in Germany · ISBN 3-570-13505-5

Vertrieb: Geo Center Verlagsvertrieb GmbH, München
Bestellnummer 653 13505

Wir danken dem
Roth Händle Kunst- und Musikverlag
für die besondere Unterstützung